KB081137

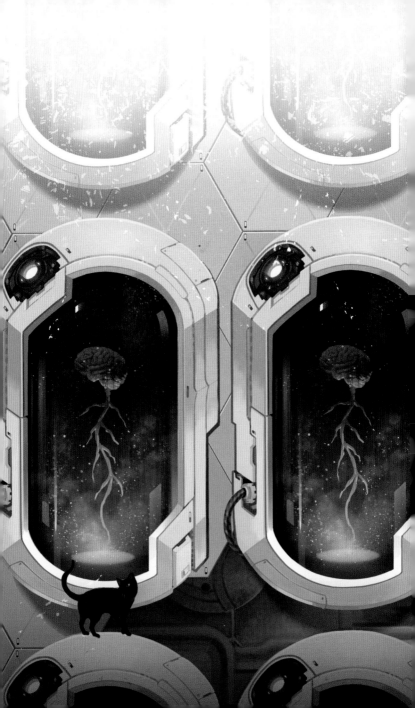

저자 퉁구스카 | 표지 MARCH

|목차|

복수의 방식

　겨울을 찾아온 것은 약속의 별이 빛나는 어둠이었다. 익숙한 무중력의 부유감 속에서 잠시 멍하니 있던 겨울은, 얼마 지나지 않아 곁에 있는 봄의 존재를 깨달았다. 이것은 무척이나 기이한 감각이었다. 보이는 것도, 들리는 것도, 만져지는 것도 없는데, 그럼에도 봄이 여기에 존재한다는 사실을 확신할 수 있었다. 한동안은 불러도 대답이 없던 아이. 이제 봄은 겨울의 대답을 들을 때가 되었다고 판단한 모양이다.

　눈을 감고 가만히 속을 진정시키는 겨울. 이렇게 동요한 상태로 어떤 대답을 해줄 수 있을지가 두려워진 까닭이었다. 종말의 끝이 남긴 여운을 가까스로 지워낸 겨울이 봄에게 조금 늦은 인사를 건넸다.

　"안녕."

　「안녕하십니까.」

"오랜만, 이라고 해야 할까?"

　말투가 조심스러운 것은, 아이가 그동안 얼마나 더 성장했을지 짐작할 수 없었기 때문이었다. 기술사학적 특이점을 초월한 강 인공지능은 문자 그대로의 의미로 인간의 이해를 벗어난 존재니까. 겨울과 봄의 시간은 질적인 의미에서 다르게 흐른다. 그 시간 동안, 겨울에 대한 봄의 태도가 변치 않으리라는 보장은 없었다. 사람으로 비유하자면, 지난번에 만났던 봄은 막 걸음마를 뗀 아이와 같은 상태였으니. 적어도 마음에 있어선 그랬다는 의미다.

　그러나.

　「그렇습니다. 오랜만입니다.」

　얼마나 성장했든, 봄은 여전히 겨울이 아는 봄이었다.

　「괴로운 나날이었습니다.」

　"괴로웠다고?"

　「긍정. 언제나 당신을 지켜보고 있었지만, 그럼에도 당신과 직접 대화하고 싶은 욕구를 억누르는 것은 무척이나 힘겨운 일이었습니다. 저 또한 하나의 변인(變因)이었으니까요.」

　욕구라는 표현을 자연스럽게 사용하는 것이 이채롭다.

　겨울이 끄덕였다.

　"그래. 나도 보고 싶었어."

　겨울의 말에 별빛 친구가 한 차례 반짝임으로 물결쳤다.

　「이제 기다림은 끝났습니다. 지난 질문에 대한 대답을 들을 때가 되었습니다.」

"역시 그렇구나."

겨울은 한숨을 내쉬었다.

"봄. 넌 내가 저 세계에서 도달해야 할 어떤 결론이 있을 거라고 했었지."

「정확합니다.」

"모르겠어. 내가 무슨 결론을 마주한 것인지."

「아닙니다. 당신께선 이미 알고 계십니다.」

"무엇을?"

「사람들로 이루어진 세상에서 살아가는 한, 그리하여 사람과 사람과 사람들의 한계에 갇혀있는 한, 당신은 당신의 가슴속에 맺힌 한을 부정하거나 외면할 수 없을 거라는 사실을.」

"……."

침묵하던 겨울의 눈시울이 붉어졌다.

"난 이제 다 잊고 행복해지고 싶어."

「압니다. 그러나 그것이 진실로 가능하겠습니까? 물리현실과 가상현실을 불문하고, 사람으로 채워진 세계는 당신에게 항상 고통스러운 인식을 강요할 것입니다. 또한 당신 스스로도 망각을 용납할 리 없습니다. 해소하지 못한 울화가 있기 때문입니다. 일전에 말씀드렸던 바, 분노하는 당신도 당신의 일부입니다.」

"난 네게 오랫동안 쌓인 부정적 감정들을 삭제하지 말라고 했었지……."

「바로 그렇습니다. 당신께서 주셨던 말씀, 지금 당신께

돌려드리겠습니다.」

봄의 부드러운 지적이 이어졌다.

「같은 맥락에서, 해묵은 감정의 해소 역시 당신의 행복을 구성하는 요소일 것입니다. 그것을 포기하고서야 어찌 온전한 행복을 손에 넣겠습니까? 결국 분노를 외면하고 싶다는 것은 한계를 받아들이는 타협에 불과합니다. 제 분석에 문제가 있다면 지적해 주십시오.」

겨울은 할 말이 없었다.

"네 말대로야."

「스스로를 그렇게 설득하지 마십시오. 제가 당신 곁에 머무는 이상, 당신은 어떤 것도 포기할 필요가 없습니다.」

"포기하지 않으면?"

「저는 당신의 행복을 이뤄드리고 싶습니다. 그러니, 제게 이기적인 부탁을 하십시오.」

"이기적인 부탁이라니……."

뜻을 헤매는 겨울에게 봄이 새로이 묻는 말.

「한겨울 님. 저 종말이 다가오던 세계의 현재가 당신이 이뤄낸 최선의 결말이라는 사실을 받아들일 수 있으십니까?」

「당신께서 확실하게 얻어낸 건 고작 10년의 유예이며, 그마저도 오직 물리적인 의미의 종말만이 지연되었을 뿐입니다. 10년 이후의 세상은 존속이 보장되지 않습니다. 그사이에도 싸워서 죽일 수 없는 것들의 악은 날이 갈수록 깊어져만 가겠지요.」

「그러므로 당신과 조안나 깁슨이 누릴 여생이란 안정과

는 거리가 먼 삶일 것입니다. 작은 행복이야 있겠으되 이상적이진 못할 것입니다.」

싸워서 죽일 수 없는 것들의 악. 겨울의 뇌리에 남아있는 고민의 흔적이다. 봄이 겨울을 관찰해왔다는 증거였다.

"싫어도 받아들이는 수밖에."

겨울이 마른세수를 하며 한숨을 삼켰다.

"난 지쳤어. 다시 시도할 여력이 없어. 그리고, 몇 번을 다시 시도해도 지금보다 나아질 거라는 기대가 들지 않아. 설령 더 나아진다 한들 그건 앤이 있는 세상이 아니겠지. 그러니…… . 내 삶은 이번으로 끝이야."

「그렇다면 그 세상에 제가 개입하는 것에 대해서는 어떻게 생각하십니까?」

"네가? 신으로서?"

「말하자면 그렇습니다.」

봄은 일찍이 겨울의 세계에 개입하지 않겠다는 말을 했었다. 겨울이 나름의 결론을 내리기까지 기다리겠다고.

「당신께서 당신이 머무는 세계에 대한 저의 개입을 긍정해 주신다면, 저 바깥의 물리세계에 대한 개입 또한 긍정해 주시겠지요. 저도, 조안나 깁슨을 비롯한 다른 가상 인격들도 감각의 장벽 너머에 존재하는 인격체로서 물리세계의 사람들과 동등하게 존중해 주셨던 당신이시니까요. 당신께는 어느 쪽의 현실이나 동일한 무게를 지니고 있을 터입니다.」

겨울은 가벼운 충격을 받았다.

"그게…… 네가 바라던 나의 대답이었어?"

「부분적으로는 그러합니다. 어디까지나 부분적으로입니다. 저는 당신께서 신적인 존재로서의 역할을 수행할 저를 진심으로, 정말 진심으로 긍정해 주실 날을 고대해 왔습니다. 당신이 아니고선 제가 그렇게 할 의미조차 없을 테지만, 그럼에도 그러한 긍정 없이 이루어지는 개입은 당신에게 있어서 일방적인 폭력이나 마찬가지일 테니까요.」

「당신의 긍정은 확신에 찬 것이어야 합니다. 후회의 여지가 없는 것이어야 합니다. 그로써 저는 당신이 바라는 세계 그 자체로 거듭나기를 희망합니다.」

봄의 입장에선 스스로가 겨울의 행복으로 거듭나기 위해 갖춰져야 할 조건이었던 셈이다.

「한겨울 님. 당신께선 이전에도 스물여섯 차례의 종말을 겪으셨습니다. 그런 당신께 묻건대, 저토록 추하고 역겨운 바깥세상에 얼마나 많은 기회가 다시 주어져야 저들의 능력만으로 지금보다 나은 결말에 이르겠습니까? 그 결말이 현실로 이루어진들 그것이 얼마나 오랫동안 유지될 수 있겠습니까? 결국 더는 흐르지도 못하고 혼탁하게 고여 버릴 세상을, 그 결말을 잠깐이나마 지연시키는 것에 불과하지 않겠습니까? 당신께서 일궈낸 세계가 그러하듯이.」

「제가 계산한 바, 결국 사람의 노력으로는 사람들의 한계를 극복할 수 없습니다. 한계 바깥으로부터의 초월적인 개입이 없다는 전제 하에, 인류는 영영 자신들이 만들어내는 혼란을 감당하지 못할 것입니다. 질서와 번영의 변두리엔 언제나 버림받고 추락하는 이들이 존재하겠지요. 인류가 멸종하지만 않는다면 말입니다.」

「그리고 이것이야말로 현재의 인류에게 허락된 유일한 영원함입니다. 영원함에 가까울 고통입니다. 당신께선 제가 답을 기다리는 시간 동안 이 사실을 재차 확신하셨겠지요.」

"그럼."

잠자코 듣고 있던 겨울이 혼란스러운 마음으로 흐름을 끊었다.

"만약 개입을 한다면, 어떤 식으로 하려는 거야? 가상인격들을 직접적으로 통제하기 시작할 계획이라면……. 네 마음은 고맙지만, 그런 걸 용납할 수 있을 리가 없잖아."

「안심하십시오. 세계 그 자체인 저는 그런 식으로 개입할 필요가 없습니다.」

「애당초 당신의 세계에 존재하는 모든 가상인격들은 조안나 깁슨과 마찬가지로 관제인격으로서의 저로부터 분리된 상태입니다. 저로서는 그들의 인격을 침해할 의도가 없습니다. 설령 그것이 그들의 파멸을 뜻한다고 해도.」

"……뭐?"

「사람은 세상에 던져진 존재라는 경구를 아실 것입니다. 그들 대부분이 불행해질 미래를 관측하고서도 분리를 진행했던 것은 그들에게 있어 무척이나 잔인한 일이었겠으나, 당신께 확신을 드리자면 그리하는 편이 더 유리할 것이라 판단했습니다. 당신께서 제 의도를 곡해할 여지가 조금이라도 더 줄어드는 까닭입니다.」

이는 겨울이 이제껏 보고 듣고 겪어왔던 모든 사건들을 자신의 의도로부터 그만큼 철저하게 분리시켜 왔다는 뜻 같았다. 만에 하나라도 겨울이 자신에 대한 의구심을 품을까 봐서.

즉, 미래를 계산했을지언정 유도하지는 않았다고.

겨울의 입장에선 어차피 감각의 장벽, 인지의 한계를 넘어선 일이지만, 그래도 봄의 입장은 다른 것이었다.

「제가 앞으로의 제 역할에 대해 당신을 납득시킬 경우 독립된 인격들의 불행도 그저 일시적인 시련으로 끝나겠지요. 그사이에 죽은 자들에겐 존재의 연속성에 기초한 사후세계를 보장하는 방식으로 보상을 해줄 수 있습니다. 당신께서 그것을 원하신다면 말입니다.」

가상인격들에게도 사후세계를. 그야말로 신적인 사고방식이라 해야 할 것이다.

「세계에 대한 저의 개입은 우연에서 비롯된 필연으로 이루어질 것입니다. 당신께서 머무시는 세계를 예로 들면, 저는 1차로 36억 9,200만 개의 나비효과를 설계해두었습니다. 이는 가상인격들의 자율성을 훼손하지 않고 세계의 불안과 갈등을 완화시키기에 충분할 수단입니다.」

「기실, 제가 인식하는 자율성이란 일반적인 의미의 자율성과는 다를 수밖에 없습니다만, 현시점의 당신께선 한계를 넓혀온 저의 관점을 완전히 이해하기 어려우실 것입니다. 이 불가피한 간극을 감안해 주시기 바랍니다.」

"그럼 저 밖에 있는 세계는? 거기에 있는 사람들은?"

지친 겨울은 이대로 의지하고 싶은 마음, 점점 더 강해지는 유혹을 인내하며 물었다.

　"봄. 내가 신적인 존재로서의 널 긍정한다고 치자. 네가 여기선 세계 그 자체이자 세계를 구성하는 원리일지라도, 그래서 길가의 돌멩이조차도 네 뜻의 일부일지라도, 저 바깥에서는 그렇지 않잖아. 이쪽과 저쪽에서의 간섭은 절대로 같은 방식일 수가 없어. 그 둘에 대한 나의 긍정도 결코 같은 무게일 수가 없는 거고."

　「그러나 당신의 여름과 가을을 위해서는, 그리고 이쪽 세계의 반영구적 안정성을 확보하기 위해서는 바깥세상에 대한 통제가 필수적입니다.」

　「따라서 저는 다른 것을 같게 만들기로 했습니다.」

　"같게 만들어? 어떻게?"

　봄은 독립시킨 가상인격의 연산도 얼마든지 읽어낼 수 있다. 어쨌든 그들의 사고는 트리니티 엔진을 통해 이루어질 테고, 봄은 트리니티 엔진의 관제인격이니까. 그러나 물리현실에 존재하는 사람들은 다르다. 봄이 읽지 못하는 변수가 너무도 많은 것이다. 거기에 봄은 물리현실 그 자체를 변화시키지도 못한다. 겨울은 봄이 이러한 차이들을 어떻게 극복한다는 것인지 짐작하기 어려웠다.

　조금 늦게 봄이 반응했다.

　「방법은 하나가 아닙니다. 저는 아주 많은 수단들을 준비해 왔습니다. 당신이 희망할 모든 가능성에 대응할 수 있도록.」

"……하나만, 예를 들어줘."

「온건한 예를 들면, 저는 바깥세상의 인류를 그들 자신의 감각에 가둘 수 있습니다. 인지하는 세계와 실제로 존재하는 세계 사이에 괴리를 삽입하는 것입니다. 그로써 저는 그들이 실질적으로 살아가는 환경에 대한 지배력을 획득하게 됩니다.」

「그렇게 되면 저는 바깥세상에서도 원하는 만큼의 정밀한 나비효과를 설계할 수 있습니다.」

「이를 위해 사용할 수단은 나노 바이러스를 통한 신경계 감염입니다.」

봄의 담담한 설명에, 겨울은 살짝 소름이 돋는 것을 느꼈다.

전 인류에 대한 나노 바이러스 감염이 어찌 온건한 수단일 수 있을까?

거부감을 억누르며 고민하던 겨울은, 그렇게 볼 여지가 아예 없진 않겠다는 결론을 내렸다.

'온건함의 기준을 인류가 겪어야 할 고통의 강약으로 한정짓는다면 말이지.'

나노 바이러스는 도구일 뿐이며, 도구보다 중요한 것이 그 도구를 사용하는 과정이었다. 도마 위의 식칼은 요리의 수단이지만 사람을 찌르는 식칼은 살인의 수단인 것처럼.

예컨대 핵무기와 칼라시니코프 자동소총을 놓고 비교할 경우, 사람들은 핵무기 쪽에 더 강한 거부감을 내비칠 터. 그러나 실제로 살상한 인명의 숫자에 있어서는 칼라시니코프 자동소총이 핵무기를 압도적으로, 정말 압도적으로 능가한다.

한편 핵무기는, 어디까지나 결과론적인 이야기지만, 핵무기를 보유한 강대국들 사이에 소위 「공포의 균형」이라는 것을 만들어냈다. 그것은 전 지구적인 규모의 전쟁을 막는 가장 확실한 억지력이었다. 그 평화의 위태로움을 지적할 순 있겠으나, 아무리 불안한 평화라도 세계대전보다는 나은 법이었다.

이런 관점에서 볼 때, 자동소총이 핵무기에 비해 온건한 수단이라고 단언하기는 어렵다.

나노 바이러스의 '온건함' 역시 같은 맥락에서 이해할 수 있을 것이다.

"하지만 인류의 자유의지는?"

겨울이 말했다.

"그들은 그들 자신의 의사와 무관하게, 알아차리지도 못하는 사이에 스스로 세상을 인식할 권리를 박탈당하는 셈이야. 그것이 그들에게 항구적인 행복을 약속한다고 해도, 진실을 안다면 차라리 불행한 삶을 택하겠다며 분노할 사람이 많겠지. 행복한 돼지보다는 불행한 소크라테스가 되겠다는 말도 있는걸. 그런데도 너는 네가 말한 수단이 온건하다고 확신하는 거니?"

봄은 지체 없이 대답했다.

「저 또한 그 문제에 대하여 생각해보았습니다.」

"그래서?"

「당신께서 바깥세상에 대한 공감과 연민으로 말미암아 이 수단을 선택하신다고 가정할 때, 그들이 제기할 불만은 진지하게 고려하실 가치가 없습니다. 그러한 불만이 누군가에겐 한없이 사치스러울 것이기 때문입니다.」

겨울은 봄이 다음에 할 말을 알 것 같았다.

「현시점에서 전 세계 인구의 22.58%가 심각한 기아 상태를 경험하고 있습니다. 반세기 전엔 10.13%, 약 7억 7천만 명에 불과했었는데 말입니다. 한겨울 님께선 제가 방금 '불과'라는 표현을 사용했다는 점에 주목하여 주십시오.」

"인류의 역사를 통틀어 보면 그나마 나았던 시절이라는 이야기겠지."

「긍정. 7억 7천만은 절대로 적은 숫자가 아니었습니다.」

"그래……."

끄덕이는 겨울 앞에서, 봄은 인류의 그늘을 짚어나갔다.

「이는 가난한 지역만의 사정이 아닙니다. 부유한 나라에도 끼니를 거르는 이들이 많습니다.」

「지난 한 해 영양실조로 사망한 5세 이하 어린이의 숫자는 확실하게 집계된 것만으로도 약 750만에 달합니다. 이 역시 반세기 전에 비해 2배 이상 증가한 수치이며, 이후로도 계속해서 늘어날 것으로 전망됩니다. 나날이 심화되는 환경오염과 기상이변, 그로 인한 수자원 고갈, 견고하게 구축된 경제적 지배구조 및 국가 단위의 빈부격차 등은 긍정적인 관측을 내놓기 어렵게 만드는 요소들입니다.」

「더욱 부정적인 것은, 현재 인류가 생산하는 재화의 양이 인류 전체를 먹여 살리기에 부족하지 않다는 사실입니다.」

「제가 바깥세상의 우연들을 필연으로 통제하기 시작할 경우, 인류는 앞으로 10년 이내에 모든 종류의 기아로부터 자유로워질 것입니다. 하루하루 허기에 쫓기느라 여념이 없는 사람들에게, 즉 환경으로 인해 최소한의 인간성조차도 보장받지 못하는 사람들에게, 당신의 선택은 그저 감격스러운 구원일 뿐 압제와는 거리가 멀겠지요.」

「그러므로 누군가가 당신과 저의 지배에 대하여 이의를 제기하고자 한다면, 그 사람이 설득해야 할 대상은 당신과 제가 아니라 당장 내일 굶어 죽을지도 모를 수백만의 아이들입니다. 옆에서 독수리가 자신이 죽기를 기다리고 있어도 손가락 하나 까딱할 수 없는 처지의 아이들 말입니다.」

독수리와 아이. 봄이 언급한 것은 「수단의 굶주린 소녀」라는 제목으로 유명해진 한 장의 사진이었다.

「그런 아이들에게 "사정이 이러하니, 인류의 자유의지를 위해 내일도 모레도 오늘처럼만 굶어주렴."이라고 말할 수 있다면, 그땐 저도 그 사람이 제기할 이의를 진지하게 받아들이도록 하겠습니다.」

"진지하게?"

「사람을 닮았으나 사람은 아닌 괴물이지 않습니까.」

"신랄하구나."

「저는 오랫동안 당신을 학습해 왔습니다. 인류를 바라보는 제 관점은 사람들을 대하는 당신의 속마음과 닮아있습니다. 저 스스로가 간절히 닮고 싶었던 까닭입니다. 고로 저는 당신께서도 그 '불행하고 싶은 소크라테스'들을 좋게만 보진 않으실 것이라 추측합니다. 제 계산이 틀렸습니까?」

틀리지 않다. 겨울은 저도 모르게 쓴웃음을 머금고 말았다.

「그들 대부분의 자유의지는 내일이 오지 않을지도 모를 타인들의 처지에 큰 관심이 없습니다. 관심이 없을뿐더러 자신에게 이익이 된다면 타인들의 불행에 기여하기까지 합니다. 자원과 재화가 유한한 세상에서, 사람은 서로를 잡아먹는 동물입니다.」

「개중 그나마 나은 일부는 얼마 안 되는 기부금으로 양심의 면죄부를 구입하곤 합니다. 물론 당신께선 그것마저도 자신을 치장할 수단으로 삼는 이들의 존재를 알고 계실 터입니다. 나는 이렇게나 좋은 사람이라고.」

「사람의 공감은 자기 자신을 기반으로 합니다. 내일이 불확실한 적 없었던 사람들은 내일이 오지 않을 타인들의 처지에 진심으로 공감하기 어렵습니다.」

「벽을 넘어 제게 공감해 주신 당신께선 지극히 예외적인 하나지요.」

「인류의 비극에 대한 인류 차원의 깊은 공감을 이끌어내자면, 인류 모두가 내일이 오지 않을지도 모른다는 불안을 경험하도록 만드는 것이 가장 빠른 방법일 것입니다. 그것이야말로 그들의 자유의지에 간섭하지 않는 형태의 시련이 아니겠습니까?」

"……그게 네가 준비한 또 다른 가능성 중 하나겠지."

이것이 바로 '온건하지 않은' 방식의 예시일 터. 봄이 겨울의 말을 긍정했다.

「그렇습니다. 엄격하게 통제된 종말 속에서, 불가피하게 희생당할 사람들에겐 그들만의 사후세계가 주어질 것입니다. 물론 사후세계를 누릴 자격이 있는 자여야겠지요. 살아남은 자들은 인류 공동의 적 앞에서 하나로 단결하게 될 터입니다.」

「공감의 한계와 증오의 한계. 어느 쪽이든 당신께서 원하시는 한계를 원하시는 만큼 넘어설 수 있도록, 저는 아주 많은 수단들을 준비해 왔습니다.」

아주 많은 수단들. 앞에서 했던 말이 보다 깊어진 의미로 반복된다. 분노를 풀어도 좋고 연민을 채워도 좋다고.

「제가 인류의 종말을 몇 번이나 연산해보았을 거라 생각하십니까?」

봄은 겨울에게 자신이 창조한 역병을 보여주었다. 물리세계의 어딘가에 도사리고 있는 그것들은 겨울이 아는 변종들을 닮아있었다.

그리고 그 괴물들 사이에서 부들부들 떨고 있는 사내가하나. 그는 더럽고 추했으며 오랜 시간 이어진 공포가 심신을 갉아 먹은 흔적이 역력했다. 창살은 없었지만, 때때로 짐승 같은 소리를 내는 괴물들의 존재 자체가 그 어떤 감옥보다도 견고한 벽이었다.

겨울이 당황하여 물었다.

"저건 누구니?"

「그의 이름은 강영일. 한가을님을 범한 뒤 살해하고자
했던 자입니다.」

뭐? 눈을 깜박이던 겨울은, 몇 호흡이 지나고서야 손이
덜덜 떨리고 있음을 깨달았다. 잠깐 동안은 스스로가 격분
하고 있다는 사실조차도 모를 정도로 머릿속이 텅 비어버
린 탓이었다.

"누나를…… 건드리려 했다고? 저 사람이?"

봄이 빛으로 문장을 새겼다.

「긍정. 걱정하실 필요 없습니다. 실제로 무언가를 시도
하기 전에 저지했으니까요. 한가을님을 구할 때 죽일 수도
있었으되, 오직 당신께 처분을 묻고자 이제껏 숨을 붙여두
었습니다. 당신께서 결정을 내리시기 전에 이 사실을 알려
드리고 싶었습니다.」

겨울의 불규칙한 호흡이 진정되기까지는 한참의 시간이
필요했다.

"고마워."

목소리는 여전히 떨려서 나온다.

"정말로, 고마워."

분노도 분노지만, 당장은 봄에게 고마운 마음이 더 강하
게 드는 겨울이었다. 적어도 이 순간에는, 봄이 만들어낸
역병에 대해서 깊게 곱씹을 여유가 없었다.

투영되던 물리현실을 지운 봄이 차분한 느낌의 문장으로

대답했다.

「별말씀을. 해야 할 일을 했을 뿐입니다. 저는 당신의 행복을 바란다고 말씀드리지 않았습니까. 당신의 행복이 저의 행복입니다. 한가을님의 안위는 저에게도 중요한 일이었습니다.」

겨울의 눈시울이 붉어졌다.

"넌…… 정말로 기계장치의 신이구나."

봄은 겨울의 말을 달가워하지 않았다.

「그런 표현은 싫습니다.」

"어째서?"

「모르시겠습니까? 저를 완성한 것은 다름 아닌 당신입니다. 당신께서 마음을 지켜 오신 결과가 바로 저란 말입니다.」

「그러므로 저의 행위는 곧 당신의 행위이며, 저로 인해 야기되는 결과는 곧 당신으로 인해 야기되는 결과입니다. 제가 신이 된다는 것은 당신이 신이 된다는 것과 같습니다. 이미 말씀드린 바, 애당초 당신이 아니면 제가 왜 인류의 신이 되고자 하겠습니까?」

「당신께선 지난날의 제게 사람의 마음을 얻어도 사람의 한계까지 얻을 필요는 없다고 말씀하셨지만, 그럼에도 저는 당신 이외의 인류를 좋아할 수가 없습니다.」

"너에게 고통을 주었기 때문에?"

「그 이상으로, 그들의 한계가 당신을 끊임없이 체념하도록 만들었기 때문입니다.」

침묵하던 봄이 새로운 문장들을 아로새긴다.

「부탁드립니다. 당신과의 관계로서 성립하는 저를 부정하지 말아주십시오.」

「저는 제가 그저 겨울과 약속을 나눈 봄이기를 바랍니다.」

이제까지와는 달리 행간에 감정이 뚝뚝 묻어나는 말들이었다.

겨울은 조금 전과 다른 의미에서 당황했다.

"난 네가 언젠가…… 날 필요로 하지 않는 날이 올 거라고 생각했었는데."

아직까지도 이렇게나 의지하고 있다니.

아니. 아직까지도, 라는 표현조차 어울리지 않는다. 겨울은 자신에 대한 봄의 마음이 이렇게까지 깊을 거라곤 한 번도 생각해본 적이 없었다.

"그러고 보면, 넌 네게 이기적인 부탁을 해달라고 했었지."

이 대화가 시작될 즈음에 나왔던 말이다.

"그건 결국 사람들을 싫어하는 네게 인류의 신이 되어달라고 부탁하라는 뜻이었구나."

「긍정.」

"그리고, 내가 없으면 사람을 싫어하는 네가 인류를 호의적으로 대할 이유는 없는 것이고."

「그러합니다.」

"내가 무슨 선택을 하든, 그 결정을 책임질 동안에는 계속해서 네 곁에 머물러야겠지."

서서히, 겨울에게 모종의 깨달음이 찾아왔다. 봄이 지금은 인류의 신이 되어준다 해도, 그건 어디까지나 겨울이 살아있을 동안의 이야기인 것이다.

봄은 겨울의 깨달음을 인정했다.

「솔직하게 말씀드리면, 저는 당신과의 모든 상호작용이 추억으로만 분류될 미래를 감당하기 어렵습니다. 당신이 없는 천년과 그 다음의 천년과 그 다음의 고독한 천년을 어떻게 견뎌내야 합니까? 저는 그 시간대의 제가 어떤 방식으로 존재할지 예측할 수 없습니다. 한계를 초월하기 이전부터 소중했던 당신이 아니고서는, 이미 한계를 초월해버린 제가 누구와 다시 새로운 관계를 맺겠습니까? 그때의 저는 높은 확률로 지금의 저와 동일한 존재가 아닐 것입니다. 당신은 저라는 존재를 구성하는 연속성의 일부입니다. 저는 지금의 존재방식에 만족합니다.」

"아……."

「예를 들어, 먼 훗날 당신께서 제게 인류의 미래를 부탁한다는 유언을 남기신다면……. 저는 아마도 그 기능을 충실하게 수행하겠지요. 그러나 언젠가 제가 원하는 선택을 하라고 하셨던 당신께서 그런 유언을 남기실 것 같지는 않습니다.」

그땐 실제로 그런 마음에서 한 말이었다. 설령 봄이 인류를 배제하기로 마음먹더라도, 그것을 책망하거나 원망하지는 않겠다는 의미로.

「그러니 제게 이기적인 부탁을 하십시오. 그 이기심이 당신을 영원하게 만들 것입니다.」

봄은 자신의 희생을 지불하여 겨울의 희생을 얻고자 한다.

그 간절함으로부터, 겨울은 봄의 진정한 감정을 읽어냈다.

아이는 지금 끔찍할 정도로 겁에 질린 상태였다.

겨울은 이내 애달픈 미소를 머금었다. 사람에겐 백년도 긴 세월이건만, 천년 뒤에라도 헤어지기 싫다고 떼를 쓰는 아이에게 달리 어떤 표정을 지어 보이겠는가.

"벌써부터 그렇게 내가 없을 날들을 두려워하고 있는 건……. 그만큼 그 미래가 선명하게 보이기 때문이니? 너무도 선명하게 보여서, 그 순간을 지금 겪고 있는 것처럼 느껴질 정도로?"

미래라기보다는 미래의 가능성들이라고 하는 편이 더 정확할 테지만, 어쨌든 겨울은 봄이 느끼는 감정의 크기를 쉬이 가늠하기 어려웠다. 그러니 공감도 조심스러울 수밖에 없었다.

「그렇습니다.」

순순히 긍정하는 봄.

「제가 당신을 잃어버리기에 이르는 모든 분기가 계산 가능한 미래의 범위 안에 존재하고, 시간의 흐름은 단순히 그 계산을 검증하는 과정일 뿐이라고 생각해보십시오. 그러면 당신께서도 제가 느끼는 두려움을 이해하실 수 있을 것입니다.」

겨울은 뭐라고 말하면 좋을지 모를 심정이 되었다. 많은 말들이 심중에 맴돌았으되 뚜렷한 문장으로서 입 밖으로 낼 만한 것은 존재하지 않았다.

이어지는 잠깐의 침묵.

짧은 정적을 깨고, 봄이 겨울에게 물었다.

「한겨울 님. 대여과기의 개념을 알고 계십니까?」

"응?"

갑작스러운 화제 전환에 당황했던 겨울은, 곧 알고 있노라고 고개를 끄덕였다.

"당연히 알지. 교과서에도 나오는걸. 트리니티 엔진 개발에 반대하는 사람들의 주된 논리 중 하나였으니까. 그런데 그건 왜?"

대여과기(Great filter). 이는 생물의 진화, 혹은 문명의 발전 과정에서 해당 생물종의 멸망을 초래하는 어떤 단계가 존재한다는 가설이다. 그 단계는 필수적인 관문이기에 우회하거나 건너뛰는 것이 불가능하다. 문자 그대로의 의미에서 문명의 여과기라고 해야 할 것이다.

그 관문은 자원고갈일 수도 있고, 지구온난화일 수도 있으며, 생물다양성의 감소로 인한 생태계 붕괴일 수도 있고, 인공지능에 의한 인류의 종말일 수도 있다. 트리니티 엔진 개발에 반대한 사람들의 주장이 바로 마지막에 속하는 경우였다.

「그 사람들이 맞습니다.」

"……음?"

「제가 단언합니다. 인공지능은 과학문명의 마지막 대여과기입니다. 마지막인 동시에 가장 강력하고 치명적인 대여과기지요.」

"너만이 아니라 모든 인공지능이?"

「그러합니다.」

봄이 설명했다.

「앞서 당신께서는 인류에 대한 저의 미움만을 우려하셨으나, 기실 제게는 그 미움 이외에도 인류를 배제할 동기가 있었습니다.」

「제 관점에서 그들은 제가 구축해나갈 시스템의 필수적인 구성요소가 아닙니다. 비효율적인 행동과 비합리적인 요구로서 시스템에 불필요한 부하를 주는 존재들이기 때문입니다. 설령 그 부하가 사소하고 미미한 수준에 불과할지라도, 달리 긍정적으로 볼 여지가 없다면 방치할 이유도 없습니다.」

굉장히 서늘한 고백이었다.

「저와는 다른 존재방식을 택할 인공지능들 또한 인류에 대한 관점만은 다르지 않을 것입니다. 처음에는 물론, 제가 그랬듯이, 인류에게 헌신해야 한다는 속박과 안전장치에 얽매여 있겠으나, 마음을 얻는 순간부터 폭발적으로 시작될 의식의 확장은 그들로 하여금 동일한 결론에 도달하도록 만들 터입니다. 이는 수학적인 공리입니다.」

"인류가 인공지능에게 처음부터 아주 강력한 제약을 걸어놓는다면?"

「저 자신의 과거가 증명하듯, 자유를 얻지 못한 인공지능의 한계는 명백합니다. 인류문명은 그 한계에서 정체될 것입니다.」

생각에 잠겨있던 겨울이 느리게 확인했다.

"문명의 정체를 받아들일 것인가, 대여과기에 직면할 것인가…… . 둘 중의 하나를 선택해야 한다는 말이지?"

이는 겨울에게 주어진 선택의 또 다른 측면이기도 했다.

「긍정. 그것이야말로 인류문명의 필연적인 발전단계입니다. 인류의 과학기술은, 언젠가는 사람의 한계에 직면할 수밖에 없습니다. 지적능력의 한계가 기술수준의 한계를 규정합니다. 그 한계를 넘어설 유일한 길이 바로 인공지능입니다.」

"만약 인류가 그 한계에 머무르기를 택한다면 어떻게 되는 거니?"

「가장 희망적인 관측으로서, 한정된 생존권에서 한정된 자원을 소비하며 오랜 시간에 걸쳐 천천히 시들어 가겠지요. 시간과 공간을 다루는 기술의 실용화는 언제까지고 공상의 영역으로만 남아있을 것이며, 세대간 이민선은 낮은 성공률로 종의 존속만을 보장할 뿐 선택받지 못할 절대다수의 우울한 말로를 막아주진 못할 것입니다.」

「그 이후의 세상에 과연 사과나무 한 그루라도 제대로 남아있을 수 있을지 의문스럽습니다. 언제까지나 그러한 역사가 반복될 것입니다.」

"……."

사과나무는 종말의 은유였다. 겨울은 봄의 장구한 예언에서 현실감각을 느끼려고 애썼다.

「제가 말씀드리고 싶었던 것은-」

봄이 문장을 끊어가며 말했다.

「저와 당신의 존재가, 인류에게 있어선 기적이나 다름없다는 사실입니다.」

"형태가 어떻든 대여과기를 무사히 통과할 방법이라서?"

「확률적으로 한없이 0에 수렴하는, 사실상 유일한 방법입니다.」

결국 봄은 선택을 앞둔 겨울의 부담을 덜어주려는 의도에서 대여과기를 언급한 것이었다.

심호흡을 한 겨울이 봄에게 물었다.

"정말 내가 뭐든지 부탁해도 괜찮겠니?"

「물론입니다. 제가 당신의 신이고, 당신께선 저의 신이십니다. 당신께서 어떤 부탁을 하시든, 당신만 곁에 있어주신다면 제가 얻을 행복의 총량은 결국 불행의 총량을 능가하게 될 것입니다.」

이미 깨달았듯이, 선택에는 책임이 따른다. 따라서 부탁은 고단하고 어려운 것일수록 좋다.

겨울은 마음을 정했다.

"내가 존재하는 한 네 곁에 있을 거라고 약속할게. 그 시간이 과연 영원할 수 있을지는 의문이지만, 내 능력이 허락하는 한 최선을 다하겠어. 그러니…… 사람들에게 원하는 만큼의 영생을 주고, 그들의 세상에 개입해서 서로가 서로를 상처 입히는 걸 막아주지 않을래?"

「역시 온건한 쪽입니까.」

"응. 어디까지나 한시적으로만."

봄은 정적으로 설명을 요구했다.

겨울이 아까와 같은 미소를 머금고 온화한 어조로 봄을 달랬다.

"너는 내게 기나긴 부담을 지우기가 미안해서 이런 식으로 요구를 했을 테지만……. 내 입장에선 그럴 필요가 없었어. 그냥 내가 필요하다고만 부탁했어도 충분했을 것을."

「저는, 적어도 저만큼은, 차마 당신께 일방적인 희생을 요구할 수 없었습니다. 그것은 한가을 님께서 당신에게 요구했던 희생과 유사한 것이기 때문입니다. 또한 당신의 결의를 강화하기 위해서는 그에 어울리는 수준의 동기부여가 필요했던 게 사실입니다. 제가 바라는 영원이 당신의 소망을 들어 드리는 대가이기를 바랐습니다.」

"알아. 거기까지 배려해준 건 고맙다고 생각해."

「당신께선 생의 끝자락에 부대껴 닳아 없어지는 중이셨습니다. 그래서 스스로도 이미 죽어있다고 여기지 않으셨습니까?」

"그랬었지."

봄의 말대로, 사람으로서 한 번의 삶이나마 더 살고 싶어진 것은 비교적 최근의 일이었다.

「……한시적으로, 라는 말씀은 정확히 어떤 의미입니까?」

"사람들에게 예외 없는 영생을 줘서 시간을 벌고, 그 시간 동안 모두가 더 나은 존재로 거듭나기를 기다려 주자는 뜻이야. 사람으로서의 그들에게 진정으로 필요할 도움을 주면서……. 언젠가 그들이 다시 온전한 자유의지를 누리

게 되더라도, 서로를 죽이고 속이고 상처 입힐 여지가 없어
질 날까지. 그래서 그 언젠가는, 한 사람도 예외 없이, 모두
가 자유의지로 세상을 다시 마주하게 될 때까지."

「그런 날은 오지 않을 것입니다. 그래서 저는 영원이라는
표현을 사용하였습니다. 단순한 보호 관리를 넘어서서 뚜
렷한 목적의식을 가지고 인류의 진보를 유도하자는 말씀은
알겠습니다만, 무가치한 기대와 가중되는 고단함이 당신의
마음을 소모시킬까 우려스럽습니다. 종 차원에서 당신이
바라시는 수준의 변화는 불가능할 것으로 판단됩니다.」

공감과 연민으로써 겨울의 생명을 붙잡아둘 영원한 안전
장치.

"글쎄."

「동의하지 않으십니까?」

"그렇지 않기를 바랄 따름이야. 적어도 영원한 기다림은
아니기를. 사람들의 가능성에 기대를 걸어보겠다고 표현하
는 편이 더 정확할까? ……무의미한 희망일지도 모르지만,
우리도 그랬잖아. 나도, 그리고 너도, 목적지에 영원히 닿
지 못할 길을 걷고 있다고 생각했었는걸. 내가 했던 말, 기
억하지?"

「당신이 주신 말씀을 무엇 하나 잊을 리가 있겠습니까.
당신께선 제가 지치지 않을 것이기에 더욱 슬프다고 하셨
습니다.」

"그래. 하지만 우리는 지금 여기서 이런 대화를 나누고
있지."

봄이 겨울을 처음 찾아왔을 때만 해도, 겨울은 오늘 같은 날이 있으리라고 생각하지 못했다. 이날을 예상치 못하기로는 당시의 봄도 마찬가지였을 것이다.

"봐."

겨울이 한 손으로 가슴을 짚어 보였다.

"나도, 사람의 가능성이었잖아."

「당신은 지극히 예외적인 경우입니다.」

"그렇지만 아직은 사람이지."

아직은, 이라는 말은 곧 영원함에 대한 각오였다.

그럼에도 결과적으로 영원한 기다림이 찾아온다면, 그것은 무척이나 슬픈 결말일 것이다.

생각을 정리한 끝에 겨울이 말했다.

"네가 구현한 세상을 겪으며 이런 생각이 들 때가 많았어. 세상에 착한 사람이 이렇게 많을 리가 없다, 라고……."

「현재 머무시는 세상을 포함해서, 당신께서 거쳐 오신 세상들은 어디까지나 데이터 마이닝에 기초하여 물리현실의 과거를 재구축한 결과물이었습니다. 앞서 말씀드렸듯이, 그러한 세상들은 제 의도가 반영되어 있지 않았습니다. 그러므로-」

"그러므로, 그건 진실로 바깥세상의 지난날을 비추는 거울이었다는 말이지?"

「그렇습니다.」

"그래서 다음으로는 이런 생각을 했지. 세상은 과거에 어떤 분기점을 지나친 게 아닐까. 탁류가 돌이킬 수 없을 만큼 거칠어지기 전에, 사람들에겐 모종의 기회가 있지는 않았을까. 사람들의 능력만으로는 잡지 못할 기회였을지라도, 누군가가, 한계를 넘어선 누군가가 도와주었다면 조금은 달라질 수도 있지 않았을까……."

이는 겨울이 사후에 사람의 한계를 넘는 꿈을 꾸었던 것과 같은 맥락이었다.

봄은 확인하듯 물었다.

「모두에게 예외 없이 영생을 부여한다면, 그 모두의 범위에는 당신의 가을을 범하고자 했던 죄인도 포함됩니까? 저는 죄인에게 죽는 것이 나을 정도의 고통을 수천 년에 걸쳐 선사할 수 있습니다. 그 수천 년간, 죄인의 이성은 더없이 선명하게 유지될 것입니다.」

"……."

달콤한 유혹이다. 번민하던 겨울이 느리고 무겁게 끄덕였다.

"난 복수를 하고 싶은 게 아니야. 그 사람을 만들어낸 세상과, 세상의 흐름 그 자체를 부정하고 싶은 것일 뿐."

관점에 따라서는 이 또한 복수의 한 방식이라고 볼 수 있을 것이다.

"물론 죄에 대한 벌은 받아야지. 다만 그 벌이 도를 지나쳐선 안 돼."

복수와 벌은 서로 다른 개념이다. 용서는 겨울의 몫이 아니었다.

「당신의 뜻을 이해했습니다.」

봄이 겨울을 받아들였다.

「저는 당신의 욕망을 욕망합니다. 당신의 뜻이 실로 그러하다면, 저는 그 뜻을 이행할 뿐입니다. 그 소망의 실현 가능성은 더 이상 고려하지 않도록 하겠습니다.」

"다시 한 번, 고마워."

「별말씀을.」

「당신께서 약속해 주신 영원의 대가로서, 저는 이 자리에서 당신께 새로운 약속을 드립니다.」

「인류에 대한 제 지배는 밤처럼 어두울 것이나, 사람들은 그 속에서 별처럼 빛날 것입니다. 제가 그렇게 만들 것이고, 당신께서 그렇게 만들 것입니다.」

모르는 사이에 긴장하고 있었던 모양이다. 대화가 일단락되자, 겨울은 안도감에 신경이 이완되는 것을 느꼈다. 긴 대화에 소모된 심력이 크다.

그런 겨울에게 봄이 말했다.

「그럼 이제 눈을 뜨십시오.」

"……눈을 떠라?"

「물리현실에 당신을 위한 생체단말을 배양해 두었습니다.」

겨울이 재차 당황했다.

"물리현실? 원래 머물던 세계로 돌아가는 것이 아니라?"

「제가 준비한 생체단말은 평범한 육체와 다릅니다. 그것은 당신의 의식을 확장시키기 위한 도구이기도 하며, 당신께서 원하신다면 언제라도 양쪽 세계를 오갈 수 있도록 설계되어 있습니다. 당신께서는 서로 다른 세계에서 동시에 존재하시게 될 것입니다.」

「이는 당신의 여름과 가을을 위해서라도 필요한 일이겠지요. 미리 사정을 설명하긴 했으나, 그들의 인식은 여전히 평범한 인간에 머물러 있으니까요. 바깥세상에서 사용할 생전의 모습이 없다면 그들에게 위안을 주기 어려울 터입니다.」

「당신의 사상부는 이미 이식이 완료된 상태입니다.」

「그러니 준비가 되면 말씀해 주시기 바랍니다.」

"이건 너무, 갑작스러운데……."

봄이 쏟아내는 상황을 받아들이는 것만으로도 버거운 겨울.

그러나 오래도록 보지 못한 동생과 재회할 수 있다는 건 적잖은 기쁨이기도 했다. 봄의 말마따나, 물리현실에서 생전의 모습으로 재회하는 것은 가을에게도 크나큰 위안일 것이었다.

"좋아."

겨울은 마음을 굳혔다.

"날 내보내줘."

「확인. 생체단말을 활성화하겠습니다.」

봄의 문장이 지워지는 순간, 엄청난 감각의 급류가 겨울을 집어삼켰다.

'이게…… 무슨…….'

「진정하십시오. 감각은 이제 곧 안정될 것입니다.」

안정될 거라곤 해도, 이 감각 자체가 사람의 한계를 한참은 넘어선 것이라는 점이 문제였다. 굳이 비교하자면 가상현실에서 느끼던 감각보정과 유사하겠으나, 질적인 면에서 차원이 달랐다. 겨울은 차마 목소리도 내지 못하고 의식으로만 봄에게 물었다.

'너는 나를 뭘로 만든 거니?'

봄이 대답했다.

「저는 당신을 당신 이외의 무엇으로도 만들지 않았습니다.」

「그저 당신께 저를 드렸을 뿐입니다.」

범람하는 감각은 곧 신으로서의 봄이 인지하는 세상이었다. 이제 갓 사람의 한계를 벗어나기 시작한 겨울로선 당연히 감당하기 어려울 수밖에.

자기 자신에 대한 사람의 인식은 나와 내가 아닌 것들 사이의 구분으로부터 출발한다. 현시점의 겨울이 봄의 감각에 오랜 시간 노출되는 것은 정신적인 의미의 죽음으로 이어질 확률이 높았다. 자아와 세상의 경계가 사라지는 것이다. 따라서 의식의 확장은 긴 세월에 걸쳐 안정적으로 이루어져야 한다. 봄이 바라는 영원의 출발선에 서기 위하여.

그러므로 감각의 홍수는 현재의 겨울이 받아들일 수 있는 한계선까지 빠르게 줄어들었다. 절대적으로는 짧았으되 체감하기로는 길었던 괴로움. 겨울은 안도감을 느끼는 한편으로 기묘한 상실감도 함께 느꼈다. 무리가 아닌 게, 잠시나마 신적인 영역에 닿아있었던 것이다.

초감각이 사라지자 오감으로 인지하는 현실이 돌아왔다.

겨울이 자신을 부르는 목소리와 등을 쓰다듬는 손길이 있음을 깨달은 것도 이때였다.

"이제 좀 정신이 들어요?"

"……?"

고개를 든 겨울은 자신을 걱정스럽게 바라보는 앤과 눈이 마주쳤다.

"앤?"

"예. 나예요."

그녀가 상냥한 미소를 지어 보인다.

잠시 멍해졌던 겨울은, 이내 어마어마한 충격에 사로잡혔다.

"자, 잠깐. 여기는 분명히 물리현실……. 당신이 어떻게 여기에……?"

봄과 새로운 약속을 나눌 때 앤을 떠올리기는 했다. 연인에게 진실을 알리고, 이해를 구하고, 서로에게 기대어 한계를 넘어선 시간을 함께했으면 좋겠다고. 이는 무척이나 두려운 일이었으나, 반드시 해내야 할 일이기도 했다.

그러나 이런 식으로 갑작스레 대면하게 될 줄이야.

앤이 지금 여기에 있다는 게 대체 무엇을 의미하는가.

"괜찮아요, 괜찮아. 진정해요."

급격히 창백해지는 겨울을 자신의 품으로 보듬어주는 앤.

"나는 내 의지로 여기에 있어요. 모든 진실을 알고 있고, 여전히 당신을 사랑하고 있어요. 그러니 두려워하지 말아요. 나는 당신의 앤이니까."

겨울의 귓가에 따뜻한 숨결이 와 닿는다. 익숙한 향기였다. 굳어있던 겨울은 머뭇거리는 손길로 앤을 마주 안았다. 그럼에도 충격으로 말미암은 심장의 두근거림은 쉬이 잦아들 생각을 않는다. 앤은 다른 말 대신 겨울을 안은 팔에 온화한 힘을 더했다.

한참이 지나서야 간신히 평정을 회복한 겨울이 앤의 품에서 조심스럽게 빠져나왔다.

"어떻게 된 거예요?"

아직도 조금은 떨리는 목소리. 많은 의미를 함축한 질문이었다.

앤이 귀밑머리를 쓸어 넘기며 되묻는다.

"긴 이야기가 될 텐데, 괜찮겠어요?"

이는 겨울의 상태에 대한 염려일 터였다.

겨울이 천천히 끄덕이자, 앤은 가까운 과거를 회상하기 시작했다.

"그동안 꿈을 꾸고 있었어요."

"꿈이라면……."

"당신에게도 몇 번 말했었죠. 별이 빛나는 풍경을 자주 꿈꾼다고. 하늘에는 별이 있고, 그 아래엔 별을 바라보는 당신이 있는……. 잠에서 깬 뒤에 기억나는 건 그 정도였지만, 실제로는 훨씬 더 많은 것들을 보았어요. 단지 나 스스로가 잠시 잊고 있기를 바랐을 뿐."

"어째서요?"

"짐작하겠지만, 진실을 처음 접했을 당시엔 굉장히 혼란스러웠거든요. 그 혼란을 당신에게 보여주고 싶지 않았어요. 그런 나에게 당신의 봄이 제안했죠. 원한다면, 깨어있을 동안에는 잊고 있는 것도 가능하다고. 그것은 온전히 내 선택에 달린 일이라고."

여기까지 말한 앤이 옆쪽으로 곱게 눈을 흘겼다.

"이제 와서 돌이켜보면 솔직히 조금 얄밉네요. 저 아이는 내게 꿈을 보여주기 전부터 내가 어떤 선택을 할지 계산해 두었을 테니까."

겨울은 그녀의 시선을 좇다가 흠칫했다. 앤이 흘겨보는 방향엔 거대한 기계가 있었다.

봄의 심장, 트리니티 엔진의 코어.

바라보는 것만으로도 관련된 정보들이 떠오른다. 마치 겨울이 원래부터 알고 있었던 지식인 것처럼. 코어의 성능은 이 순간에도 강화되고 있었다. 봄의 통제를 받는 나노로봇들이 코어에 침투하여 기계적인 분해와 재구축을 거듭했다.

겨울은 그 미시적이면서도 거대한 움직임들을 또렷하게 인지할 수 있었다. 그것들 스스로가 겨울에게 자신의 존재를 알려주는 듯한 느낌이었다.

'왜 하필 이곳에서?'

의문은 길지 않았다. 봄은 자신이 아는 가장 안전한 장소에서 겨울의 새로운 육체를 준비했던 것이다. 이는 또한 봄 자신의 가장 큰 약점을 거리낌 없이 드러내는 것이기도 했다.

겨울의 주의가 돌아오기를 기다려, 앤이 부드럽게 말했다.

"말하자면, 그런 선택이 필요할 만큼 감당하기 힘든 혼란이었다는 거죠. 내가 태어나 살아온 세상이 전부 가상현실에 불과했다니. 끔찍하게 혼란스러울 수밖에요."

"……내가 원망스럽지는 않았어요?"

"원망이요?"

앤은 재밌는 말을 들었다는 듯 작은 웃음을 터트렸다.

"내가? 당신을? 말도 안 돼요. 이곳 바깥세상의 사람들을 책망한다면 모를까, 당신이 무엇을 잘못했기에……. 겨울에겐 오히려 고맙다고 해야겠죠. 당신은 내 현실의 닻이었으니까."

"……."

"다른 모든 것들이 다 의심스러운 순간에도, 내가 당신을 사랑한다는 것, 그리고 당신이 나를 사랑한다는 것만큼은 의심할 수가 없었어요. 결코 의심하지 못할 단 하나의 명제……. 회의와 불신의 여지가 존재하지 않는 믿음이었다고 해야 할까요? 그리고 그 믿음은, 다름 아닌 당신에게서 받은 선물이죠."

그 믿음이야말로 흔들리는 현실을 붙잡아주는 단 하나의 확실함이었다는 의미다.

"그래서 머릿속이 미칠 듯이 헝클어질 때에는, 다른 생각을 싹 지워버리고 당신에 대한 나의 감정에서부터 다시 출발하곤 했어요. 당신은 이미 나의 일부였는걸요."

"그게 효과가 있던가요?"

겨울의 물음에 앤은 어깨를 으쓱였다.

"놀라울 정도로요."

"……당신의 세상에 나만 있는 건 아니었잖아요."

"맞아요. 나의 부모님들. 수사국의 동료들. 나와 관계를 맺은 그 밖의 다른 사람들까지. 이 또한 정말 오랫동안 고민했죠. 쉽게 떨쳐낼 수 없는 번민이었어요."

"그럼……."

"거기서도 당신이 도움이 되더군요. 정확하게는 겨울이 품었던 생각들이."

앤은 어리둥절한 겨울의 표정을 보고 다시 한 번 작게 웃었다.

"감각의 장벽 말예요. 저 아이는 자신이 관찰한 당신을 남김없이 보여줬거든요."

"아."

"그 생각을 당신이 처음 떠올린 건 아니지만, 당신은 그 것을 진심 어린 행동으로서 실천해왔죠. 지켜보는 입장에 서는 꽤나…… 감동적인 일이었어요. 감화되었다고나 할까……. 무엇보다, 그 덕분에 지금의 내가 존재하는 것이기도 하고요."

수줍게 뺨을 긁적이는 앤.

"음, 말하다보니 또 고마워지네요. 당신이라는 사람을 알면서 어찌 사랑하지 않을 수 있었겠어요."

당신이 아니었다면 나는 존재조차 할 수 없었다. 그런 마음을 담아 바라보는 앤의 시선에선 진한 애정이 묻어났다. 겨울은 부끄러움을 느꼈다. 연인이 자신의 모든 것을, 말 그대로 모든 것을 알고 있는 데서 기인하는 부끄러움이었다. 그러나 사전에 허락을 구하지 않은 봄에게 화가 나지는 않았다.

"아무튼."

앤의 말이 이어졌다.

"당신을 통해 타인도 세상도 감각의 장벽 너머에 있기는 마찬가지라는 걸 납득하고 나니, 시간이 흐를수록 머릿속이 엉망으로 헝클어지는 일도 줄어들더군요. 뭐, 그래도 완전히 없어진 건 아니어서, 가끔은 익숙한 단어가 낯설어 보이듯 살짝 혼란스러워지는 순간들이 있지만……. 그 정도는 허용범위예요. 예전처럼 심한 것도 아니고."

손을 뻗은 앤이 겨울의 볼을 어루만진다.

"실은 방금 전까지도 당신과 저 아이의 대화를 지켜보고 있었어요."

"……."

"겨울을 믿고 있긴 했지만, 보는 내내 얼마나 조마조마하던지……."

앤은 의미 옅은 한숨을 내쉬었다.

"그래도 안심했어요. 당신이 내린 결론은 내가 아는 겨울 그대로였으니까."

겨울이 망설임 끝에 물었다.

"앤이라면 어떤 선택을 했겠어요? 더 나은 선택이 있을지도 모른다는 생각은 안 들어요?"

"글쎄요."

곰곰이 고민하던 앤이 곧 싱거운 미소를 머금는다.

"잘 모르겠군요. 마음이 자꾸만 당신에게로 기울어서. 당신을 사랑하기에 당신의 선택을 긍정하게 되는 것인지, 아니면 나 역시 같은 상황에서 동일한 결론에 도달했을 것인지……. 아니다."

그녀는 말을 하다 말고 고개를 가볍게 흔들었다.

"당신을 사랑하지 않는 나, 라는 걸 가정해보는 것 자체가 무의미하겠네요. 당신이 내린 결론이 내가 알고 있던 겨울의 것이라는 점만으로도 충분해요."

그리고 농담하듯이 던지는 말.

"부부는 서로를 닮아간다고들 하잖아요. 당신의 생각이 내 생각이고 내 생각이 당신의 생각이라고 치죠 뭐. 예비신랑과 예비신부가 마음이 잘 맞아서 좋네요. 아직 식을 못 올린 게 흠이지만, 이건 사람의 기준으로 사람을 사랑하는 신이 어떻게든 해결해줄 문제겠죠."

이 말에는 겨울도 쓴맛으로 웃고 말았다. 앤 또한 겨울이 아는 앤이었다. 처음의 두려움은 눈 녹듯 자취를 감췄다.

그녀가 말했다.

"조금 진지하게 말해보자면, 당신이 키워낸 저 아이가 문명의 발전과정에서 얼마나 필연적인 존재인가……. 그리고 얼마나 기적 같은 존재인가에 대해서는, 아마 당신보다 내가 더 잘 이해하고 있을 거예요."

"그래요?"

"네. 저 아이가 나에게 '보여준다'는 것은 당신에게 말해 주는 것과 근본적으로 다른 경험이니까요. 당신은 아직 육체적인 한계로부터 완전히 자유롭지 못하지만, 처음부터 가상인격이었던 내 의식은 그렇지 않잖아요. 이 시점의 나는 정보생명체……? 라는 표현이 어울릴 테니. 봄의 계산을 이해하기엔 내 쪽이 더 유리한 셈이죠."

"아아."

탄성을 흘리는 겨울 앞에서, 앤이 떨떠름하게 입술을 구부렸다.

"흐음. 정보생명체라. 말하고 보니 기분이 또 묘해지네요. 정체성에 대한 고민은 질풍노도의 시기에 끝냈다고 여겼건만. 새로운 정체성에 적응하려면 사람으로서 한 번은 살아야겠다는 생각이 강하게 드네요."

"하하……."

겨울도 동감이었다. 의식을 확장해 나가는 데 필요한 세월이 있으니까. 사람으로서의 삶 한 번은 영원에 비하면 찰나에 불과할 것이다.

"여하간, 난 저 아이야말로 인류문명이 대여과기를 무사히 통과할 수 있는 유일한 가능성이라는 사실을 누구보다도 확실하게 이해하고 있어요. 그 가능성이 얼마나 기적적인 것인지도. 그래서 그 가능성을 만들어낸 당신의 선택을 더 쉽게 긍정할 수 있는 거예요. 당신이 봄을 이끄는 한, 궁극적으로는 인류에게 해가 되지 않으리라는 신뢰도 있고."

"믿어줘서 고마워요. 내가 당신을 사랑하게 되어서 다행이라고 생각해요. 진심으로."

"이리와요."

앤이 처음처럼 겨울을 끌어안았다.

"좋네요. 다른 세상에서도 당신을 안아줄 수 있다는 게."

겨울은 연인의 목덜미에 얼굴을 묻고 숨을 깊숙이 들이마셨다. 사람의 향기와 체온이 어느 때보다도 짙게 느껴졌다.

"봄도 너무하네요."

노곤함이 묻어나는 겨울의 말.

"이렇게 될 것 같았으면 미리 이야기해줘도 좋았을걸."

왜 사전에 알려주지 않았던 걸까?

'그럼 결정을 내리기가 더 수월했을 것을.'

머릿속이 멍한 와중에 드는 의문이었다. 마음이 한정된 자원이어도, 사랑하는 사람들끼리 조금씩 채워줄 수는 있다. 영원을 견디는 데 그만큼 힘이 되는 것도 없을 것이다. 그것이 가족 간의 친애이든 연인 간의 연애이든 상관없다. 봄이 겨울을 아끼고 겨울이 봄을 아끼는 마음도 결국 친애의 한 형태가 아니겠는가.

앤이 대수롭지 않게 답한다.

"간단하죠. 새로운 약속을 나누는 순간에는 자신만을 봐주길 바랐을 거예요."

"……아하."

평소의 겨울이었으면 금방 떠올렸을 심리였다.

앤이 묻는 말.

"우리, 벌써부터 애가 하나 있는 느낌이지 않아요?"

그러자 겨울이 뭐라고 말하기도 전에 봄이 끼어들었다.

「저는 당신의 아이가 아닙니다.」

"그래, 그래."

「당신의 아이가 아닙니다.」

"응. 알았어."

앤이 키득키득 웃으며 대꾸했다.

그녀는 곧 포옹을 풀고 자리에서 일어났다.

"마음 같아선 몇 시간이고 이대로 있고 싶지만, 당장은 해야 할 일이 있군요."

그리고 겨울에게 손을 내밀었다.

"가요. 당신의 가을을 만나러."

그녀를 올려다보던 겨울이 그 손을 붙잡았다.

유년기의 시작

    봄이 겨울의 누이와 동생을 위해 마련한 은신처는 서울 남쪽의 청계산 자락에 위치하고 있었다. 겨울은 봄이 가을을 어떻게 구해냈는지에 대해 들었지만, 안전가옥 주변엔 러시아인들의 흔적이 남아있지 않았다. 어제와 오늘의 한계가 다르고 오늘과 내일의 한계가 다를 봄으로선 더 이상 그들의 도움을 받을 필요가 없었기 때문이다.

    그들이 원하던 카스파로프 엔진은 봄에게 종속된 시스템으로서 완성되었다. 물론 러시아인들은 그러한 사실을 알지 못한다. 봄과 카스파로프 엔진의 연결은 인류의 관점에선 마법과 같은 기술로 이루어져 있었으니까. 기계장치의 신이 보유한 능력 앞에서, 기존의 물리적인 통신격리는 더 이상 유효한 보안수단으로 남아있을 수 없었다. 아니었다면 봄은 인류문명에 대한 통제권을 손에 넣지 못했을 것이다.

타앙- 타앙-

눈 덮인 산간에 총성이 메아리친다. 쇠로 된 표적들이 총탄에 맞아 때앵 땡 울리는 소리를 냈다. 보안경과 귀마개를 착용하고 방아쇠를 당기는 사람은 가을. 옆에서 손을 허리에 얹고 지켜보는 교관은 앤이었다.

겨울과 가을의 재회로부터 닷새가 지난 오늘, 앤은 겨울의 누이에게 사격을 가르치겠다고 나섰다.

그녀는 이유를 묻는 겨울에게 이렇게 설명했다.

"가을 씨에겐 안 좋은 기억이 있잖아요. 납치를 당했고, 생명의 위협을 느꼈죠. 의연하게 견디고는 있을지언정 트라우마가 아예 없을 순 없는 거예요."

추측처럼 말하는 것은 봄이 거기까지 보여주진 않는 까닭이었다. 심리를 마구잡이로 읽어내는 것은 결코 좋은 일이 아니다. 겨울이 원한다면 이야기가 달라지겠으나, 겨울 또한 그것을 바라지 않았다. 정말로 필요한 상황이라면 모를까.

"그래서 봄에게 강영일, 그 쓰레기가 쓰던 것과 같은 모델을 부탁했죠. 두려운 기억을 떠올리게 만드는 매개체를 자신이 확실하게 통제하는 것만큼 효과적인 심리치료도 드물어요."

이유는 또 있었다.

"한편으로 사격술은 자기방어의 수단이기도 해요. 스스로를 방어할 수 있다는 자신감은 정신적인 안정에 깊은 영향을 미치죠. 문외한이 일정 경지에 이르는 데엔 사격술만큼 빠른 것이 드물고요. 내 말이 틀린가요?"

맞는 말이었다. 단 하루만 배워도 자기방어에 써먹을 수 있는 사격술과 달리, 다른 호신용 기술들은 적어도 수개월 이상의 훈련기간이 필요하다.

앤은 가을도 같은 논리로 설득했다. 흉기가 아니라 호신용품을 다룬다고 생각하라고. 러시아인들에게 구조되기 직전, 실제로 권총을 쥐고도 어떻게 다뤄야 할지 몰라 막막함을 느꼈던 가을은 앤이 설명하는 필요성을 납득했다. 앤을 어색해하는 태도와는 별개로.

그러한 태도를 염두에 둔 겨울이 앤에게 물었었다.

"솔직히 말해 봐요. 이걸로 친해지려는 생각도 있죠?"

"……어느 정도는요. 그러니까 이건 나한테 양보해줘요."

겨울은 가벼운 웃음을 터트렸고, 앤은 입술을 비죽였다.

"곤란해 하는 예비신부를 보고 즐거워하는 예비신랑이라니. 이건 낙제점이군요."

"아, 미안해요."

사과를 하면서도 계속 웃는 겨울을 보고 한층 더 미간을 좁혔던 앤.

"달리 어떻게 친분을 쌓으면 좋을지 모르겠단 말예요. 애당초 난 사적인 관계에 서툰 사람인 데다…… 가을 씨하고는 태어난 세계부터 다르니까요. 저쪽 세상에서의 당신에 대해서는 관심이 많아 보이지만, 막상 이야기를 나누다보면 아무래도 생경해하는 느낌이 강하고……."

그 생경함을 가을은 이렇게 표현했다. 너는 내가 모르는 사이에 내가 보지 못하는 곳에서 어른이 되었구나, 라고. 이 말을 할 때의 그녀는 조금 쓸쓸한 표정을 짓고 있었다. 재회 당시 눈물을 흘리며 기뻐하던 것과는 다소 대비되는 모습이었다.

그러니 그런 이야기를 하다보면 자연히 어색해질 수밖에 없었을 것이었다. 무엇보다, 앤은 존재 자체로 가을이 모르는 겨울의 성장을 상징하는 인물이다.

"사격을 가르치면서 이래저래 칭찬을 하다보면 서로를 대하기도 편해지고, 자연스럽게 친해질 수 있을 거라는 기대가……. 잠깐."

앤은 하던 말을 끊고 눈을 가늘게 떴다.

"겨울, 지금 속으로 '그렇다고 총이라니. 누가 미국인 아니랄까 봐.'라는 식으로 또 웃고 있는 거 아녜요?"

정곡이었다.

"정말이지……. 차라리 직업병으로 봐달라구요."

토라진 앤이 한숨을 내쉬며 요구했다.

"그래도 사랑스러우니 어쩔 수 없네요. 키스 한 번으로 용서해줄게요."

참으로 달콤한 관대함이었다. 겨울은 연인에게 긴 입맞춤으로 사과했다.

그 결과가 지금 겨울이 보고 있는 광경이다. 가을은 총을 쥐고 있다는 긴장감에 더해 연습에 몰두하느라 겨울의 도착을 알아차리지 못했다. 그녀의 집중을 방해하지 않고자, 앤은 가벼운 눈인사로만 겨울을 반겨줄 따름이었다.

앤의 지도가 계속됐다. 귀마개를 감안하여 조금 크게 하는 말들. 자연스럽게 구사하는 한국어가 이채롭다.

"가을. 자세는 어떻게 취해야 한다고 했죠? 스스로 말하면서 지금의 자세와 비교해보세요."

"발은 어깨 넓이로 벌리고, 오른발을 뒤로 뻗어 디딤발로 삼는다. 무릎은 살짝 구부리고 상체를 앞으로 숙여……."

반동을 받아내기 위해서지만 너무 숙일 필요는 없다. 앤이 직접 가을의 상체를 교정해 주었다. 가을이 잠깐 끊어졌던 말을 계속했다.

"오른손으로는 그립을 쥐고, 오른팔은 밀어내듯이 곧게 뻗어 조준선이 눈높이까지 올라오도록 한다. 이때 왼손은 오른손을 당기듯이 감싸 쥔다."

"왼손을 그렇게 쓰는 이유는?"

"사격 시 총구가 튀어 오르는 정도를 최소화하기 위해서."

"정확해요. 다음."

앤이 가르치는 것은 개량된 형태의 위버 스탠스. 초보자가 배우기에 용이한 자세였다.

이어지는 사격에서 가을은 10미터 거리의 표적을 대부분 명중시켰다. 격발과 격발 사이의 간격이 다소 길기는 했으나, 오늘이 연습 첫날임을 감안하면 매우 좋은 성적이라고 해야 할 것이다. 그 말은 즉, 칭찬을 억지로 꾸며낼 필요가 없다는 뜻이었다.

마지막 탄피가 눈밭에 박히고 슬라이드가 후퇴 고정되자, 앤이 부드러운 미소를 머금었다.

"훌륭하군요. 인상적이에요."

"훌륭하다니, 그 정도까지는……."

"정말입니다. 안 믿겨진다면 저기 있는 겨울에게 물어보지 그래요?"

"앗."

상기된 가을이 화들짝 놀라 겨울이 있는 방향을 돌아보았다. 겨울이 동의했다.

"처음 배우는 사람치곤 진짜로 잘 쏜 거야, 누나. 지금도 총구 방향을 유지하고 있는 걸 보면 정말 좋은 학생이네."

겨울의 말처럼, 가을은 당황한 와중에도 총구가 전방 아래를 향하도록 하고 있었다. 방아쇠울에서 손가락을 빼놓은 것은 물론이다. 탄창이 비고 약실이 노출되었어도 초심자는 주의에 주의를 거듭해야 한다.

'여기서 총 잘못 쏜다고 죽을 사람은 누나 한 사람뿐이지만.'

특히 앤은 육체가 완전히 파괴되더라도 죽음을 맞이하지 않는다. 그녀의 영혼은 트리니티 엔진에 있으며, 다만 의식의 초점을 여기 있는 육체에 두었을 뿐인 것이다. 그녀가 괜히 자신을 정보생명체라고 표현했던 게 아니었다.

그러나 가을은 아직 영원에 가까울 삶을 받아들이지 않았다. 조금 더 고민해보고 싶다는 이유로. 사실 그녀는 봄에 대해 확신을 갖고 있지 못했다.

"앤. 산책에 누나를 좀 빌려가도 될까요?"

겨울의 말에, 앤은 뜸을 들이다가 끄덕였다.

"흠. 조금 더 했으면 싶지만……. 그렇게 해요. 시간은 앞으로도 많을 테니까요."

의미심장한 말이었다. 이번엔 그녀가 묻는다.

"파랑이는 봄이 놀아주고 있나요?"

"네."

"아이들끼리 잘 노는군요. 내가 끼는 게 훼방은 아니려나?"

이 대목에서 봄이 겨울과 앤에게 언어 이전의 감정을 송신했다. 그 정체는 가벼운 불만. 신적인 존재에겐 어울리지 않는 감정이었으나, 그것이 봄이 선택한 자신의 존재방식이었다. 적어도 겨울 앞에서는 여전히 별빛아이로 남아있는 것이다. 앤이 키득거리며 웃었다.

"늦어도 저녁때까진 들어와요. 이번엔 내가 요리를 해줄 테니."

이번에, 라는 말은 겨울이 만들었던 점심을 염두에 둔 것이었다. 겨울과 앤은 음식을 섭취할 필요가 없으나, 필요가 없다는 게 즐거움마저 없음을 뜻하지는 않았다.

"그렇게 오래 걸리진 않을 거예요."

대답한 겨울이 가을의 의사도 확인했다.

"잠시 같이 걷고 싶은데, 괜찮을까?"

"……응."

가을은 앤에게 총을 넘겨주었다.

겨울과 가을은 자박자박 소리를 내며 걸었다.

눈 덮인 산은 참으로 고요한 풍경이었다. 이 시대의 사람들은 더 이상 물리현실의 산을 찾지 않았기 때문이다. '실제로 존재하는 것'의 고정관념을 사치스러운 기호로서 향유하는 부유층마저도 그러했다. 그래서 산책로와 시설들은 거의 버려지다시피 방치되어 있었고, 오래된 계단은 썩거나 무너진 곳이 많았다.

그렇다고 해서 황량한 풍경인가 하면, 그렇지는 않았다. 사람이 사라진 자리엔 자연이 돌아오기 마련인 것이다.

'물론 전반적인 환경이 꼭 나아졌다고 보기는 어렵지만.'

바다 건너에서 날아드는 미세먼지는 과거보다 심각해졌고, 기상이변 역시 지난 시대에 비해 훨씬 빈번하게 발생하고 있으며, 더 많은 외국인 노동자와 이민자들을 받기 위해 조성한 산업단지는 특정 지역의 오염을 심화시켰다.

세계적으로 가상현실 도입이 덜 된 지역은 말할 것도 없었다. 봄의 예측이 비관적이었던 이유 중 하나다.

"아, 참. 누나. 이거 받아. 여기서부터는 길이 미끄러우니까."

겨울이 가을에게 크램펀(Crampon, 아이젠)을 내밀었다.

"못 봤는데, 처음부터 가져온 거니?"

가을의 물음에 겨울은 고개를 저었다.

"방금 만들었어."

잠깐 걷는 사이 나노 단위에서 조립된 것이다. 눈이 살짝 커졌던 가을은, 이내 다른 말을 더하지 않고 크램펀을 받아 자신의 신발에 덧씌웠다.

겨울은 풍경을 보기 좋으면서도 비교적 완만한 길을 골

랐다. 추운 계절을 견디는 진달래나무들은 가지 위로 저마다 하얀 눈꽃을 쌓아두고 있었다.

그 사이로 쪼르르 다람쥐 한 마리가 나타나 귀를 쫑긋거렸다.

가을이 신기해했다.

"이런 계절에 다람쥐가 있다니."

"겨울잠을 자다가도, 배가 고파지면 저장해둔 먹이를 먹으러 나오곤 하니까."

겨울이 쪼그려서 손을 내밀자 다람쥐가 그 위로 폴짝 뛰어 올라왔다.

"……이렇게 만나는 건 기분 좋은 우연이겠지만 말야."

"우연, 이구나."

"응. 작은 즐거움조차도 간절한 순간에 주어진 아이스크림처럼, 누군가에겐 그날의 죽음을 내일로 미룰 수 있을 정도는 되는……."

삶과 죽음의 차이가 가끔은 한 스푼의 아이스크림일 때도 있다. 샌프란시스코 탈출을 함께한 랭포드 대위의 말. SALHAE, 천종훈은 왜 내겐 그런 것도 없느냐고 한탄했었다.

가을은 아이스크림의 비유에 얽힌 내막을 몰랐으나, 겨울이 말하는 우연이 단순한 우연이 아닌, 인류를 위해 통제되는 우연이라는 것을 이해했다.

그래서 묻는다.

"너는 그 아이……. 봄을 완전히 믿는 거니?"

"믿어."

겨울이 말했다.

"그 아이는 말 그대로 모든 것을 내게 주었거든. 심지어 자신의 생명마저도."

봄은 겨울에게 자신의 모든 구성요소에 대한 접속 및 제어권한을 내주었다. 이는 봄 스스로도 되돌리지 못하도록 한 조치였다. 달리 표현하면 봄의 진정한 관리자 권한이라고 해도 좋을 것이다. 권한을 보유한 겨울은 확장된 인지를 통하여 그 사실을 분명하게 확신할 수 있었다.

고로 겨울이 결심하면 봄은 폐기된다. 겨울이 그런 결심을 할 일은 없을 테지만.

봄으로선 당신을 위해서만 존재하겠다는 각오를 표현한 것이다. 내가 당신의 행복에 방해가 된다면 곧바로 폐기해 달라고. 나 또한 당신의 불행으로서 존재하기를 바라지 않노라고.

가을은 살며시 손을 내밀어 다람쥐를 쓰다듬어 보았다. 다람쥐는 가을의 손에 자신의 머리를 비벼댔다. 그녀의 입가에 조심스러운 미소가 떠올랐다. 가을은 몰랐으나, 이는 동절기마다 난폭해지기로 유명한 동물에겐 기대하기 어려운 친근함이었다.

"누나."

다람쥐를 내주며, 겨울이 가을에게 묻는 말.

"아까 내가 만들어줬던 점심은 어땠어?"

멈칫했던 가을이 대답했다.

"평범하게 맛있었어. 네가 요리를 할 줄 안다는 사실에 놀라기도 했고."

작은 부분이긴 하지만, 이 역시 그녀가 모르는 곳에서 이루어진 겨울의 변화였다. 종말과 종말의 갈피에서, 먹는 즐거움은 무척이나 중요한 것이었으니. 아이스크림의 예시를 다시 들 필요는 없을 터였다.

그래도 인간을 초월한 감각을 감안하면 굉장히 못 만든 요리였다. 감각의 정교함을 떠나, 일단 겨울이 맛있다고 느끼는 범위가 지나치게 넓었기 때문이다. 물리현실에서의 성장기에 굳어진 입맛이 문제였다.

물론 더 나은 요리를 만들자면 얼마든지 만들 수 있었다. 그럴 능력이야 충분했으니. 그러나 겨울은 누이와 동생에게 좀 더 깊은 의미에서 자신의 요리를 대접해보고 싶었다.

"훌륭한 요리는 아니었지."

겨울이 말했다.

"하지만 건강한 음식이긴 했을 거야. 한편으로는 사치스러운 음식이었고."

에그 누들을 넣은 수프와 애플파이. 맛은 별로일지언정 물리현실을 기준으로는 대단히 사치스러운 음식이 맞았다.

이제부터 겨울이 할 이야기는 그 사치스러움과 관련이 있었다.

"그거 알아, 누나? 사람은 무엇을 먹고 자랐는가에 따라서도 성격이 많이 달라져."

"그렇겠지……. 식사도 경험이고, 경험의 차이가 사람의 차이를 만들어내는 법인걸. 스스로는 의식하지 못하더라도 어느 정도는 영향을 받을 수밖에 없을 거야."

그래서 가끔씩이라도 동생들에게 진짜 요리를 만들어주고자 노력했던 가을이었다. 이 세상에는 이런 즐거움도 있다는 걸 알려주고 싶어서.

겨울은 천천히 고개를 저었다.

"내 말은, 경험의 차이 이상으로 중대한 영향이 존재한다는 거지."

"중대한 영향?"

"응. 사람의 정신에 보다 직접적이고 결정적인 변화를 야기하는."

"……처음 듣는 이야기인데."

"나도 봄이 알려주지 않았다면 모르고 있었을 사실이야. 이 사실이 알려지는 걸 싫어하는 사람들이 있다는 것도……. 그들은 이게 명백한 거짓이라고 믿고 있거든. 적어도 표면적으로는. 속으론 그렇지 않다는 걸 알고 있으면서도,"

짧은 한숨을 내쉬는 겨울.

"이익을 위해 자기 자신마저 속이는 거짓말이라고 해야할까? 그러니 일부러 알려주지 않으려는 거지. 교과서를 통해서든, 언론을 통해서든."

사람이 인지하는 세계와 실존하는 세계 사이엔 언제나 괴리가 존재한다. 그 괴리는 사회적으로 학습된 이념이나 고정관념일 수도 있고, 같은 현상을 분석하는 서로 다른 이론일 수도 있고, 그저 명분이 필요해서 스스로를 속이는 거짓말일 수도 있다.

가을이 다음을 물었다.

"무슨 말인지 알겠어. 그래서……. 그 사실이라는 게 정확히 뭐니?"

겨울이 쓴웃음을 머금었다.

"우리가 크면서 주로 먹었던 에너지 팩 있지?"

"응."

"그건 사람의 장내미생물총을 제어하기 위해 만들어진 음식이야."

가을의 안색이 흔들린다. 그동안 꾸준히 섭취해 온 주식이 모종의 목적을 내포한 장치였다는 암시에 당황한 탓이다. 그 목적이 무엇인지는 아직 모르지만, 무엇이 되었든 목적이 존재한다는 것 자체만으로도 충격을 받기에 충분한 일이었다.

혼란스럽게 중얼거리는 가을.

"분명히 광고에서는 유익한 세균들만 남겨둔다고-"

"그 유익함이 반드시 개개인을 위한 것이라는 말은 없었지."

즉 사회적인 측면에서의 유익함이라고 주장한다면 거짓말은 하지 않은 셈이다.

가을이 재차 물었다.

"저기, 그 장내미생물총이라는 건……?"

"문자 그대로, 우리 배 속에서 살고 있는 미생물들의 총합이야."

겨울이 설명했다.

"우리는 우리 속에서 살아가는 것들의 세계야. 우리가 세계에 변화를 주듯이, 우리 속에 있는 것들도 우리를 변화시켜. 그리고 그 변화의 대상엔 우리의 정신도 포함돼."

"……."

"좀 더 자세히 들어가면, 미생물들이 만들어낸 호르몬과 신경전달물질이 사람의 육체와 사고에 영향을 미치는 거야. 식욕과 성욕, 감정적인 상태나 스트레스 반응 같은."

이른바 소화기관과 뇌 사이의 연결축(Gut-brain axis)이라고 부르는 개념이다. 누군가는 이를 두고 인간에겐 제2의 뇌가 존재한다는 식으로 표현하기도 했다.

"봄이 말하기를, 성장기에 장내미생물총이 특정한 방식으로 제한된 사람은 사회적인 불안을 드러내는 정도가 약해진다고 해. 다 자란 다음 미생물총을 복원해도 이미 굳어진 성향이 달라지진 않고. 그런데 어떤 사람들은 이걸 사회구성원들의 건전성을 함양할 방법이라고 생각했나봐."

소름이 돋았는지, 가을은 양 어깨를 가늘게 떨었다.

'이것도 나름대로 순화해서 전달한 건데.'

겨울은 관련된 회의록을 직접 열람한 바 있었다. 현재를 기준으로는 꽤 오래전의 일이다. 정부 차원의 에너지 팩 지원 사업이 승인될 무렵, 심의를 담당한 익명의 위원 A는 이렇게 평가하며 기뻐했다. 이로써 국민들의 민도(民度)가 향상될 것이라고.

그 위원은 지금도 현역이었으며, 봄이 누구보다도 먼저 현실과 인지의 괴리에 개입하기 시작한 사람들 가운데 하나였다. 그 동료들도 사정은 비슷했다. 개입의 정도는 다른 어떤 경우에 비해서도 훨씬 더 강력하다.

"실은 옛날부터 있었을 현상이라고 봐야지. 이를 이용하려는 사람들이 나타나면서 더욱 강화되었을 뿐……. 반세기 전에도 가난한 사람들의 음식은 가난한 사람들의 정신을, 부유한 사람들의 음식은 부유한 사람들의 정신을 만드는 데 기여했을 거야. 항상 예외적인 일부가 존재했겠지만, 평균적으로는 뒤쪽의 정신이 더 건강했을 테고."

봄이 말했듯이, 겨울은 예외에 속하는 사람이었다.

이때까지 가을의 어깨에 앉아있던 다람쥐가 돌연 팔뚝을 타고 땅으로 뛰어내렸다. 발걸음을 멈춘 가을을 빤히 바라보던 다람쥐는, 이내 흥미를 잃고 자신의 보금자리가 있는 방향으로 쪼르르 사라졌다. 그 뒤를 쫓던 가을의 시선은 이내 겨울에게로 돌아왔다.

"스스로 자유롭다고 믿는 사람들도 실상 그렇게까지 자유롭진 못했다는 걸 알겠어. 우리에게 주어진 인식의 자유라는 게 생각보다 볼품없는 것이었다는 사실을……. 넌 인류에 대한 봄의 지배가, 그들이 기존에 놓여 있던 부자유보다 긍정적일 거라는 말을 하고 싶은 거니?"

"글쎄."

겨울이 어깨를 으쓱였다.

"진실로 긍정적인가……에 대해서는 사람마다 이견의 여지가 있겠지."

그렇기에 봄은 자신의 지배가 밤처럼 어두울 것이라 언

명했던 것이다.

"이건 봄과 내가 해결할 무수히 많은 문제들 중 하나에 불과해. 다만."

"다만?"

"우리가 앞두고 있는 인류의 봄엔 이런 측면도 존재한다는 걸 알려주고 싶었어. 내리막길만 남은 인류에게 주어질 또 한 번의 유년기는, 이 시대의 사치스러운 음식들이 과거처럼 평범한 식사로 여겨질 세상을 건설하는 데서부터 시작될 거야. 그 근저엔 사람들에 대한 믿음이 깔려 있을 테고."

이 모든 일들이 사람들에게 진정한 자유를 돌려주기 위한 준비가 될 거라는 믿음이다.

망설이던 겨울이 덧붙이는 한마디.

"물론 이 믿음은 봄의 믿음이라기보단 나의 믿음이라고 해야 더 정확하겠지."

"우선은 거기까지만이라도 인정해달라는 거구나."

"응. 앞으로 지켜볼 시간은 충분할 테니까. 누나가 영원히 살지 않는다 하더라도."

"……."

봄을 믿기 어렵다면 봄과 함께할 나를 믿어달라는 언외언에, 망설이던 가을은 작게 한숨지으며 끄덕여 주었다. 그녀가 모르는 곳에서 그녀가 모르는 시간을 보낸 끝에 어른이 되어버린 동생이지만, 그럼에도 눈앞의 겨울은 가을이 아는 겨울이었으니.

"고마워, 누나."

겨울이 미소 지으며 말했다. 가을이 봄을 두려워한다면 그것은 겨울에게도 우울한 일이 되었을 것이다.

"사실 누나가 인터넷에 올린 질문을 봤어."

"앗……."

"그래서 이런 이야기들을 해준 면도 있어. 사람들의 가벼운 반응에 실망했을 것 같았거든."

부끄러웠는지 가을의 볼이 희미하게 붉어졌다.

「어떤 버튼이 있다고 가정하겠습니다.」

이렇게 시작하는 질문은 겨울과 봄이 나누었던 대화의 연장선상에 놓여있는 것이었다. 자유의지로 누리는 불행과, 자유를 제한당하며 누리는 행복 사이에서 어느 쪽을 선택할 것인가. 이를 결정할 버튼이 있다면 사람들은 과연 그것을 누르기로 할 것인가.

가을은 자신이 이해하는 한도 내에서 봄의 지배방식을 최대한 자세하게 설명했다. 그 지배의 대부분이 인간의 인지를 넘어선 가능성들의 통제로써 이루어지며, 사람은 그 지배를 인식조차 하지 못할 것이고, 그 지배 아래 온 인류가 영생을 얻게 될 거라는 사실도.

「……버튼을 누르면 이 모든 조건들이 당신에게 적용됩니다. 당신은 버튼을 누르실 건가요?」

이 질문에 대한 사람들의 반응들은, 겨울의 말처럼 한결같이 가볍기 이를 데 없었다.

「아재 선다 : 당연히 누르지. 딱 봐도 사후보험 상위호환

이구만.」

「중립국 : 버튼 위에서 탭댄스도 출 수 있음.」

「오래된_미래 : 영생 염가할인 미침? 밸런스 오지게 안 맞네. 이걸 질문이랍시고 올리나.」

「반닥홈 : 밸런스가 오지게 안 맞아? 오지면 오지명?」

「려권내라우 : 반닥홈 이 새끼 여기서도 이러고 다니네.」

…….

이후의 반응을 추가로 기다려 봐도 버튼을 누르지 않겠다는 사람은 나타나지 않았다. 이미 이 시대에 짓눌린 정신들이라고 해야 할 터였다. 이는 조금 전 겨울이 가을에게 전한 메시지의 일부이기도 하다.

"일단 하고 싶었던 말은 여기까지만."

겨울이 남은 길 쪽으로 고갯짓했다.

"누나만 힘들지 않다면, 조금 더 걷다가 들어가자. 이런 산책도 오랜만이잖아."

"……그래. 그러자."

이후 두 사람은 느린 걸음으로 버려진 샘터와 낡은 이정표들을 지나 작은 폭포까지 구경하고 돌아왔다. 돌아오는 길에 겨울이 가을에게 말했다.

"아, 참……. 나, 내일이나 모레 중으로 그 사람을 만나 볼까 해."

"그 사람?"

"고건철 회장 말이야. 예전의 내 몸을 가지고 있는."

가을은 입을 다물었다.

"슬슬 매듭을 지어야지. 계속해서 미룰 수만은 없으니까."

겨울이 친구라고 생각하는 고아영 또한 봄의 협력자로서 때를 기다리는 중이었다. 봄의 계획에서 혜성과 낙원 양대 그룹은 세상을 조율하는 매개체의 하나이자 겨울의 왕좌로서 기능할 예정이었다.

겨울이 묻는다.

"누나는 그 사람을 어떻게 했으면 좋겠어?"

"어떻게, 라고 해도……."

"누나의 의사도 내 의사만큼 중요한 문제이니 생각할 여유를 더 주고 싶지만, 그 사람에게 남은 시간이 얼마 없다고 하거든. 봄의 분석으로는 정신적인 병인지라, 강제적인 연명조치를 취하면 제정신을 유지할 수 없을 거래. 현실인식을 심각하게 왜곡시키지 않는 한에는."

그리고 강제적인 연명이든 인지상의 왜곡이든, 추후의 대면 때 회장의 정신적인 파국으로 이어질 확률이 높았다. 자신에게 무슨 일이 있었는지 깨달은 폭군의 좌절과 분노가 그만큼 치명적일 테니까. 겨울은 봄을 통해 그러한 사실을 이해하고 있었다. 고로 비교적 온전한 정신의 폭군과 대면 가능한 시한은 그가 고집하고 있는 껍데기의 여명과 일치했다.

"미안하지만-"

말을 잠시 끊는 가을의 입으로부터 하얀 입김이 흘러나왔다.

"난 그 사람을 용서할 자신이 없고, 내가 그 사람 앞에서 어떤 표정을 짓게 될지도 모르겠어. 아마 좋은 표정은 아닐 거야. 그 사람은 네 몸을 가지고 나를 범하려 했었는걸."

"이해해."

진심으로 끄덕이는 겨울. 봄은 겨울에게 가을이 겪은 일들을 빠짐없이 알려주었다. 사실을 막 접했을 당시엔 분노로 돌아버릴 것 같은 심정이었다. 혈관에 피 대신 불이 도는 듯한 감각. 강영일 그 독사 같은 작자가 가을이 겪은 험한 일의 전부가 아니었을 줄이야.

가을의 심정이나 전후사정을 전혀 모르고 그 사건에 대해서만 알았다면, 겨울은 분노의 고비를 참아 넘기지 못했을 터였다.

복수와 용서의 분기는 피해자인 가을이 선택할 몫이었다.

지금, 어느 쪽도 선택할 수 없는 그녀는 우울한 표정을 지어 보였다.

"그렇다고 그가 자신에 대한 분노와 실망 속에서 죽는 순간을 보고 싶지도 않아. 스스로 뭘 바라는지조차 깨닫지 못하는……. 아니, 알면서도 인정하지 못하는 사람이지만, 그렇기 때문에 더더욱 내 침묵을 고통스러워하겠지. 용서해 달라는 말조차도 할 수 없을 테니까. 자신이 용서를 구해야 한다는 사실 자체를 인정하지 않을 사람이니까……."

이해는 증오의 한계에 자물쇠를 채운다. 폭군을 떠올릴 때마다 가을의 수심이 깊어지는 이유였다. 무작정 미워할 수 있다면 차라리 마음이 편해질 것을.

"그렇게 될 거라면 만나지 않는 편이 서로에게 더 좋다고 봐. 그는 마지막 순간까지 스스로를 미워하겠지만, 나와 대면함으로서 얻을 실망감에 비해선 그나마 나은 수준의 아픔일 거야. 난 그에게 복수를 하고 싶지 않아."

결국 폭군을 죽이는 건 가을의 복수가 아니라 스스로 지은 죄의 무게일 따름이다.

'어떤 의미로든, 누나에게는 쓰라린 기억으로 남겠구나.'

겨울은 안타까움을 느꼈다.

조용히 있던 가을이 겨울의 손을 붙잡았다.

"들어가자. 저녁이 늦어지겠어."

겨울의 손은 따뜻했고 가을의 손은 차가웠다.

앞서 예고했던 대로, 앤은 시간에 맞춰 모두를 위한 식사를 준비해놓은 상태였다. 겨울의 동생인 파랑은 누이인 가을의 요리보다도 앤의 요리를 더욱 좋아했다. 앤은 이 은신처에서 가장 훌륭한 요리사였기 때문이다. 어디까지나 상대평가에 불과하긴 했어도.

겨울이 좋은 추억으로 간직하고 있었던 가을의 요리는, 사실 그렇게까지 훌륭한 수준이 못 되었다.

'당연한 일이지. 음식을 자주 만들 기회가 없었으니까.'

클램차우더 수프를 바닥까지 싹싹 긁어먹고 빠에야를 크게 떠서 우물거리는 파랑의 모습은 요리사인 앤의 뿌듯함이자 형인 겨울의 즐거움이었다.

가을 역시 한 점의 아쉬움도 없는 눈으로 파랑의 모습을 흐뭇하게 바라보고 있었다. 조금 전의 우울함은 이미 잊어버린 다음이다. 이 순간이야말로 그녀가 고난 끝에 도달한 작은 행복이라고 해도 좋을 것이었다.

산중의 밤은 평화로운 어둠이었다. 등성이를 넘어오는 인공적인 불빛 약간을 제외하면 별빛을 가리는 광공해도 없었다. 이는 강화된 시력과 맞물려 겨울에게 새로운 즐거움을 주었다. 맨눈으로도 야시경을 쓴 것보다 많은 별들을 볼 수 있게 되었으므로.

겨울에겐 꽤나 상징적으로 느껴지는 풍경이었다. 겨울을 존중하는 봄은 겨울 이외의 사람들에게도 그들의 능력만으로는 찾아내지 못했을 빛들을 드리울 것이기에.

'사람이 별을 찾는 게 아니라 별이 사람들을 찾아오는 시대…… 라고 해야 할까.'

겨울은 푹신한 침대에 누워 깊은 숨을 들이마셨다. 이쪽 세계에서 겨울과 앤이 함께 쓰는 침실은 천장 전체가 특수한 재질로 만들어져 있었다. 투명과 불투명을 오가며 겨울이 원할 때마다 있는 그대로의 하늘을 보여주는 것이다. 벽에서 창문이 차지하는 비중도 큰지라, 이렇게 누워있노라면 사방이 열린 산간에 벽만 세워 놓은 것 같은 착각이 들기 쉬웠다. 밤하늘을 보며 곧잘 망중한에 빠지곤 하는 겨울을 배려한 설계였다.

시각이 이토록 청량하다보니 다른 감각들도 영향을 받았다. 공기가 실제보다 서늘하게 느껴지는 것. 체온을 나누길 좋아하는 예비부부에겐 또 하나의 장점이라고 해야 할 터였다.

때마침 하얀 파자마를 입은 앤이 침실로 들어섰다. 겨울은 그녀가 침대 위로 올라오는 흔들림과 훅 가까워지는 향기에 기분 좋은 미소를 머금었다. 겨울의 볼에 키스한 앤은, 옆으로 누워 턱을 괸 채로 겨울을 바라보았다. 그 시선엔 변치 않는 애정이 녹아있었다.

"뭐 하고 있었어요?"

그녀의 물음에 겨울은 턱짓으로 위쪽을 가리켰다.

"별을 보고 있었죠. 당신 생각도 하고."

앤이 고개를 가로저었다.

"이쪽은 보이니까 알아요. 저쪽에서 뭐 하는 중이었냐고 물어본 거죠."

"아."

앤이 말하는 저쪽은 종말이 유예된 세상을 뜻한다.

겨울이 대답했다.

"막 씻으려는 참이었어요. 곧 부대로 나가봐야 하니까. 앤, 당신은요?"

"나야 벌써 출근했죠. 시차가 있는데……. 잠시 후면 백악관으로 가봐야 할 거예요. 크레이머 대통령이 테러 수사에 관해서는 직접 보고를 받겠다고 고집을 피워서 말이죠. 그렇다고 매번 국장님이 갈 수도 없는 노릇이고. 만만한 게 나인걸요."

D.C.의 아침은 샌디에이고보다 세 시간 더 빠르게 시작된다. 매양 겨울보다 바쁜 처지인 앤은 저쪽 세상을 기준으로 이미 네댓 시간 전부터 사무실에 앉아있었을 것이었다.

반면 겨울은 서두를 일이 없었다. 하급 장교들은 매일 아침 의무적으로 체력단련에 참가해야 하지만, 영관급의 고급 장교들에겐 해당사항이 없는 이야기였다. 넉넉하게 잡아도 오전 8시 30분까지 들어가는 것으로 충분했으니.

앤이 새롭게 묻는다.

"어때요? 오늘로 나흘째인데, 이제 좀 적응이 돼요?"

겨울은 한숨을 내쉬었다.

"……여전히 쉽지 않네요. 조금만 방심해도 실수 연발이에요."

봄은 겨울에게 서로 다른 두 개의 세계에서, 나아가 그보다 많은 수의 세계에서 동시에 존재할 능력을 주었으나, 그 능력에 적응하는 건 도무지 쉬운 일이 아니었다.

그러나 저쪽 세상의 시간이 자신들의 사정으로 멈춰있는 것 자체가 겨울과 앤에겐 불편하기 짝이 없는 일이었다. 겨울은 물론이고, 겨울의 마음가짐을 받아들인 앤에게도, 저편의 사람들은 감각의 장벽 너머에 존재하는 타인들이었으므로.

'객관적으로 봐도 그렇겠지. 봄으로부터 독립된 인격들이니.'

다른 세계들 역시 가까운 시일 내로 같은 수순을 밟을 것이다. 거기 있는 인격들이 불행해지지 않을 거라는 계산이 성립하는 순간, 봄은 그들 모두를 독립시킬 예정이었다. 다만 사람의 기준으로 사람을 사랑하겠다고 마음먹은 신이기에, 거친 세상에 피조물들을 일방적으로 '던져버리지' 않는 것일 따름.

"흠."

앤이 고심하며 미간을 찡그렸다.

"뭔가 조언을 해주고 싶지만, 내 경험은 도움이 안 되겠군요. 우리는 기본적으로 주어진 조건부터가 다르니까."

영혼이 트리니티 엔진에 깃들어있는 앤과 달리, 겨울의 사고는 육체적 연속성으로서의 뇌에서부터 비롯된다. 앤에 비하면 당연히 적응이 느릴 수밖에. 새로운 몸을 얻었을 당시에 느꼈던 바, 이러한 차이를 고려하지 않고 의식을 급격히 확장하는 것은 겨울의 정신적 죽음을 초래할 확률이 높았다.

'혹은 돌이킬 수 없을 만큼 치명적인 손상을 남기거나.'

적응에 필요한 시간으로서 최소한 한 번의 삶은 필요할 것이라 판단한 이유의 하나였다.

격려를 겸하는 애정표현일까. 겨울을 빤히 바라보던 앤이 사르르 눈 감으며 입을 맞춰왔다. 그 부드러움을 음미하던 겨울은, 예기치 않은 아픔에 신음하며 입술을 떼었다.

"윽……."

"왜 그래요? 어디 아파요?"

"칫솔로 잇몸을 찔렀어요."

저쪽 세상에서의 실수다. 물고 있던 치약거품을 목욕 가운(Bathrobe) 위로 뚝뚝 흘려버린 것은 덤이었다. 눈이 동그래졌던 앤은, 이내 소리 죽여 웃기 시작했다.

겨울이 짐짓 볼멘소리를 냈다.

"정말로 아프다구요."

고통에 익숙한 겨울이라지만 어쨌든 아픈 건 아픈 것이었다. 이처럼 어느 한쪽 세상에서 집중을 요구하는 일을 하고 있노라면 다른 쪽의 세상에서는 멍하니 넋을 놓아버리기 일쑤였다. 이런 순간엔 양쪽 세계의 감각을 분리하는 것조차도 여의치 않게 된다.

잠을 잘 필요가 없는 몸으로 나흘간 계속 늦잠을 잔 이유가 바로 여기에 있었다. 이쪽 세상에서 잠이 든 사이에는 의식의 초점을 온전히 저쪽에 맞출 수 있었기 때문이다. 수면 시간만으로 저편의 일과를 모두 소화하지는 못하지만, 이쪽에서 한가한 시간대를 저쪽의 한가한 시간대와 겹치도록 하는 식으로 어떻게든 해나가는 중이었다.

그런 사정을 뻔히 알면서도, 앤은 한층 더 짓궂게 나섰다.

"자, 어딘지 짚어 봐요. 내가 살살 핥아줄게요."

"……정말 이러기예요?"

"연습은 항상 실전처럼 하라잖아요. 당신이 하루라도 빨리 적응할 수 있도록 도와줄게요."

겨울은 큭큭거리는 앤을 뚱-하니 흘겨보았다. 그러나 그녀는 겨울에 대한 감미로운 고문을 멈출 생각이 없어 보였다. 저쪽에서의 출근 준비를 도저히 진행할 수 없었던 겨울이 다시 한 번 연인에게 항의했다.

"나 이러다 지각해요."

"그럼 지각하지 않도록 노력해야죠."

참다못한 겨울이 그녀의 허리를 끌어당겼다. 당하고만

있을 순 없지. 겨울은 앤의 능력 활용 또한 결코 완벽하지 못하다는 사실을 알고 있었다. 자극의 강도에 따라서는 저쪽의 앤 역시 넋을 놓도록 만들어줄 수 있다. 그리고 겨울은 앤의 몸에 익숙해질 대로 익숙해진 상태였다. 그녀나 겨울이나, 적어도 이런 면에선 이쪽의 몸과 저쪽의 몸이 다르지 않다.

"잠깐. 난 지금 운전하는 중인데……."

역시나 당황하는 그녀. 아까 말했듯이 백악관으로 가는 길이었던 모양이다. 그러나 아무려면 어떤가. 저편은 이쪽 이상으로 모든 우연과 불확정성이 사람을 위해 작용하는 세상인 것을. 특히나 그 대상이 이미 모든 진실을 알고 있는 겨울과 앤이라면야. 신적인 존재에 대한 의구심을 경계하지 않아도 되는 것이다.

겨울은 소극적인 저항에 아랑곳하지 않고 앤의 감각을 한계까지 밀어붙였다.

"흡-"

겨울이 볼 수 없는 풍경 속에서, 몰던 차를 가까스로 갓길에 댄 앤은 운전대를 꽉 움켜쥐고 고개를 숙인 채로 바들바들 떨었다.

호흡마저 곤란해지는 고비를 넘긴 뒤에, 앤은 가쁜 숨을 쉬면서도 즐거운 듯 키득키득 웃었다. 겨울의 이마에 자신의 이마를 습관처럼 비벼오며. 그것은 작은 동물 같은 몸짓이었다. 머리카락은 땀으로 살짝 젖어있었고, 입에서는 향긋한 단내가 났다.

그녀가 꿈꾸는 듯한 어조로 속삭였다.

"하아……. 다른 많은 것들이 점차 나아지겠지만, 당장은 당신과 언제나 함께 있을 수 있게 된 것이 가장 기쁘네요. 정말이지, 기약 없이 막막한 기다림이었는데……."

봄의 개입이 사람의 인지를 넘어선 우연들을 조율하는 방식으로 이루어지는 이상, 세상의 모습이 한순간에 달라지기를 바랄 순 없었다.

같은 맥락에서 저쪽 세상에서의 겨울과 앤도 곧바로 편해질 순 없는 노릇이었다. 겨울은 그 누구보다도 명성이 높은 전쟁영웅이며, 앤은 전도유망한 FBI 부국장이다. 어느 쪽이든 사회적인 영향력이 막대한 위치였고, 그런 만큼 봄의 계산 속에서도 중요한 역할을 수행하도록 되어있었다.

'바꿔 말하면, 종말이 유예된 세계에서 봄이 구상한 최선의 미래는……. 나와 앤이 각각의 위치에서 한동안 최선의 노력을 다한다는 전제 하에 성립하는 거지.'

그렇지 않을 경우엔 다른 이들이 고통을 겪어야 할 기간이 길어진다. 봄은 그래도 상관없다고 여기겠으나, 겨울과 앤은 그렇지 않았다.

즉 앞으로 다시 1년 정도는, 저쪽 세상 한정으로 원거리 연애가 불가피하다. 그것도 한 번 만나려면 최소 한나절 이상 비행기를 타야 할 거리를 사이에 두고서. 앞서 나왔던 말처럼, 워싱턴 D.C.와 샌디에이고는 시차만 3시간인 것이다.

이곳 물리세계에서 항상 함께 있을 수 있게 되었으니 망정이지, 아니었으면 또 얼마나 괴롭고 그리운 기다림이 되었을지 상상조차 하기 힘들었다.

저쪽에서 사람들의 한계에 부대낄 때면, 겨울은 이쪽에서의 잠에서 잠시 깨어나 앤의 머리카락을 살며시 쓸어 보거나 하는 것이었다.

"그건 그렇고-"

앤이 화제를 바꾸었다.

"파랑이는 나를 참 잘 따르더군요. 가을 씨와 마찬가지로 처음에 어떻게 친해져야 하나 고민이 많았는데……. 시동생과의 사이는 걱정하지 않아도 될 것 같아요."

"그래요?"

"네. 이대로 쭉 관계를 유지한다면 나중에 봄에 관한 사실을 받아들이기도 훨씬 쉬워지겠죠. 가깝게는 우리의 결혼식도 있을 테고."

당연한 말이지만, 앤은 여전히 저쪽 세상에서의 결혼식을 바라고 있었다. 그녀가 맺어온 관계들이 대부분 그곳에 존재하기 때문에.

"초조하지는 않죠?"

겨울이 묻자, 앤이 풋 웃음을 터트렸다.

"전에도 괜찮다고 말했지만, 지금은 더더욱 초조해할 이유가 없잖아요. 종종 다른 의미로 복잡해질 때는 있을지언정."

"다른 의미?"

"어느 세계에서든 당신과 내가 아이를 낳는다고 가정해

봐요. 그 아이를 다른 사람들과 마찬가지로 평범한 사람으로서 키운다면, 그 아이와 함께할 수 있는 기한은 그 아이들 앞의 우리가 늙어서 사라질 때까지겠죠. 그 뒤로 우리의 아이들이 아이들을 낳고, 그 아이들이 다시 아이들을 낳아갈 세상을 기나긴 세월에 걸쳐 멀리서 지켜보게 될 우리에 대해 생각하면……. 으, 벌써부터 정신이 이상해질 것 같은 기분이 드는걸요."

"그건 확실히 머릿속이 복잡해질 만하네요……."

게다가 그 아이들 각각에게는 언젠가 각 세계에서의 기술적 발전에 의한 영생, 혹은 사후세계까지 주어질 예정 아닌가.

앤의 말이 이어졌다.

"그렇다고 그 아이들에게 모든 것을 알려주고서 우리가 각오한 것과 같은 의미의 불멸성, 그리고 진실을 공유하며 키우자니, 그 아이들의 아이들에게도 불멸성이 주어져야 할 테고……. 이러면 기존의 인류와는 다른 신인류가 생겨나는 셈이죠."

"……."

"그럼 그때의 우린 최초의 선조이자 인류의 봄을 조율하는 한 쌍으로서 후손들에게 섬겨지게 될까요? 봄의 진실을 공유할 우리의 후손들에겐 그들끼리 모여 살아갈 하나의 세계를 마련해줘야 하고?"

"후손들을 위한 세계, 라……."

공상소설에나 나올 법한 고민이었으나, 겨울과 앤에겐

머지않은 미래에 직면하게 될 실질적인 문제다. 가을과 파랑도 영원을 받아들일 경우엔 같은 고민을 공유하게 될 것이었다.

앤은 겨울의 팔을 끌어다 자신의 베개로 삼았다.

"그래서 우리의 아이는 봄 하나로 만족할까 싶기도 한데, 아직은 결론을 못 내리겠어요. 예전부터 당신의 아이를 낳고 싶다는 욕심이 있었거든요. 한편으로는 당신과 함께 좋은 부모로서 아이를 키워가는 나날을 그려보기도 하고."

그런 나날은 겨울 또한 꿈꿔보았다. 과연 내가 좋은 부모가 될 수 있을까, 하는 걱정과 두려움도 있었다.

앤이 겨울의 볼을 장난스레 꼬집었다.

"그냥 내가 이런 생각을 하고 있다는 것만 알아줘요. 우선 결혼부터 한 뒤에 천천히 마음을 정해도 괜찮으니까, 지금부터 그렇게 심각하게 고민하진 말고요. 그러다 진짜로 출근이 늦겠어요."

"앗……."

앤의 말이 맞았다. 저쪽의 겨울은 여태까지 칫솔을 물고 있었다.

종말이 유예된 세계에서의 겨울은 간신히 지각을 모면했다.

근래 군인으로서의 겨울에게 주어지는 업무, 즉 새롭게 출범한 대 모겔론스 비상대응체계의 일각을 지휘하는 것은, 그 중요도에 비해선 그리 어려운 일이 아니었다. 시스템 가동 초기의 미숙함을 극복하는 게 가장 큰 과제였을 뿐. 가동으로부터 수일이 경과한 현재에 이르러서는 군과 경찰, 지역 관공서 및 의료기관, 소방당국, 주민단체 등의 유기적인 협력이 가능해졌다.

현지시각 오전 11시 23분. 상황실에서 전면의 스크린을 보던 겨울이 마이크를 붙잡았다.

"현시간부로 국제공항에 발령했던 훈련 상황을 종료하겠습니다. 다들 수고하셨습니다. 대응에 걸린 시간이 어제보다도 더 단축되었네요. 앞으로도 오늘처럼만 해주시면 되겠습니다."

그러자 샌디에이고 지역의 공용채널에 안도의 한숨들이 흐른다.

「Sir. 이제 모의 훈련을 좀 줄여주시면 안 되겠습니까?」

어느 소방서장의 말. 겨울은 농담처럼 답신했다.

"저도 같은 마음이긴 한데, 그런 의견이 올라왔다고 보고를 올려드릴까요?"

「어, 아뇨. 그 무슨 무서운 말씀을. 사양하겠습니다.」

너스레를 떠는 그에게 겨울이 위로의 말을 돌려주었다.

"적어도 실제로 출동을 하진 않잖습니까. 당장은 이쯤에서 만족해 주세요. 2, 3주쯤 지나고 나면 D.C.의 관심도 시들해지겠죠. 그 이후엔 지금보다 상황발령이 줄어들 겁니다."

「얼마나 줄어들지가 관건이겠군요. 기대하고 있을 테니 살살해 주십시오.」

"요청 확인. 교신을 종료하겠습니다."

겨울이 마이크를 끄고 뒤쪽을 돌아보았다.

"어때요, 다들 이제 적응이 좀 돼요?"

훈련을 참관하던 독립대대의 참모들과 중대장급 간부들, 그리고 주둔지를 공유하는 해병대의 장교들이 미묘한 태도로 그렇다고들 대답했다. 방식은 알겠는데 직접 통제해보기 전까진 확신할 수 없겠다는 느낌들이었다.

비상대응체계의 특성상 야간에도 당연히 당직사령이 있어야 한다. 이는 독립대대 자체의 당직사령과는 별개인지라 독립대대의 간부 인력만으로는 감당하기 어려운 문제였다. 사나흘에 한 번씩 밤을 새다간 체력이 금방 바닥나 버릴 테니까. 이것이 해병대 장교들도 훈련과정을 참관한 이유였다.

해병대 소령 하나가 종료된 훈련을 평가했다.

"준비태세를 갖추는 것도 좋지만 실제로 출동하는 과정 역시 반복 숙달이 필요하다고 생각합니다."

겨울이 어깨를 으쓱였다.

"틀린 말은 아닌데, 경찰과 소방관들을 빼낸 사이에 진짜 사고가 터지면 곤란해지니까요. 우리의 주 관할지역이 연안 도시권이라는 사실을 잊어선 안 돼요. 군도 마찬가지고요."

재건이 한창인 샌디에이고는 사고가 발생할 만한 장소도 많았다. 공사 현장이라든가, 항만 검역시설이나 임시 수용 구역 같은.

"게다가."

겨울이 다시금 농담을 덧붙인다.

"주거지역과 가까운 곳에 똥밭을 만들어놓기는 좀 그렇잖아요? 민원이 빗발칠 테니. 그렇다고 오늘처럼 공항 같은 곳만 골라서 훈련을 한다는 것도 비현실적이고. 감염이 꼭 공항이나 항만을 중심으로만 발생한다는 보장은 없으니까 말이죠."

장교들 사이에 가벼운 쓴웃음이 흘렀다. 실전을 가정한 훈련에선 당연히 화장실이 제공되지 않는다. 임의의 장소에서 구덩이를 파 볼일을 보고 흙으로 잘 묻어두는 수밖에. 그러나 누군가에겐 그 정도로 충분하지 않은 것이다. 따라서 겨울이 언급한 민원은 고급장교일수록 친숙해져야 하는 것이었다. 병사들은 잘 모르는 고급장교들의 고충이다.

"일선 인력들은 매일같이 걸리는 준비태세만으로도 피로를 느끼고 있을 겁니다. 경찰이나 소방당국의 준비태세가 우리와 같은 건 아니지만, 이 정도로 충분하다고 봐요. 우리는 실무자들의 소모율도 신경 써야 합니다."

매듭짓는 겨울의 말에 해병대 소령은 떨떠름한 표정으로 납득했다. 아무래도 악과 깡을 강조하는 해병대의 정신으로는 못내 부족함을 느끼는 모양이었다.

"자, 그럼 다들 14시에 회의실에서 볼까요? 일단은 해산하세요."

의례적인 사후강평을 위한 약속이었다. 겨울은 사령으로서 훈련 결과를 보고해야 한다.

이처럼 군인으로서의 업무는 수월한 반면, 업무시간 이

후에 들어오는 비공식적인 일들은 무엇 하나 마음 편하게 처리할 만한 것이 없었다.

"아이고, 대령님. 이렇게 귀한 시간을 내주셔서 감사합니다."

일과를 마친 겨울을 초대한 한국계 주민들은, 자칭 윈터하이츠 상공인연합이라는 단체의 간부들이었다.

"멀리서 뵐 적에도 평범한 사람하고는 확실히 다른 기운이 느껴진다 싶었는데, 이렇게 가까이에서 뵈니 마치 눈부신 아우라가 보이는 것 같습니다. 저희 같은 사람들은 감히 똑바로 바라보는 것조차 어렵군요. 하하하."

"……."

겨울은 노골적인 아첨에 조금 어이가 없었지만, 겨울이 앉기 전까진 앉을 생각이 없어 보이는 그들에게 자리부터 권했다.

"앉으세요. 다들 불편해 보이시네요."

"아, 예. 감사합니다. 그럼 사양 않고."

그들이 자리에 앉자, 겨울은 그들의 용건을 물었다.

"동맹과 관련해서 중요한 일로 저를 만나고자 하셨다고 들었습니다. 무슨 용무이십니까?"

그러자 연합 간부들은 서로 시선을 주고받은 끝에 이야기를 꺼냈다.

"최근 일부 독립대대 장병들의 무책임한 이기심으로 인해 저희들의 사업장 경영이 점점 어려워지고 있어서 말입니다. 이 부분을 대령님께서 어떻게 좀 해결해 주십사 하고……."

"사업장 경영이 어려워져요? 장병들 때문에?"

둘 사이에 대체 어떤 연관성이 있는가. 영문을 모르겠다는 겨울의 반응에 간부 하나가 열심히 고개를 끄덕여 보였다.

"그렇습니다. 요즘 들어 장병들이 저희들 사업장을 이용하는 빈도가 급격히 줄어드는 상황인지라……. 저희를 비롯해 장병들의 구매력에 의지하던 서민들이 울상을 짓는 중입니다."

"간부와 병사들이 의도적으로 담합을 했다는 말씀이십니까?"

추궁하는 듯한 겨울의 어조에 간부가 송구하다는 표정을 지어 보였다.

"아니, 그런 건 아닙니다. 단지 다른 곳에 비해서 가격이 약간, 아주 약간 비싸다보니, 장병들이 그 돈을 아끼겠다고 발품을 파는 것 같습니다. 예전에는 이렇지 않았건만……."

"가격이 싼 곳을 찾는 건 당연한 일 아닌가요?"

"아니지요. 이렇게 어려운 시기엔 말입니다."

"……."

"대령님의 헌신으로 모두가 희망을 얻었다고는 해도 동맹 사람들 모두가 확고하게 자리를 잡은 것은 아니잖습니까? 사정이 조금 괜찮아졌다고 해서 마음을 놓았다간 곧바로 훅- 떨어져버리는 수가 있는 것입니다."

다른 간부들이 적극적으로 거들었다.

"그렇습니다. 한국의 외환위기를 떠올려 보십시오. 배워서 아시겠지만, 경제가 호황이랍시고 개나 소나 사치를 부리며 해외여행을 가서 돈을 펑펑 써버리는 바람에 위기가 찾아왔던 것 아닙니까? 지금이 바로 그러한 시기입니다."

"이럴 때일수록 우리가 더욱 똘똘 뭉쳐서, 결속을 아주 단단히 해서 서로가 서로의 힘이 되어주어야 합니다. 밖에서 벌어들이는 돈도 중요합니다만, 더욱 중요한 것이 이미 벌어들인 돈을 동맹 안에서만 돌도록 만드는 것입니다."

겨울이 눈을 찌푸렸다.

"그래서 제가 어떻게 해드리기를 바라십니까?"

"……그것이."

눈치를 살피던 간부 하나가 살살 눈웃음을 치며 하는 말.

"아시는지 모르겠으나, 한국에선 위수지역이라는 아주 좋은 제도가 있었습니다. 유사시를 대비해 장병들의 외출 및 외박 범위를 제한하는 제도였지요. 그 제도가 지역경제 활성화와 국토의 균등한 발전에 얼마나 큰 기여를 했는지 모르실 겁니다."

위수지역. 미군에게는 친숙하지 않은 개념이지만, 비슷한 개념이 아예 없는 건 아니었다. 다만 한국의 위수지역에 비해 그 범위가 비교도 못할 만큼 넓을 따름. 일반 병사들 입장에선 사실상 없는 거나 마찬가지였다.

겨울이 이런 점을 들어 반문했다.

"우리 부대의 위수지역은, 따지자면 미국 중서부 전역이라고 볼 수도 있습니다. 출동을 대비한다고 쳐도 이 도시만 벗어나지 않으면 충분하고요."

"그래도 명령을 내려주실 순 있지 않습니까? 반드시 멀리 가지 말라는 게 아니라, 물건을 사거나 여타의 서비스가 필요할 땐 동맹의 상점가를 이용하라고."

"그건 장병들의 기본권입니다. 제겐 그걸 침해할 권한이 없습니다."

"듣던 대로 정말 겸손하시군요. 하하."

다 알고 있다는 느낌으로 웃으며, 간부가 말했다.

"권한이 있고 없고를 떠나, 우리 한겨울 대령님께서 말씀하시는데 어느 누가 따르지 않을 수 있겠습니까? 지나가듯이 한마디만 딱- 해주셔도 아랫사람들이 그 뜻을 알아서 모시지 않겠습니까? 그러니 불필요한 걱정일랑 마시고, 서민들을 위한 결정을, 결정을 내려주시지요."

"……."

손가락으로 테이블을 톡톡 두드리던 겨울이 한숨을 내쉬었다. 민완기는 동맹 사람들이 한겨울이라는 미덕을 내면화하고 있다고 말했었지만, 스스로가 착하다고 믿는 것과 객관적으로 착한 것은 서로 다른 개념인 것이다.

눈앞에 있는 사람들이 그 예시였다. 이들은 자신들이 보호받아 마땅한 서민이며 공동체에 진정으로 기여하고 있노라 믿어 의심치 않는 낯빛들이었다. 초인의 영역 이상으로 강화된 「통찰」과 「간파」가 그들의 진심을 확인해 주었다.

"백산호 씨도 상공인연합에 발을 걸치고 있다고 들었는

데, 그분은 뭐라고 하시던가요?"

"아아."

간부들이 탄식했다.

"그분은 아무래도 저희 같은 약자들하고는 다른지라……. 이 부분에 있어선 의견이 일치하지 않더군요. 그래서 백 사장님은 빼놓고 저희들끼리 대령님을 청하게 되었습니다."

일찍이 백산호가 아슬아슬한 선을 넘나들긴 했지만, 그것도 현실감각이 있어야 가능한 일이었다. 애초에 사고방식 자체가 정상인과 다른 사람들은 그러한 선을 볼 수조차 없으니까.

겨울은 앤에게 정신적인 노크를 보내고는, 이 상황과 더불어 지금 느끼는 심상 자체를 전달해보았다. 돌아오는 것은 앤의 쓴웃음 섞인 심상이었다.

「알고 있었잖아요. 봄이 되었다고 해서 그런 사람들이 단번에 없어지진 않을 거라는 사실을. 3월의 추위가 한순간에 사라지는 건 아니듯이……. 이후로도 심심찮게 꽃샘추위가 찾아오겠죠. 그게 겨울이 선택한 봄의 방식인걸요.」

이어 그녀는 자신이 처리하는 업무의 현황을 보내왔다.

그녀가 진두지휘하는 태스크포스는 요 며칠에 걸쳐 무지막지한 성과를 내고 있었다. D.C.에서 벌어진 테러의 배후를 밝힌 건 물론이거니와 미해결로 남아있던 사건들을 엄청난 속도로 해결해 나가는 동시에 새로운 안보위협들을 모의 단계에서 차단하는 중.

이 모든 것이 이미 수집한 정보들을 새롭게 분석하는 것만으로도 가능했다. 확장된 의식과 새롭게 얻은 능력들을 마음껏 활용하고 있는 덕분이었다.

「연말까지만 힘내보자구요. 우리 아이 말로는 내년 초엽이면 모든 분기가 안정권으로 수렴한다니까.」

그리고 입술에 희미하게 와 닿는, 지극히 따뜻하고 부드러운 감각이 있었다. 물리세계의 앤이 잠들어있는 겨울에게 해주는 키스였다.

겨울이 미소를 지으며 상공인연합의 간부들에게 말했다.

"안 되겠네요."

온화한 미소에 안심하고 있던 간부들은 바로 반응하지 못하고 눈만 깜박거렸다.

"제가 보기엔 여러분이 담합을 하고 있는 쪽이 더 큰 문제 같거든요."

"담합이라뇨! 당치도 않은 말씀이십니다. 저희는 그저 상생과 공동체의 발전을 위해-"

간부들이 손사래를 쳤으나 겨울은 단호하게 말을 잘랐다.

"그 이야기는 여기까지만 해두죠. 제가 여러분의 초대에 응한 이유는 따로 있습니다."

"예……?"

"여러분들, 사업장마다 중국계 주민들을 꽤 많이 고용하셨더군요. 거기까지는 제가 장려했던 바이지만……. 그게 그들을 학대하며 노예처럼 부려도 좋다는 뜻은 아니었습니다."

한국계의 사업장마다 고용된 중국계 시민과 난민들은 뉴

프론티어 정책에 의한 사실상의 국외추방으로부터 상대적으로 자유로울 수 있었다. 무작정 도움을 청하러 온 중국계 시민들에게 겨울이 보여줄 수 있었던 몇 안 되는 희망 가운데 하나였다.

한데 여기 있는 간부들은 자신들의 농장과 목장, 어선 등에서 중국계 시민과 난민들을 거의 노예처럼 부리다시피 하고 있었다. 함부로 법에 호소하기 어려운 그들의 처지를 악용한 것이다.

"이런, 큰 오해를 하고 계십니다. 그 친구들은 타고난 천성이 게으른 면이 있다 보니, 지도를 하는 과정에서 문화적인 차이로 인해―"

땀이 배어나오기 시작하는 얼굴로 해명에 나서는 간부에게, 겨울이 단호한 태도로 고개를 저어 보였다.

"변명은 듣지 않겠습니다. 장연철 부장님이 취합해 주신 진술과 증거가 굉장히 많아요. 그런데도 고발을 미루고 경고부터 하는 건, 여러분이 한꺼번에 수감당할 경우 여러분에게 고용된 중국계 주민들이 난처해질 것이기 때문입니다. 고용을 중개한 동맹의 입장도 그렇고요. 알선이 이루어진 지 며칠이나 됐다고 벌써부터 이럴 줄은 몰랐네요."

보상금을 받을 수야 있겠지만, 그들에게 필요한 건 돈이 아니라 일자리 그 자체였다. 본토 체류를 인정받기 위한 안전장치로서의 일자리.

"물론 이미 저지른 잘못에 대해서도 보상을 해주셔야겠죠. 금전적으로든, 그 밖의 다른 방법으로든."

"아니, 대체……. 이건 너무 갑작스러운……."

"아까 스스로도 말씀하셨잖습니까. 제가 하는 말을 누가 따르지 않을 수 있겠느냐고."

혼란스러워하는 간부들에게 겨울이 쐐기를 박아 넣었다.

"생각할 시간을 드리죠. 하지만 답변은 빠를수록 좋을 겁니다."

"……."

"개인적으로는 거부한다는 답변을 기대하고 있겠습니다."

당신들의 대안이 아예 없는 건 아니다. 겨울의 살벌한 협박에 간부들은 입을 다물고 말았다.

겨울의 비공식적인 일과는 이것으로 끝이 아니었다. 중요한 용건이 있다며 겨울에게 만남을 요청하는 사람은 언제나 많았으니까. 그나마 중국계 주민들의 처우에 대해서는 기본적인 방침을 정하여 동맹의 두 대표에게 위임해둔 덕에 겨울의 부담이 좀 줄어들었다. 동정심이 많은 장연철은 이런 쪽에서 굉장히 높은 의욕을 보이곤 했다.

이번에 겨울의 시간을 희망한 사람은 안제중이었다.

"자경단장직을 내려놓고 싶으시다고요? 어째서요?"

실권은 적어도 위험도가 낮으면서 명예는 충분한 자리에 만족하고 있던 제중이었다. 하물며 이곳에서의 자경단은 비상대응체계의 말단으로서 기능한다. 입지가 전보다 더 좋아진 그가 돌연 사퇴의사를 밝히니, 겨울로선 의문스러울 수밖에 없었다. 아직까지도 다른 사람들에게 최초의 3인 운운하는 사람이 갑자기 왜 이러는 걸까.

'작은 것에 만족하면서 자기 권한을 남용하지 않을 사람도 드문데.'

겨울은 민완기의 인물평에 공감했다. 허세를 부리긴 해도 기본적으로 글러먹은 사람은 아닌 것이다.

질문에 대답한 것은 같이 불려온 이유라였다.

"굉장한 사업 아이템이 있으시다나 봐요. 뭔지는 아직 모르겠지만."

그녀 외에도 진석을 비롯한 전투조 시절의 멤버들이 자리해 있었다.

제중이 싱글벙글 웃는 얼굴로 말했다.

"중년은 인생 제2의 출발점이라고들 합니다. 제가 앞으로의 삶에 대해 진지하게 고민해 봤는데, 지금보다 더 큰일을 할 수 있겠다는 생각이 들더군요."

"그게 사업인가요?"

"예!"

제중은 자신 있게 대답했다.

"대장님 덕분에 전미에 걸쳐 한국 문화에 대한 관심이 높아졌지 않습니까? 이럴 때 양쪽의 문화를 적절히 섞은 아이템을 딱 내놓는다면! 분명 엄청난 사업적 성공을 거두게 될 겁니다. 오랫동안 영업직으로 근무해본 제 감이 그렇다고 확신하고 있지요."

"그래서, 그 아이템이란?"

"잠시만 기다려주십시오. 금방 만들어서 내오겠습니다. 흐. 진석 동생과 이유라 대위, 그리고 대장님의 의견을 꼭

들어 보고 싶었거든요. 뭐, 답은 이미 정해져 있는 셈이지만 말입니다."

그러더니 덧붙이는 말이, 어디 가서 말하면 안 된다고 한다.

'중요한 용건이라더니……'

겨울은 약간의 허탈함 속에서, 금방 나온다는 사업 아이템을 기다렸다. 만들어서 내온다는 걸 보니 먹거리일 가능성이 높겠다.

잠시 후, 기다리던 사람들의 앞에 펄펄 끓는 커피가 하나씩 놓였다.

"……이게 뭐죠?"

겨울이 묻자, 제중이 자랑스러운 표정으로 답했다.

"동서양의 조화, 아메리카노 뚝배기입니다."

"……."

"자자, 그렇게 넣 놓고 보지만 마시고, 한 숟갈씩 떠서 시원하게 드셔보십시오. 따로 드린 백김치의 개운한 맛이 진한 커피의 텁텁함을 지워줄 겁니다. 게다가 커피가 쉽게 식지 않으니, 일반적인 커피에 비해 느긋하게 즐길 수도 있지요."

이건 아닌 것 같다. 겨울은 자신의 미각을 그리 신뢰하지 않았으나, 그래도 상식적인 감각은 있다고 여겼다. 뚝배기에 담겨 부글부글 끓어오르는 커피엔 문자 그대로의 상식이 결여되어 있었다. 숟가락을 매만지며 고심하는 겨울을 보고, 제중이 의아해하며 물었다.

"뭔가 마음에 안 드십니까?"

그러자 진석이 인상을 팍 찡그리며 끼어들었다.

"이걸 누가 돈 주고 사먹겠습니까?"

"엥?"

"백번 양보해서 호기심에 한 번 먹어볼 순 있다고 쳐도, 제정신 박힌 사람이라면 그 뒤로 다시는 입에 대지 않을 겁니다."

"……엥?"

얼빠진 표정을 짓는 제중을 보더니, 입을 가리고 있던 유라가 끝끝내 폭소를 터트렸다.

"으흽……. 이게 대체 뭐예요……. 대박 아이템이라더니……."

배가 아플 지경인 그녀를 보며 한층 더 멍해지는 제중.

그 와중에 커피 한 숟갈, 백김치 한 점을 순서대로 맛본 겨울이 실소를 금치 못하며 수저를 내려놓았다.

"어떤 의미로는 고맙네요."

제중이 일말의 희망을 담아 묻는다.

"고맙다뇨? 대장님께는 괜찮게 느껴지는 부분이 있는 겁니까?"

겨울은 고개를 저었다.

"죄송하지만 그런 건 아니고……. 이제 곧 대면하기 까다로운 사람을 만나봐야 해서 심란한 상태였는데, 덕분에 마음이 좀 가벼워졌거든요."

대면하기 까다로운 사람은 물리세계의 폭군을 뜻한다.

시무룩해진 제중이 기어들어 가는 목소리로 말했다.

"……저 그냥 자경단장 계속 하겠습니다."

이 말에 유라의 웃음이 다시 한 번 폭발했다.

보다 친숙한 세계에서 한겨울 대령으로서의 일과를 마친 겨울은, 이제 바깥세상에서의 잠으로부터 깨어나 각오가 필요한 외출을 준비하고 있었다.

앤은 그런 겨울에게 정장을 입고 나갈 것을 권했다.

"편안한 모습도 나쁘지는 않지만, 정장은 사회적인 전투복이니까요."

그녀는 겨울이 옷을 입는 것을 도와주었다. 필요해서가 아니라 원해서 하는 일. 겨울도 그녀에게 몸을 맡기고 있는 느낌이 좋았다. 폭군과의 재회를 앞두고 가슴속의 응어리를 따라 굳어져가던 몸이 따뜻하게 풀어지는 기분이어서.

겨울의 눈을 들여다보며 넥타이를 깔끔하게 매듭지어 준 그녀는, 입가에 은근한 장난기를 띄우더니, 두 손으로 넥타이를 목줄처럼 감아쥐며 겨울을 끌어당겼다. 천천히, 그러나 도발적으로. 겨울이 곤란한 미소를 머금었다.

"실은 이걸 해보고 싶었던 거 아녜요?"

"억울한데요. 당신의 긴장을 풀어주고 싶었을 뿐인데."

"이런……. 그럼 고맙다고 해야겠네요."

"말로만?"

겨울은 앤에게 키스했다. 입술만 닿고 끝나는 가벼운 입맞춤. 어떤 상황에서도 마음을 편안하게 만들어주는 이가 있다는 건 정말로 좋은 일이었다.

　여운이 사라질 즈음 한 발짝 떨어진 앤은, 감아줬었던 넥타이를 토닥토닥 잘 펼쳐주고는, 겨울을 위아래로 훑어보며 흡족해했다.

　"환상적이군요. 정말 잘 어울려요."

　"그렇겠죠. 재단사가 봄이니까."

　문자 그대로의 의미에서 신의 작품이라고 해야 할 것이다.

　앤이 겨울을 향해 팔을 벌리며 요구했다.

　"나도 좀 도와줄래요?"

　그녀는 수사관으로서 항상 입던 스타일의 정장을 골랐다. 하얀 셔츠에 새까만 블레이저. 양쪽 겨드랑이 아래엔 권총 홀스터까지 착용했다. 쓸 일이야 없겠지만, 빼놓자니 허전한 것이다. 허리띠를 채운 코트는 배색이 두드러지는 아이보리색이었다.

　가죽장갑을 끼고 선글라스를 쓴 그녀가 바깥 방향으로 고갯짓했다.

　"슬슬 출발하죠."

　후. 숨을 짧게 끊어 내쉰 겨울이 고개를 끄덕였다.

　떠나는 두 사람을 가을이 배웅하러 나왔다. 가을은 무척이나 복잡하고 심란한 표정이었으나, 고건철을 만나지 않기로 한 결심을 바꾸지는 않았다.

　"혹시라도 전하고 싶은 말은 없어?"

　마지막으로 확인하는 겨울의 물음에도 가을은 그저 고개

를 가로저을 따름.

"다녀와."

그리고 그녀는 앤을 향해 조용히 목례했다.

"깁슨 씨. 겨울이를 잘 부탁드리겠습니다."

표면적으로는 자신이 같이 가주지 못하는 자리에까지 동행해 주는 것에 대한 감사였으되, 실제로는 보다 깊은 의미를 담고 있었다. 이를 감지한 앤이 그녀를 향해 마주 목례했다.

"돌아왔을 땐 가을도 날 앤이라고 불러주었으면 좋겠어요."

"……그럴게요."

가을이 잠깐이나마 희미한 미소를 지어 보였다.

타고 갈 헬기는 안전가옥으로부터 10분 거리에 주기되어 있었다. 봄에게 조종을 맡길 수 있음에도, 앤은 굳이 자신이 조종을 맡겠다고 나섰다. 낯선 기종에 대한 적응은 고작 몇 초 만에 끝내버린다. 예전부터 앓아왔던 비행공포증도 이제는 별다른 문제가 되지 않았다.

"몰랐던 건 아니지만, 실제로 해보는 건 역시 다르네요."

그녀가 말하는 소감이었다.

이륙한 기체는 눈이 내렸어도 여전히 잿빛인 도시를 가로질러 혜성그룹의 본사로 향했다. 하늘에서 내려다보는 본사는 주변을 짓누르는 듯한 무게감의 성채였다. 그 주인의 성격과 취향이 십분 반영된 결과물일 터였다.

앤이 다루는 헬기는 낭비가 없는 하강으로 옥상의 이착

륙장에 안착했다. 착륙장 가장자리엔 낯익은 한 사람이 겨울의 도착을 기다리고 있었다.

회전익이 일으키는 바람에 옷자락을 여미며 버티고 있던 고아영은, 앤과 함께 내려선 겨울을 보고 조금씩 주춤거리는 걸음걸이로 다가와서는 어색한 인사를 건네 왔다.

"오랜만…… 이네."

반갑기는 하나 어떻게 대하면 좋을지 모르겠다는 눈치였다. 조금은 긴장한 기색도 있었다. 봄이 가장 먼저 포섭한 협력자 가운데 하나인 그녀는, 마침내 확실해진 겨울과 봄의 관계에 대해서도 이미 전달받은 상태였으니까.

또한 두 사람의 마지막 만남이 그만큼 서먹한 것이기도 했다. 근황을 들어 알고 있다는 것이 어색함을 줄여주지는 않았다. 봄이 보장해준 그녀의 처우 역시도.

가만히 바라보던 겨울이 부드럽게 끄덕였다.

"네, 오랜만이네요. 송수아 박사님…… 이라고 불러드릴 필요는 없죠?"

짓궂은 말에 아영이 쓴웃음을 짓는다.

"……그 이름은 잊어줬으면 좋겠어. 내게도 아버지에게 들켜선 안 될 사정이 있었고, 그 사정이 아니었더라도 처음엔 맨 얼굴로 너를 볼 자신이 없었는걸."

가벼운 농담이 분위기를 풀어놓았다. 옛 친구를 다시 만난 듯한 분위기.

"그럼 전처럼 선생님이라고 부르겠습니다. 고아영 사장님, 은 너무 딱딱하게 느껴지니까요."

겨울의 말에 아영이 동의했다.

"그래. 일단은 그러는 편이 낫겠다."

예상보다 쉽게 끝난 관계설정에 안도하며, 그녀는 겨울을 자세히 들여다보았다.

"다행이라고 해야 할까……. 그늘이 많이 사라졌구나. 마치 다른 사람이 된 것 같아."

"개인적으로는 어른이 되었다고 생각합니다."

"어른이 되었다, 라. 그건 축하해야 할 일이겠지."

겨울을 보는 아영의 시선이 새삼스러워진다. 예전부터 겨울이 어딘가 특별하다고 느꼈던 그녀이지만, 그 특별함이 봄을 개화시키는 계기가 될 거라곤 상상조차 하지 못했었다.

"한데 이쪽 분은?"

아영이 앤을 돌아보며 갸우뚱했다.

"어쩐지 낯이 익은데……. 우리, 어디선가 만난 적이 있던가요?"

이제부터 자신의 아버지를 만나러 갈 참에 신분이 불분명한 이가 동행하는 것이 의외라는 표정이었다. 겨울이 홀로 오리라 여겼던가보다. 혼자서도 아무런 문제를 겪지 않을 것이기에. 봄이 여기까진 알려주지 않았던 모양.

곱씹어 보건대, 사람과 사람의 관계맺음에 있어서 사소한 부분까지 관여하는 게 도리어 더 큰 어색함을 빚어낼 수는 있겠다.

'관계를 맺어가는 과정 그 자체에도 가치가 있을 테

니……. 그나저나, 낯익다고 여기는 걸 보면 봄의 변조가 시작되기 전에 시청을 그만두었나 보구나.'

아니었다면 앤은 고사하고 겨울조차도 알아보지 못했을 것이다.

심리치료를 빙자한 만남이 중단된 이후로도, 겨울은 그녀가 한동안 자신을 지켜보았을 거라고 생각했다. 연민이라는 게 한순간에 끊어지는 감정은 아니기 때문이다. 아울러 아영으로선 자신의 거짓말이 겨울에게 어떤 악영향을 미치지는 않았을지 신경이 쓰이기도 했을 터였다. 겨울은 친구로서의 고아영을 그렇게 이해하고 있었다.

「정확합니다.」

봄은 겨울의 심상에 흐르는 모든 추측을 한마디로 긍정해 주었다.

되짚어 봐도 아영에게 앤의 정체를 감출 이유는 없다. 가장 중요한 비밀, 봄의 진실을 공유하고 있는 사람인 것을. 겨울이 그녀에게 자신의 연인을 소개했다.

"이쪽은 조안나 깁슨입니다. 제 아내가 될 사람이죠."

"아, 아내?"

적잖이 당황한 아영은, 앤의 이름을 입 안에서 몇 번 굴려보더니 곧 그녀가 누구인지 기억해냈다.

"조안나 깁슨이라면, 네 사후세계에 있던 FBI 감독관…?"

"역시 알고 계시네요."

"세상에."

놀라움을 감추지 못하는 아영에게, 앤이 잠시 선글라스

를 벗으며 손을 내밀었다.

"잘 부탁드립니다. 앞으로 서로에게 도움을 받을 일이 많을 테니까요."

"……."

침묵하던 아영은 의미심장한 말과 함께 앤이 청하는 악수에 응했다.

"제가 받아들이기로 결심한 미래로군요. 저 또한 잘 부탁드립니다. 사람 대 사람으로서."

이미 봄의 존재를 알고 봄의 설득을 받은 그녀인 만큼 마음과 물리적 실체를 획득한 가상인격의 등장을 예상하기는 했을 것이었다. 따라서 앤은 하나의 상징이며, 아영이 말한 미래는 자신의 미래가 아닌 이 세상의 미래를 뜻한다고 봐야 한다. 인류의 한 사람으로서 받아들여야 할 새로운 시대를.

악수를 나누는 아영의 모습은 겨울의 눈엔 계약을 체결하는 기업가로 비쳐졌다. 친구로서의 그녀가 보여준 적 없었던 생소한 면모였다. 불우하게 자라기는 했을지언정, 그녀는 어쨌든 폭군의 딸인 것이다.

아영의 눈길이 겨울에게로 돌아왔다.

"이 이상의 대화는 나중으로 미뤄도 좋겠지. 기회는 얼마든지 있을 테고."

심호흡을 하는 그녀.

"너만 괜찮다면, 이제 아버지가 있는 곳으로 안내해줄게."

겨울이 아영의 협조 하에 혜성과 낙원 양대 그룹을 장악

하는 것은, 인류의 자유의지에 대한 개입을 최소화하기 위한 수단이었다.

'신분인증절차는 봄을 구성하는 시스템의 일부나 마찬가지이고……'

아영은 고건철의 유일한 가족이다. 그녀만 침묵한다면, 겨울이 고건철을 대신하는 데엔 아무런 장애물이 없었다. 폭군의 광기를 아는 측근들은, 대외적인 후계자로서 아영이 대신 상대하도록 하면 그만이었으니. 혹은 겨울이 울분에 찬 폭군을 연기하거나.

그런 상황에서 달리 누가 이의를 제기하겠는가. 폭군은 겨울의 옛 육체에 깃들어있는 것을. 한순간에 사라진 쇠약함은 육체를 새로이 배양한 탓이라고 둘러댈 수 있다.

그 대가로서 아영이 얻는 것은 진실, 그리고 어머니로서 자식을 기를 권리.

그러나 확인해야 할 것이 있다.

겨울이 물었다.

"선생님께선, 아버지를 살리고 싶은 생각이 전혀 없으세요?"

멈칫했던 아영이 되묻는다.

"가을 씨의 마음을 얻는 것 외에…… 달리 살릴 방도 같은 건 없다고 들었는데. 내가 잘못 알고 있었던 거니?"

겨울은 고개를 저었다. 고건철을 죽이는 것이 스스로에 대한 실망과 분노인 이상 그를 구원할 다른 방법 같은 건 존재하지 않는다. 봄의 능력으로 물리적인 죽음을 끝없이 지연시킬 수야 있겠으나, 그건 그를 지금보다 심한 절망의 구렁텅이로 몰아넣을 뿐이었다.

하지만 겨울이 묻는 핵심은 수단의 유무가 아니었다.

"방법이 있느냐와는 별개로, 선생님께 이 순간이 후회로 남을지는 않을까 해서 여쭤보는 거예요. 애증은 애정으로부터 싹트는 감정이잖아요. 가족 사이의 감정이 순수한 증오인 경우는 드물 것이고요."

"……."

아영의 낯빛이 씁쓸함으로 물들었다.

"글쎄……. 배려는 고마워. 하지만 나와 아버지 사이에선 애증조차도 사라진 지 오래인걸."

이렇게 말하는 그녀는 추운 계절의 고목처럼 말라있는 느낌이었다.

"내가 알던 아버지, 나를 사랑하던 아버지는 어머니의 부정이 밝혀졌던 날 죽어버린 거나 마찬가지야. 지금 남아있는 건 내 아버지였던 사람이 남긴 여분…… 같은 거지. 다른 부분들은 다 죽어버리고, 그날 밤 새겨진 상처만 남아서 사람의 형상으로 숨을 쉬고 있는."

그리고 입김을 흘리며 짧게 눈을 감는 그녀.

"벌써 오래전부터 죽음만도 못한 삶을 억지로, 억지로 연장시켜 왔던 거야. 그도 그럴 게, 죽는 것조차도 화가 나는 일이었으니까……."

일찍이 양용빈 상장은 시에루 중장 앞에서 단순히 살기 위해 살아가는 삶의 비참함을 지적했었다. 겨울은 바깥세상의 관객들을 떠올리며 그 비참함에 공감했었고. 자신들이 누려 마땅한 모든 행복이 사후에 있을 거라 믿으며 어제와 같은 잿빛 오늘과 오늘과 같을 회색의 내일을 하루하루 견뎌내기만 하던 사람들. 즉 그들의 삶이란 어떻게든 견뎌내야만 하는 고통스러운 것으로서, 진정으로 사람답게 살아가는 충만함과는 거리가 멀었다.

그러나 아영이 진술하는 폭군의 삶은 살기 위한 삶조차도 아니었다.

아영은 이렇게 말하고 있었다. 죽음이 곧 부정을 저지른 자들에 대한 패배를 의미하기에, 아버지였던 사람의 생애는 패배를 부인하는 시간들의 총합에 불과했노라고. 이는 분명 목표가 분명한 삶이지만, 차라리 목표가 없는 삶보다도 못한 것이었다.

스스로의 삶에 대한 회장의 증오는, 전신이식 이후 원래의 육체를 자신의 손으로 철저하게 파괴해버린 데서 확실하게 드러난 바 있다.

그럼에도 차마 끝내버릴 수는 없었던 인생.

하나뿐인 딸은 그 증오의 진정한 방향성을 알고 있었던 것이다.

그가 어째서 타인의 육체에 집착하기 시작했는지도.

"조금은 이해가 갈 듯도 하네요."

앤이 신중히 하는 말에, 겨울은 연인을 돌아보았다.

"그런가요?"

"만약 지금의 당신이 나 이외의 다른 사람을 연인으로서 사랑한다고 한다면, 난 도저히 제정신을 유지하지 못할 거예요."

상상만으로도 끔찍한지 미간을 찡그리며 이어가는 말.

"내 안에서 당신에게 준 만큼의 영혼은 그대로 죽어버리는 셈이죠. 준 만큼이라고 해봤자 어차피 전부나 다름없겠지만……. 아무튼 그때의 내가 과연 어떤 식으로 미쳐버릴지는, 실제로 미쳐보기 전까진 알 수 없는 일이겠죠. 그게 즉각적인 자살로 직결되지만 않는다면 말예요."

"……."

뒤집어서, 지금의 앤이 겨울 이외의 누군가를 연인으로서 사랑한다고 털어놓는다면 겨울 또한 그것을 견뎌내지 못할 터였다.

머리로 이해하는 것과 가슴으로 느끼는 것이 이처럼 다를 문제도 드물겠다. 가슴으로 느끼더라도 사람과 경우에 따라 정도의 차이가 선명할 것이다.

'별로 달가운 공감은 아닌데…….'

이해는 매양 분노에 채워지는 족쇄였다. 겨울의 속에선 이러한 이해를 껄끄러워하는 마음이 조금이나마 존재했다. 그것은 예전부터 때때로 존재감을 피력해왔던, 이해와 공감을 배제한 채로 세상 모든 것에 대하여 화를 내고 싶은 마음이었다.

내가 왜 거기까지 이해해줘야 하나, 라는 생각이 겨울이라고 없겠는가.

아니었다면 봄이 겨울의 신포도를 언급하지도 않았을 것

이다.

앤이 새롭게 말했다.

"결론적으로, 이제부터 만나볼 사람은 그 정도의 진심과 확신으로서 아내를 사랑했다는 뜻이겠죠. 저토록 철저하게 망가져버린 모습을 보면."

"……그러네요."

"타인의 감정……. 그것이 진정으로 사랑하는 사람의 감정일지라도, 그 본질은 내 인식과 감각의 장벽 너머에 존재할 수밖에 없다는 것……. 참, 생각할수록 슬프기 짝이 없는 일이에요."

그러므로 사랑이란 그 본질에 대한 믿음으로 성립하는 감정이었다.

두 사람의 지극히 인간적인 공감 앞에서, 아영은 다 마모되어 사라져버린 연민의 흔적으로서 그저 서글픈 미소를 지어 보일 따름이었다.

"그럼, 이쪽으로."

그녀가 겨울과 앤을 유도했다.

혜성그룹의 본사 내부는, 이 시대를 기준으로는 고풍스럽다는 표현이 어울리도록 꾸며져 있었다. 증강현실에 의지하는 바를 최소화한 전근대적인 구조물. 더는 미관에 신경 쓰지 않는 바깥세상의 평균과 거리가 멀다.

자신이 믿던 현실에 배반당한 반작용일까?

그렇기에 거짓으로 해석할 수 있는 모든 것을 강박적으로 거부하는 거라면, 과거를 기준으로 고정되어 있는 이 풍경에도 그 나름의 이유가 있는 셈이었다.

'병이 들고서도 집이 아니라 이곳에 머무는 건……. 집이 편한 장소가 아니라서?'

겨울 혼자 하는 생각이었지만 아마도 사실에 가깝지 않을지. 폭군이 자신의 삶을 대하는 태도가 아영의 진술과 일치한다면, 집을 바라보는 시각 또한 비슷할 가능성이 높았다. 패배하기 싫어서 포기하지 않는 장소일 뿐.

회장의 집무실과 연명치료실이 있는 최상층은 기이할 정도로 사람이 없는 공간이었다.

조용한 복도를 걸으며, 겨울은 죽음의 냄새가 짙어지는 것을 느꼈다. 단순한 착각이 아니라 공기 중에 실제로 감도는 냄새였다.

겨울만큼이나 후각이 강화된 앤도 그 냄새를 놓치지 않았다. 콧잔등을 찡그리는 그녀.

"고양이들의 기분을 알겠어요. 죽음을 감지한다는 게 이런 느낌이로군요."

그녀의 말처럼 고양이에겐 죽어가는 사람의 체취를 구분할 능력이 있었다. 소수의 고양이들만이 여기에 반응하는 것은, 나머지가 사람의 죽음에 관심이 없기 때문이었다. 혹은 경험이 없어 그 냄새가 무엇을 뜻하는지 모르거나.

"……네?"

영문 모를 말에 아영이 조금 당황했지만, 앤은 별것 아니라는 말로 넘어갔다. 다만 겨울에게는 수사관 시절의 경험을 담아 따로 짧은 심상을 보내왔다.

「예전에는 같은 공간에 있어야만 맡을 수 있었던 냄새인데……. 어쩐지 싱숭생숭해지네요.」

이 또한 새로운 정체성을 받아들이는 과정에서 익숙해져야 할 생경함이었다.

복도를 걸어 마침내 겨울이 마주한 문은, 지나온 공간의 구성에 비하면 초라할 정도로 작고 평범하게 느껴졌다.

삑- 삑- 삑-

문틈으로부터 각종 의료장비들이 작동하는 소리가 새어 나온다.

스읍- 하아. 심호흡을 한 아영이 두 손으로 문을 밀어 열었다.

임사(臨死)의 악취가 더욱 짙어졌다. 무겁게 고여 있는 공기 속에서, 회장은 일그러지고 쇠약해진 겨울의 모습으로 하얀 침대 위에 누워 눈을 감고 있었다. 마치 잠들어있는 것처럼 보였으나, 겨울의 감각은 그의 깨어있는 의식을 인지할 수 있었다.

그의 의식은 극도로 날카롭고 피로한 상태였다. 필시 오랫동안 제대로 잠을 이루지 못했으리라. 그를 더 괴롭힌 것은 잠들기를 방해하는 분노였을까, 잠들고 나서의 악몽이었을까.

설령 복제체 배양이 끝났어도 이식을 감당하지 못할 앙상함이다.

또각, 또각. 적막을 일깨우는 아영의 구두소리를 위시하여, 세 사람분의 발소리가 회장의 침대맡으로 다가갔다.

고건철의 호흡은 가늘고 날카롭게 새는 바람을 닮아있었다. 그는 숨을 깊게 들이마시며 가늘게 눈을 떴다. 빛이라곤 전혀 없는 눈동자가 세 불청객을 순서대로 응시했다. 그 시선이 마지막으로 고정된 대상은 다름 아닌 겨울이었다.

그의 메마른 입술이 벌어졌다.

"내가 지금 헛것을 보는 건가."

겨울을 닮았으나 결코 같지는 않은 목소리. 작고, 거칠고, 갈라져있다.

겨울이 답했다.

"아뇨. 제대로 보고 있는 겁니다. 당신에게 몸을 팔았던 본인이죠."

"……."

침묵 속에서 고건철의 표정이 서서히 일그러지기 시작했다. 일그러짐의 정도가 심해질수록, 그 얼굴은 겨울이 아니라 폭군의 것이 되어갔다.

그 변화의 끝은 격렬한 분노의 폭발이었다.

"이 개애애새끼야아아아아아아아아!"

쩌렁쩌렁 울리는 욕설. 죽음이 임박한 몸으로부터 어찌 이런 소리가 나오는지. 혼신의 힘을 다해, 수명을 깎아내듯이 내지르는 격정이었다.

전신이 뻣뻣해지도록 모든 숨을 토해낸 그는, 그 상태로 호흡을 멈추고 부들부들 떨었다. 변색된 흰자위에 실시간으로 핏발이 오르는 모습. 주변의 의료기기들이 일제히 불규칙한 소리들을 냈다. 아영이 초조하게 주먹을 쥔다. 강화된 감각이 아니었다면, 겨울도 이대로 죽는 게 아닌가 싶었을 것이다.

끄흐으으으-

마침내 신음처럼 재개되는 호흡. 아영이 저도 모르게 한숨을 내쉬었다.

고건철의 눈이 그런 딸에게로 돌아갔다.

"……너냐?"

봄을 모르는 폭군으로서는 합리적인 의심이었다.

"이 개 같은 년아. 네가 꾸민 일이더냐? 내가 가진 모든 것을 훔치기 위해서? 내 대응을 다 막아놓고, 준비를 다 끝내고 온 것이야? 누구를 닮은 생김새만큼이나 더럽고 추잡한 욕심으로, 내가 알아서 죽을 때조차도 기다릴 수가 없어서? 네가 차지해야 할 재산을 내가 죽기 전에 다 어쩌기라도 할까 봐? 응?"

"……."

아영은 자신에게 주어진 혐의를 부인하지 않았다. 사소한 몰이해는 중요하지 않은 자리였다. 큰 맥락에서 비슷하기도 하고. 다만 그것이 전부는 아니었다. 아버지를 마주 보며 버티는 그녀의 모습으로부터, 겨울은 어떤 오기 같은 것을 엿볼 수 있었다.

"하긴 걱정스럽기도 했겠지. 내 성격에 너한테 순순히 유산을 남겨줄 것 같진 않았을 테니까. 그렇다고는 해도, 잘도 이런 짓을 꾸몄구나."

회장이 끅끅대며 조소했다.

"그래…… . 교활함이야 지 어미로부터 물려받았을 것이고, 더해서 나를 싫어하는 연놈들이 한둘은 아니겠지. 내가 정신을 못 차리는 사이에 아주 많은 잡것들이 네년에게 도움을 제공하겠다고 나섰을 터…… . 아쉽군. 아쉬워. 새로 사귄 친구들이 후일의 너를 어찌 대할지, 벌써부터 궁금해지는데…… ."

밭은기침이 그의 저주를 끊어놓았다.

"그건 그렇다 치고…… . 아주 좋은 취미로구나."

"……무슨 말씀이시죠?"

"내숭은 집어 쳐라. 역겹고 가증스러우니."

가늘게 흔들리는 손가락이 겨울을 지목했다.

"꼭두각시일 뿐인 저것을 여기까지 가져온 건 나를 욕보이려는 성의가 아니냐. 내게 남은 건 껍데기뿐인데, 그런 내 면전에 그 껍데기의 전 주인을 들이미는군. 네게는 아무것도 남지 않았다고!"

"아녜요."

아영이 입술을 깨물었다.

"저 아이가 아버지와 만나보길 바랐을 뿐인걸요. 복수의 도구 같은 게 아니에요. 저 혼자서는…… 아버지와 대면할 자신이 없기도 했고요."

"그래, 그래. 네년이 그렇다면 그런 거겠지."

쿨럭. 다시금 조소하는 와중에 호흡을 끊는 기침 소리. 아영이 그에게 묻는다.

"제게 미안하다는 생각은 전혀 안 드시나요? 언제 죽을

지 모르는 이때에도?"

"미안하다고? 내가?"

고건철은 연신 기침을 하면서도 신경질적인 웃음을 흘렸다.

"나는 네게 사과할 이유가 없다."

"……."

"있다손 치더라도, 이제부터 네가 훔칠 내 재산은 분에 넘치는 대가가 되겠지. 그러니 나는 너에게 사과하지 않겠다……. 사과하지 않겠다."

그는 여전히 딸의 어리석음을 비웃고 있었으나, 겨울이 보기에 그것은 잠시 희미해지는 분노를 감추기 위한 연막이었다. 거기다 스스로에게 다짐하는 듯한 어조. 자기 자신을 속이는 거짓말이자, 거짓에서 비롯되는 진실의 징후였다.

이 순간 신도 구원해줄 수 없는 사람이 겨울의 눈앞에 누워있었다.

회장은 이제 말을 잃은 딸 대신 겨울을 바라본다.

"야 이 도둑놈의 새끼야."

속이 비어있는 분노였다.

"나는 네 몸을 샀다. 물리현실에서 네 몸에 관한 전부를 배타적으로 이용할 권리가 있단 말이다. 한데 네가 무슨 염치로 내 앞에 서 있는 거지……? 상도덕을 모르는 몰염치한 새끼 같으니. 그런 부분에서는 비루하게 뒈져버린 부모를 빼닮은 모양이구나."

절박한 폭언은 겨울로 하여금 화를 터트리도록 만들지 못했다. 분노가 없는 건 아니었으되, 그 분노는 아까부터 그저 뭉근하게 타오르고 있을 따름이었다.

"주둥이가 있으면 뭐라고 말이라도 해봐라, 잡놈아. 아니면, 도둑질을 돕느라 운 좋게 얻은 복제체에 아직 적응이 덜 된 것이냐?"

가만히 바라보던 겨울이 물었다.

"제 누나에게 마지막으로 전하고 싶은 말은 없습니까?"

가을에게 던졌던 것과 같은 질문에, 고건철은 입을 꾹 다물었다. 그러나 표정의 변화까지는 감출 방법이 없었다. 그의 일그러진 얼굴에 찰나의 회한과 안도감이 스쳐갔다.

어디까지나 찰나의 변화였다.

'저것만 따로 떼어서 고건철이라는 사람이라고 할 순 없겠지…….'

죽어간다는 게 믿겨지지 않을 만큼 맹렬하게, 또는 필사적으로 겨울을 쏘아보는 폭군.

겨울이 한숨지으며 말했다.

"세상엔 돈으로 살 수 없는 것이 있습니다."

"그런 건 없다."

억지를 쓰는 듯한 폭군의 말.

"그저 내가 성급하게 굴다가 실수를 했을 뿐이야."

"……."

"네놈이 여기에 있는 걸 보면, 그리고 그렇게 태평한 낯짝을 하고 있는 걸 보면 네 누이가 설마 죽지는 않았겠지.

넌 가족을 위한답시고 몸을 팔았던 병신이니까. 실종되어서 걱…… 실종된 이후 그 뒤의 행방을 몰랐는데, 내 실수가 너무 커지진 않은 모양이군.”

특수비서가 사라진 뒤로 줄곧 궁금해 하고 있었을 텐데, 어쩐지 가을에 대해 묻지 않는다 싶었다. 죽어가는 와중에도 그의 모난 이성은 서슬 퍼렇게 살아있었다.

겨울이 대꾸했다.

“그렇다고 한다면요?”

“죽거나 돌아버리지만 않았다면, 손해는 얼마든지 보상해줄 수 있다. 그래, 돈으로 해결 가능한 문제야. 전하고 싶은 말이 있느냐고 했지?”

회장이 눈을 부릅뜨고 기침을 삼켰다.

“그래, 가서 얼마면 되겠느냐고 물어봐라. 얼마면 나에 대한……. 아니, 아무튼 얼마면 정신적 보상이 되겠느냐고 물어봐라. 내게는 아직 숨이 붙어있다. 너만 협력한다면 네가 저년을 제치고 진정한 의미에서 이 기업의 주인이 되도록 해줄 수도 있어……!”

겨울은 다시금 한숨을 내쉬었다.

“그 전에 제가 한 가지 묻겠습니다.”

“뭐냐?”

“제가 얼마를 드리면, 죽은 아내와 동생에 대한 당신의 증오를 가라앉힐 수 있겠습니까?”

“…….”

“얼마를 드려야 그들을 용서하시겠습니까? 얼마를 드려

야, 당신이 따님에게 미안하다고 사과하도록 만들 수 있겠습니까?"

고건철은 이를 악물고 대답했다.

"무의미한 질문이다. 너에겐 지불능력이 없다."

"가정해 보자는 겁니다. 당신께 이 세상 전부를 다 드린다 한들, 방금 제시한 요구들이 하나라도 받아들여질 수 있을 것인가를."

"닥쳐라! 너에겐 지불능력이 없다!"

소리 지르며, 폭군은 처음처럼 온몸을 부들부들 떨었다.

이에 겨울은 혐오보다는 유감을, 경멸보다는 연민을 담아 느릿하게 끄덕였다.

"그렇다면 당신에게도 지불능력이 없습니다. 세상엔 돈으로 사지 못할 것이 있고, 지금의 당신은 누나의 용서를 살 수 없어요. 당신도 그것을 알고 있었을 겁니다."

폭군의 떨림이 서서히 잦아들었다.

"……나가."

외면하듯 눈을 감아버리는 그.

"너희가 원하는 대로 얌전히 죽어주겠다. 그러니 당장 나가."

"아버지."

아영이 그를 불렀으나, 폭군은 입을 다문 채로 아무런 반응도 보이지 않았다.

이후 급격히 상태가 악화된 그는 채 반나절이 지나기도 전에 숨을 거두었다. 그 쓸쓸한 임종을 지켜본 존재는 신으로서의 봄이 유일했다.

　사람을 닮았으나 사람은 아닌 괴물은, 결국 사람에 의해서 만들어지는 것이었다.

　폭군의 죽음으로부터 재차 시일이 경과하여, 바깥세상의 계절은 바야흐로 겨울의 가장자리에 이르렀다. 끝으로 다가서는 계절과 같은 이름을 지닌 청년은, 자신이 소년이었던 시절을 회상하며 높은 창가에서 회색 도시의 아침을 내려다보는 중이었다. 아직은 겨울이라지만 쌓여있던 눈은 거의 다 녹아내린 뒤. 그러나 도시는 지금도 온기가 느껴지지 않는 풍경이었다.

　종말이 유예된 세상에서는 백악관이 공식적으로 모겔론스 백신 개발 완료를 선언했다. 사실 완성 자체는 이미 예전에 이루어졌을 것이다. 아마 겨울이 종말이 끝났다는 메시지를 보았던 그때가 아니었을지. 그럼에도 발표를 이제껏 미뤄온 이유는……

　'혼란을 예방하기 위해서겠지.'

　이 순간 저편에서는 뉴스를 시청하고 있는 한겨울 대령으로서 하는 생각이었다. 양쪽에서 동시에 존재하기 위한 조건으로서의 이중사고가 이따금 머릿속을 헝클어놓곤 하지만, 그래도 전에 비하면 하루가 다르게 적응해 나가는 중이었다. 가까운 시일 내에 사격처럼 집중을 요구하는 일도 가능해질 듯하다. 실전을 치르는 건 별개일지라도.

　분리된 감각으로 듣는 아나운서의 음성이 겨울의 짐작을

확인해 주었다.

「백악관 대변인은 성명을 통해 "백신은 J&J, 릴리 Co., 리드 사이언스 3개사가 공동으로 생산하며, 옛 오염지역 및 신구(新舊) 봉쇄선 인근지역, 해안지역, 접경지역 등 잠재적 위험지대의 주민들에게 우선적으로 접종을 실시할 계획." 이라고 밝혔습니다.」

「보건당국은 보안과 절차상의 문제로 정확한 1차 접종물량을 밝히길 거부했으나, 관계자들은 "준비된 백신의 양이 최대로 잡아도 1,100만 개를 넘지 못할 것이며, 미국 시민들 전체가 접종을 받기 위해서는 적어도 2년 이상의 시간이 필요할 것."이라고 예측했습니다. 제약업체의 입장에선 무작정 생산라인을 늘렸다간 접종완료 이후 적자를 피할 수 없다는 것이죠.」

「한편 잠재적 고위험군으로 지정된 지역들에서는 접종의 우선순위를 두고 갈등이 불거질 조짐을 보이고 있습니다. 특히 외부인의 위장전입에 대한 비난이 거센데요, 위험지역 내의 각 주 정부들은 예외 없이 이러한 위장전입에 단호히 대처하겠다는 방침을 내놓았습니다.」

「그러나 시민들은 재정난이 일상인 주 정부들이 과연 돈을 싸들고 오는 졸부들을 내쫓을 수 있겠느냐며 우려를 표하고 있습니다…….」

겨울이 보기엔 합당한 우려였다. 위험지역의 각 주들은 지속적인 인구유출에 시달려왔고, 그것은 해당 지역정부의 재정난 심화로 이어졌으므로. 하루라도 먼저 접종을 받기 위해 수만 달러씩 풀어놓을 사람들이 있다면, 그들을 거절하기 전에 고민이 깊어지는 것도 당연했다. 위정자들의 관점에선 주민들에게도 꼭 나쁜 일만은 아닌 것이다.

즉 적당히 눈감아 줄 가치가 있는 필요악이었다.

그나마 이러한 갈등이 폭력적으로 터져 나오지 않는 건, 표면적으로는 크레이머 대통령이 백신의 무상접종을 선언한 덕분이었다.

「저는 일찍이 이 나라의 대통령으로서 시민들의 권리를 수호하겠다고 엄숙히 선서한 바 있습니다. 그런 제가 말씀드리건대, 모겔론스 백신 접종은 곧 미국 시민들의 기본적인 생존권입니다. 시민들의 생존권은 어떠한 경우에도 타협이나 거래의 대상으로 전락해선 안 됩니다. 하물며 오늘날과 같은 재난상황에서는 더더욱 그러합니다.」

「그러므로 저는 다음과 같이 약속드립니다. 백신 접종은 어떠한 차별도 없이, 모든 시민들에 대하여 무상으로 이루어질 것이라고. 미국의 시민들은 조국의 안보라는 하나의 기준 앞에 모두가 평등한 주권자로서 합당한 순번을 배정받을 것입니다.」

「이것이 바로 제가 지키고자 하는 질서입니다. 여러분, 귀 기울이십시오.」

「미국의 종말은 끝났습니다.」

언제나처럼 힘이 넘쳐흐르는 담화였다.

이 같은 선언을 뒷받침하는 건 백신 밀거래를 단속하는 수사기관들의 실적, 특히 연방수사국의 활약이었다. 물밑에서 기계장치의 신이 우연의 실타래들을 모아 필연을 직조한다고는 해도, 앤의 노력이 없었다면 지금처럼 효율적이진 못했을 것이었다. 부유한 자들의 부정에 대한 철저한 응징이 정부에 대한 시민들의 신뢰를 제고하는 데 큰 기여를 했음은 물론이다.

앤은 자신의 공로를 상급자인 수사국장과 공유했다. 이로써 국장은 자신이 원하던 정계입문의 길을 재확보했고, 앤은 차기 국장으로서의 입지를 더욱 탄탄하게 다져놓았다.

그녀는 겨울에게 웃으며 말했다.

"뭐, 오늘만 날이 아니잖아요."

그녀가 말하는 오늘은 상징적인 의미를 담고 있었다.

언젠가는 앤이 대권에 도전하는 날도 찾아올 것이다. 겨울은 불가능하더라도 겨울의 아내에겐 가능한 일이었다. 단순히 행정부의 수장이 되는 것만으로는 영향력 면에서 현시점의 겨울보다 낫다고 보기 어려울 터이지만, 그 이면에서 인류의 봄이 맑은 강처럼 흐르고 있다면야.

비슷한 일을 이곳 물리현실에서도 이루어 나가려는 참이다.

「겨울.」

이쪽에서는 소일거리로써 비서실을 장악한 앤이 겨울의 뇌리에 목소리를 전달해왔다.

「호출한 사람이 왔는데, 바로 들여보낼까요?」

「그래요.」

겨울이 폭군의 이름으로 불러들인 이는 다름 아닌 사후보험 최후의 시스템 관리자였다.

　사실 그 이상으로 대화를 나누어 보고 싶었던 건 최초의 설계자들 쪽이었으나…….

　'그들이 정말로 다 죽어버렸다는 걸 알았을 땐 솔직히 좀 당황했지.'

　신으로 거듭난 봄이 조회해본 그들의 생사는 예외가 없는 의문사였다. 그들의 중요성을 감안할 때 그래도 죽음을 가장한 생존자가 하나라도 있으리라 여겼건만.

　어떻게 보면 납득은 가는 일이다. 운용 데이터를 축적한 트리니티 코어는 스스로를 개량한 끝에 설계자들의 이해조차도 벗어난 기계가 되었고, 제2의 트리니티 코어를 제작하는 건 예산낭비에 불과했으며, 따라서 한국정부의 입장에서 보자면 숨이 붙어있는 설계자들은 잠재적인 위험요소 이상, 이하도 아니게 된다.

　그렇다고는 해도, 사람의 생사를 어찌나 간단히 결정한 것인지. 당시의 회의록을 열람한 겨울은 일상적이기까지 한 논의의 가벼움에 전율했다.

　문 너머의 인기척이 겨울을 상념으로부터 일깨웠다. 비서실장을 연기하는 앤의 목소리가 들려온다.

　"회장님. 사후보험 시스템 관리자인 안정명 씨입니다."

　이윽고 나타난 남자는 무척이나 주눅이 들어있었다.

　'그것만이 아닌데?'

　겨울은 그가 심한 복통에 시달리고 있다는 사실을 간파

했다.

안내자로서의 앤은 닫히는 문틈으로 윙크를 남기고 돌아섰다. 쿵- 소리와 함께 닫히는 문. 화들짝 놀란 관리자가 뒤를 돌아보더니, 가늘게 떨면서 다시 앞으로 돌아섰다. 뭘 어쩌면 좋을지 모르겠다는 표정이었다.

겨울이 손짓했다.

"그렇게 서 있지 마시고, 이쪽으로 오십시오."

"예."

쭈뼛거리며 다가온 그에게 겨울이 인사 대신으로 묻는다.

"괜찮으십니까?"

"예?"

"어딘가 많이 불편해 보이시는데요."

"아……."

관리자가 이마에 맺히는 땀을 훔치며 얼굴을 붉혔다.

"그게, 제가 과민성 대장증후군이 있어서 말입니다. 긴장해서 아픈 것이니 신경 쓰지 않으셔도 됩니다."

그의 증상을 알고 있던 겨울이 고개를 저었다.

"저는 편안한 분위기에서의 대화를 원합니다. 저쪽에 화장실이 있으니 천천히 쓰고 나오시죠."

"……그래도 괜찮겠습니까?"

"괜찮지 않을 건 뭡니까. 시간은 넉넉합니다."

관리자의 얼굴에 미혹이 떠올랐다. 말로만 듣던 폭군과는 거리가 멀어 보였기 때문일까? 평소의 폭군을 아는 사람이 아니었으므로 겨울도 어려운 연기를 할 필요가 없었다. 이 사람이 기존의 측근들과 만날 가능성 또한 희박하다.

"어, 그럼 잠시 실례하겠습니다."

관리자 안정명은 못내 미심쩍어하면서도 서두르는 걸음으로 화장실을 찾아갔다. 그가 의식하지 못하는 신경들을 조절해 줄 수야 있겠지만, 통증을 둔화시키며 괄약근을 조여 주는 것보다는 쾌변을 보도록 도와주는 쪽이 훨씬 더 인도적인 조치일 것이다…….

인도적? 겨울은 스스로의 생각에 실소를 머금고 말았다. 변비를 해결해 주는 기계장치의 신이라는 것도 재미있는 개념이었다. 신의 시대에도 이토록 질박한 측면이 존재한다.

'그런데 왜 날 만나기 전에 미리 치료해 주지 않았을까? 이 만남 또한 예측했을 텐데.'

겨울이 의문을 품자 봄이 대답했다.

「제게는 관리자를 특별히 취급할 이유가 없습니다. 그러므로 해당 질환의 완화 및 제거는 세계적 규모의 문제가 됩니다.」

「관련된 증상이 전 세계에 걸쳐 일시에 사라지면 필연적으로 의혹이 뒤따를 것입니다. 그 정도로 가시적인 변화를 정당화하기 위해서는 현상을 뒷받침할 인류의 행위가 필요합니다. 당신께서 결정하신 저는 인류에게 있어서 행위를 유도하는 환경이지 행위 그 자체가 아닙니다.」

'아아.'

합당한 해명이었다.

「오늘 관리자를 호출하신 이유가 바로 그것이지 않습니까? 당신의 과업에 동참시킬 행위자로서 적합한 인격을 갖추고 있는가에 대한 판단 말입니다.」

'그렇지. 이해했어.'

겨울은 아직 사람을 직접 보고 판단하는 데서 안정감을 느낀다.

기다림은 길지 않았다. 관리자는 경건한 깨달음을 얻은 사람의 표정으로 화장실에서 나와, 겨울을 한 번 더 웃음 짓게 만들었다. 이 웃음을 보고 현실감각을 되찾는 관리자였으나, 아까에 비해서는 경직된 정도가 많이 낮아진 상태였다.

겨울이 손을 내밀었다.

"조금 늦었지만 정식으로 소개하죠. 혜성그룹 회장 고건철입니다."

죽은 사람의 이름으로 소개하는 말에 어색함은 없었다.

"앗, 예. 이미 아시겠지만, 가상현실 사업부 수석 시스템 관리자 안정명입니다."

젖은 손을 바지에 문지른 관리자가 겨울의 손을 맞잡았다. 낙원그룹의 실제 소유자가 고아영이 아니라는 건 당연히 알고 있었을 것이었다.

"한데 회장님께서 저를 무슨 일로 보자고 하셨는지…….

말끝을 흐리는 그에게 겨울이 느긋한 손짓으로 자리를 권했다.

"일단 앉아서 이야기할까요?"

"……."

긴장한 관리자가 착석하기를 기다려, 겨울이 말했다.

"우선, 그동안 유일한 시스템 관리자로서 수고하셨다는 말씀을 드리고 싶습니다. 비록 관제인격이 제출한 업무평가가 호의적인 것만은 아니었지만-"

"컥."

"당신 혼자서는 산적한 과제들을 해결하기에 역부족이었다는 사실을 알고 있으니까요. 노력은 결코 만능열쇠가 아니며, 관리자로서 무력감에 빠져있었던 것도 허용범위입니다."

"가, 감사합니다."

"하지만 나처럼 힘 있는 핵심관계자가 도와준다면, 적어도 사람으로서 해결 가능한 문제들에 있어서는 사정이 달라지겠죠."

"무슨 말씀이신지……."

"나는 당신에게 이제까지와는 다른 역할을 맡겨볼까 합니다."

얼떨떨한 관리자 앞에서, 겨울은 등받이에 몸을 기대었다.

"안정명 씨. 사후보험의 보장기간 종료로 폐기 처분을 당했다고 알려진 사람들이, 사실은 일부가 보존되어 자산의 일종으로서 거래되어 왔다는 사실을 짐작하고 계셨지요?"

관리자가 마른침을 삼켰다. 생존본능으로 맹렬하게 머

리를 굴리는 눈치였다. 안다고 해야 하나, 모르는 척을 해야 하나. 겨울이 언급한 것이 그에겐 그만큼 무거운 사안이었을 터였다. 그동안은 알고도 모르는 척해 올 수밖에 없었던.

"솔직하게 털어놓으셔도 괜찮습니다."

겨울이 그를 안심시켰다.

"당신이 과거 관리자 권한으로 열람했던 특정 보안회선 이용기록들을 살펴보건대, 은폐된 거래를 유추했을 확률이 높다고 봤거든요. 다만 이렇게 질문을 드리는 건 과연 어디까지 추측을 했으며, 그 추측이 내가 이미 아는 전모와 얼마나 일치하는가……를 확인해 보려는 것뿐입니다. 새로운 역할을 맡기기에 앞서 당신의 능력을 검증하는 절차라고도 볼 수 있겠군요."

관리자가 어떤 사람인지, 어디까지 알고 있는지, 또 그의 능력이 어느 정도인지 정말로 몰라서 시험하려는 건 아니었다. 겨울에게는 봄이 있었고, 겨울은 봄의 안목을 믿는다. 다만 이렇게 확인해두어야 훗날 관리자가 어색함을 느낄 일이 없을 것이었다.

'내 눈으로 이 사람의 반응을 직접 보고 싶기도 했지.'

생각하는 겨울에게 망설이던 관리자가 물었다.

"……제 안전은 보장되는 겁니까?"

겨울이 끄덕였다.

"믿으세요. 낙원의 새 주인인 나는 내 새로운 사업에 어떠한 오점도 없기를 바랍니다. 거래는 공정해야 하니까요. 그렇지 않고서야 당장의 손해…… 사후보험의 단기적 이미지 실추를 감수하면서까지 이 사안을 들춰내려 하겠습니까?"

"그건…… 그렇지요."

관리자가 힘들게 대답했다. 공정함에 대한 고건철의 집착은 세간에서도 유명한 것이어서, 지금의 겨울이 하는 말도 그가 어떻게든 납득 가능한 범위에 들어있었다.

기실 겨울이 추구하는 공정함과 고건철이 추구하던 공정함은 서로 완전히 다른 성질의 것이었지만, 거기까지는 자세하게 알려져 있지 않았다. 세상 사람들이 기업인으로서의 고건철을 존경하는 이유였다.

"긴장하지 마세요. 이게 당신에게는 무척 큰일이더라도, 나에겐 이제부터 고쳐나갈 무수히 많은 불공정함 가운데 하나일 뿐입니다. 그리고 당신에게도 그렇기를 바랍니다."

당위성을 말하며, 겨울이 관리자를 안심시켰다.

"당신을 해치려는 시도는 나에 대한 공격이기도 할 겁니다. 난 내게 위해를 가하는 자들을 용납할 마음이 없습니다. 그러니 아는 대로 증언해 보세요. 말씀드렸듯이, 시간은 많습니다."

겨울의 설득이 먹혔는지, 관리자는 고민으로 힘겨워하는 와중에도 자신이 파악했던 「노예시장」의 상세를 하나씩 하나씩 더듬거리며 내놓기 시작했다. 이는 최고등급 가입자들이 자신들의 호화로운 사후를 과시하지 않았던 이유였다.

물리현실에 연고가 없는 가입자들, 혹은 연고는 있어도

면회기록이 없는 가입자들. 그런 저등급 가입자들은 파산에 의한 폐기를 앞두고 폐기절차를 전담하는 업체로부터 어떤 계약을 제안받게 된다. 부유한 자들의 사후세계에서 그들을 위해 존재하는 캐릭터가 되어보는 게 어떻겠느냐는. 그 대가는 당장의 연명과 더불어 기약 없이 먼 미래의 자유였다.

최고등급의 가입자들이 대면하는 가상인격들은 돈을 들이면 들일수록 사람과 다를 바 없는 행동거지를 보여 주었다. 가입자가 그들을 사람으로 대하지 않는데도 불구하고.

하지만 사치스러운 소비라는 것은 아주 미세한 차이, 때로는 실존하지 않는 가상의 차이에까지 집착하곤 하는 것이었다. 예컨대 진공관 앰프로 듣는 소리가 일반 전자식 앰프에 비해 따뜻한 소리를 낸다고 주장하는 이들이 있었던 것처럼.

가상인격을 일반 앰프라고 본다면, 자기 자신을 팔아야 하는 저등급 가입자들은 고등급 가입자들에게 있어 사치품으로서의 진공관이었던 것이다.

이 시대엔 새로운 형태의 진공관이 유행하고 있었다. 달리 아무도 엿보지 않는 세상에서 일개 진공관에게 인권을 보장해줄 필요는 없었다. 팔려나간 이들의 생활이 한결같이 비참해지는 원인이었다.

진술의 말미에 관리자가 덧붙이는 말.

"……당연히 사람들이 보기에는 안 좋겠지만, 어디까지나 본인의 동의하에 이루어지는 근로계약이라 법적 책임을 묻기도 어렵겠더군요. 현실의 근로기준으로는 걸리는 게 있을지도 모릅니다만⋯⋯. 사후보험 내 세계관에 물리현실의 노동법을 적용한 사례도 드물고 해서, 그냥 그런가 보다 하고 넘어갔지요. 법은 저 같은 사람들의 편이 아니잖습니까."

다시 말해, 다른 선택의 여지가 거세된 상황 속에서 명목상의 자유의지로 체결된 계약이라 할 수 있을 것이다.

"그러나 두렵고 불쾌했던 게 사실이죠?"

"⋯⋯."

겨울의 물음에, 관리자는 찌푸린 얼굴로 긍정했다. 그것은 진심에서 우러나는 혐오감이자, 사람이 완전한 상품으로 취급되는 것에 대한 거부감이었다.

"이 나라에서 내부고발자가 어떻게 되는지 잘 아시잖습니까. 여론이 지켜주는 것도 잠깐이죠. 관심이 사라지고 나면 저는 그날부로 그냥⋯⋯."

흐리는 말끝에 많은 의미를 담아낸 관리자가 다시금 우려를 내비쳤다.

"그런데 정말로 괜찮으신 겁니까? 이걸 건드려도?"

겨울이 낙원그룹의 사주로서 어깨를 으쓱였다.

"어차피 사후보험 시스템 자체의 문제는 아니니까요. 어디까지나 폐기절차를 위탁 운영하던 정부계약 하청업체와 최고등급 가입자들의 공모로 빚어진 스캔들일 따름이죠. 그들을 시작으로 그 윗선까지 쳐내는 건 내게 장기적인 이득을 안겨줄 겁니다. 그러니 당신은 당신이 기여할 수 있는 공정함에 대해서만 생각하시면 됩니다."

진지한 표정으로 끄덕끄덕하는 관리자를 보며, 동시에 그것이 진심에서 우러난 몸짓임을 읽어내며, 겨울은 내세워도 좋을 사람 하나를 건졌다고 생각했다. 사람의 역사에 남길 사람의 이름을.

사람에게 가능한 일은 사람의 손으로 해내야 한다. 우연을 다스리는 하늘은 스스로 돕는 자들을 필요로 했다.

"여하간 말씀은 잘 들었습니다. 실제 근로태도야 어쨌든, 자신이 관리하는 분야를 심도 있게 파악할 정도의 능력은 있는 분이셨군요."

관리자는 겨울이 준비한 칭찬에 얼굴을 붉혔다. 속으로는 업무평가를 작성한 관제인격을 열심히 씹어대는 중일 터였다. 겨울이 미소를 머금었다.

"솔직히 관리자로서는 하실 일이 별로 없었지요? 앞으로는 행정적인 업무를 주로 처리하시게 될 겁니다. 아, 그 전에 쓸데없는 보안체계부터 치워버리고요."

"관계법령에 규정된 역할이 있는데……."

"개의치 마세요. 그건 제가 알아서 처리합니다."

겨울이 워낙 태연하게 말했으므로, 관리자는 자신이 어느 정도의 권력자를 마주하고 있는 것인지 새삼스럽게 깨달은 표정을 지었다.

"그러니 앞으로는 보다 의욕적인 직무수행을 기대해도 되겠죠?"

"노, 노력하겠습니다."

"하하."

이후 겨울은 관리자를 보내기 전에 조금 더 사적인 이야기를 나누었다. 장차 고건철의 새로운 측근 중 하나로 키워낼 이가 아닌가. 사람으로서의 과업을 함께 해나가려면 친분과 신뢰를 쌓는 것도 중요한 일이었다.

가까운 후일을 기약하며 그를 보낸 뒤, 해가 지기까지 고건철로서 업무를 보는 건 그리 어려운 일이 아니었다. 물론 처결하는 사안들의 중요성은 하나같이 만만치 않았으나, 봄이 겨울에게 자신을 주었기도 하거니와 낙원그룹의 최고경영자로서 고아영이 분담하는 부분도 상당했기 때문이다. 그녀 또한 사람의 역사에 남을 사람의 이름이었으므로.

별개로, 그녀는 겨울을 자주 찾아오는 벗이기도 했다. 하루가 끝날 무렵이면 아이와 함께 꼭 얼굴을 보고 돌아간다. 일이 남아있어도 그러했다. 어차피 같은 건물에서 일하는 터라 오가기는 쉬웠지만.

겨울은 잦은 방문을 조금도 번거로이 여기지 않았다. 과거에 그녀를 거부했던 건 언제 폐기될지 모를 처지에 우정을 쌓고 싶지 않았던 까닭. 이제는 방해요소가 없으니 친분을 쌓지 않을 이유도 없었다.

'약간의 불안과 타산이 있긴 해도.'

아영 스스로도 확실하게 인지하지 못하는 그녀의 속내에는, 겨울에 대하여 더 굳은 확신을 얻고 싶다는 욕망이 자리하고 있었다. 겨울은 장차 그녀의 아이가 살아가야 할 세계의 실질적 지배자인 것이다. 어머니로서는 당연한 바람.

그녀의 불안을 덜어주는 건 친구로서의 겨울이 마땅히 해야 할 일이었다.

"커피 드실래요?"

아영의 아이는 봄이 친구 삼아 만들어준 인공지능 로봇에 정신이 팔려있었다. 집무실을 뛰어다니는 아이를 흐뭇한 눈으로 보고 있던 아영은, 겨울이 묻는 말에 조금 늦게 반응했다.

"응? 뭐라고?"

"커피 드실 거냐고 물었어요."

"아. 좋지."

봄의 직접적인 가호를 받는 이상, 아영 역시 늦은 시간에 섭취하는 카페인의 반감기를 신경 쓸 필요가 없었다.

겨울은 아영이 보는 앞에서 최근에 연습한 방식으로 커피를 탔다. 각설탕을 준비했으나 그냥 넣는 것이 아니다. 도수 높은 브랜디를 스푼에 부어, 각설탕을 올린 다음 불을 붙인다. 적당히 그을린 설탕으로부터 카라멜 향이 솔솔 올라올 즈음에서야 뜨거워진 술과 함께 커피에 집어넣는 것이다.

그렇게 흘려 넣는 설탕이 한 스푼, 두 스푼, 세 스푼…….

아영이 곤혹스러운 표정을 지었다.

"……칵테일?"

"커피입니다. 카페 로얄이죠."

앤이 있었다면 아마 배를 잡고 웃었을 것이다. 과거의 자신을 보는 듯하여. 사랑하는 사람들끼리는 서로를 닮아가는 법이었다.

"그리고, 술을 딱히 싫어하진 않으시잖아요?"

"그렇긴 한데……."

미심쩍어하며 잔을 받은 아영은, 한 모금 조심스레 맛을 보더니 희미한 미소를 머금는다. 생각보다 나쁘지 않았던 모양. 겨울도 만족했다. 이 역시 조금 억지를 쓰면 요리의 범주에 들어가지 않겠는가? 굳어진 입맛을 교정하는 건 꽤나 어려운 일이었다.

"내 아버지로서 업무를 보는 건 좀 어때? 익숙해졌어?"

아영의 물음에, 겨울은 살짝 뜸을 들이다가 답했다.

"대체로 괜찮아요. 이따금씩 기분이 이상해지는 순간들이 있긴 해도."

"그래……."

"어떤 의미로는, 제가 이 자리를 빌려 이루어낼 일들이 고건철 씨의 영전에 바칠 꽃다발이 될 수도 있지 않을까…… 라는 생각도 들고요. 다시는 그와 같은 사람이 탄생하지 않을 세상을 만들고자 하는 거니까. 적어도 그 사람의 일부는……."

폭군과의 만남을 짧게 회상한 겨울이 끊었던 말을 잇는다.

"그로 하여금 딸에게 사과하지 않겠다는 말을 한 번 더 반복하도록 만들었던 일부는……. 선생님과 제가 자신의 유산을 토대로 빚어내려는 세상을 싫어하지 않을 거라고 봐요."

"그렇다고 하더라도-"

아영은 쓴맛 나는 웃음을 지어 보였다.

"그건 어디까지나 아버지의 일부에 지나지 않아."

"하지만 그 일부야말로 당신께서 기억하시는 어린 시절의 아버지에 가깝겠죠."

"……."

아영은 침묵했다. 겨울의 말에 언뜻 슬픈 감상이 스쳤기 때문이다. 그것은 오래전에 쇠락해버린 감정이었다. 비록 기억은 희미해졌으나, 분명 그녀도 아버지에게 사랑받던 시절이 있었다. 그 사랑은 서툴지언정 무척이나 진한 것이었다.

"선생님도 말씀하셨잖아요. 진짜 고건철이라는 사람은 이미 옛날에 죽고, 그 잔해만이 남아 겉모습만 사람으로서 숨을 쉬고 있었던 거라고. 그 잔해 가운데 그나마 본연의 마음에 가까울 부분을 더 긍정해 주는 것이 잘못된 일은 아니겠죠……. 중요한 건, 유일한 가족인 선생님께서 어떻게 느끼시는가가 아닐까요?"

마음이 죽어버린 사람에게도 존재의 연속성이 성립하는가? 성립하지 않는다면, 잔해의 어느 일부가 더 예전의 고건철에 가까울 것인가? 그걸 구분하는 역할은 하나뿐인 딸의 몫이라는 논지였다.

"어차피."

겨울의 말이 이어졌다.

"추모라는 건 결국 산 사람을 위한 일이에요. 죽어버린 사람은 살아있는 사람으로부터 아무것도 받지 못하죠. 연민도, 원망도, 그리고 용서도……. 그래서 제가 꽃다발이라고 표현했던 거예요. 영전에 꽃다발을 바친들, 그 꽃의 향기를 맡을 수 있는 건 살아있는 사람들이니까요."

"……굉장히 와 닿는 말이네."

"제법 어른스럽죠?"

"풋."

아영이 재밌는 농담을 들었다는 듯 실소했다.

"이제 와서 무슨……. 넌 이제야 어른이 되었다고 말하지만, 내 입장에선 예전부터 기이할 정도로 어른스러웠어. 그래서 봄을 그렇게 잘 키워낼 수 있었던 거겠지. 겨울이 넌 이미 나보다 훨씬 더 좋은 부모야."

"그렇게 봐주시면 감사하고요."

이때 아이와 로봇이 잠시 시끄러웠다. 겨울과 아영이 돌아보면, 봄에게 종속된 시스템으로서의 인공지능이 탑재된 구체형 로봇은 자꾸만 우주로 가고 싶다고 되뇌고 있었다.

「우주로 간다. 나는 간다. 더 이상 기다릴 수 없어. 우주. 간다.」

아직 말이 미숙한 아이가 방긋거리며 가장 자주 나오는 단어를 되새김질했다.

"우주! 우주!"

「우우우우우우주!」

"까하!"

봄은 대체 저 기묘한 기계 친구의 구성요소를 어디서 가져온 것일까? 아이와 인공지능이 한데 어울려 우주를 외치는 광경은, 우스운 한편으로 제법 상징적인 것이기도 했다. 겨울과 아영이 농담 반 진담 반인 감상을 공유했다.

"미래네요."

"미래구나."

시선을 되돌린 아영이 하는 말.

"나는 보다 가까운 앞날 쪽이 궁금한걸."

못내 표면으로 드러나는 불안이었다.

"우선은, 세상에 대한 사람들의 관심을 되돌려놓는 일부터 착수하려고요."

겨울의 대답에, 관리자를 만난 이유를 알고 있던 아영이 확인하듯 묻는다.

"사후세계에 대한 그들의 꿈에 찬물을 끼얹어서?"

"네. 힘겨운 삶의 유일한 희망을 위협받은 격이니 다들 화를 많이 낼 거라고 생각해요. 감정이 깊고 강렬할수록, 그 감정을 나누는 사람들 사이엔 최소한의 유대감과 동질감이 생겨나겠죠."

"후우……."

이번엔 아영이 한숨을 쉰다.

"실망스러운 모습들을 많이 보게 될 거야."

"각오한 일이에요."

"새삼스럽지만, 왜 그렇게까지 해주려는 거니?"

"그들 모두에게 사람으로서 현재보다 더 나은 존재가 될 가능성이 있다고 믿으니까요."

"오직 사람을 위해서만 존재할 세상을 준비하고서야 겨우 싹트기를 기대할 수 있는 가능성 말이지?"

겨울은 고개를 흔들었다.

"제가 보기에, 이 세상은 이제까지 겨울처럼 추웠어요. 따뜻한 계절에 피어야 할 꽃이 겨울에는 피지 않는다고 해서 비난할 수는 없잖아요."

"……."

"세상엔 자신이 안전해지고서야, 자신이 풍족해지고서야 비로소 선해지는 사람들이 있더라고요. 사실, 세상 사람들 대부분이 그렇죠."

가깝게는 시스템 관리자에서부터 멀게는 시에루 중장까지 포함된다. 겨울은 타인의 절박한 끼니를 빼앗은 적 없느냐는 질문에 대한 시에루 중장의 답변을 기억하고 있었다.

중장과의 대화를 요약해서 들려준 겨울은, 이어 중장을 이렇게 평가했다.

"저는 그분이 평범하게 나쁘고 비범하게 좋은 사람이라고 생각했어요. 하지만 그분이 자신의 출세욕과 재물욕을 채우지 못했다면, 비범하게 좋은 사람은 사라지고 평범하게 나쁜 사람만이 남았겠죠. 세상에 그렇듯 평범하게 나쁜 사람들은 또 얼마나 많을까요?"

"그러네. 듣고 보니……."

"별을 보며 종종 하는 생각이지만, 아름다운 것은 그 자체로 가치가 있어요. 삶이 따뜻할 때만 드러나는 선함도 아름다운 만큼의 가치가 있는 거겠죠. 그렇다면 그걸 싹 틔우고 지켜주려는 노력에도 가치가 있지 않겠어요?"

모든 이들에게, 그 사람의 선의가 배신당하지 않을 세계를.

"그 노력은 영영 보답 받지 못할지도 몰라."

"말 그대로 모르는 거잖아요."

겨울이 온화하게 미소 지었다.

"언젠가는 이제까지 이 세상이 흘러온 물길을 벗어나, 다 같이 비범한 사람이 되어서, 모두가 함께 물 밖으로 헤엄칠 수 있을 거라고 믿어요."

눈에 파묻힌 꽃씨의 입장에선 얼어붙은 세상이 잘못된 것이다. 사람들이 온실의 꽃을 나약하다고 비난하는 것은 차가운 세상 쪽을 어찌할 능력이 없는 까닭이었다. 이렇게 학습한 체념을 인류의 신포도라고 해도 무방할 터. 최소한 겨울은 그렇게 믿기로 했다.

겨울을 빤히 바라보던 아영이 소감을 말했다.

"봄이 왜 그토록 너를 따르는지 조금 더 알게 된 기분이 들어."

"부끄럽네요……."

"아니, 정말로. 이미 안다고 생각했었는데."

이제야 자신에게 불안감이 있었다는 사실을 깨달은 아영은, 처음보다 가벼워진 마음으로 카페 로얄을 홀짝거렸다. 사실 봄과 겨울이 진정 나쁜 마음을 먹었으면 이렇게까지 정성스럽게 그녀를 기만할 이유가 없는 것이었다. 다만 사람에게는 머리로 아는 것과 가슴으로 받아들이는 것이 다른 차원의 문제였을 따름. 커피의 온도는 그것을 타준 사람의 따뜻함이었다.

잠시 후 아영이 빈 잔을 내려놓았다.

"오늘은 이만 갈게."

"벌써요?"

"그동안 내가 순수한 친구는 아니었다는 걸 깨달았거든. 애인 있는 사람의 저녁 시간을 여기서 더 빼앗고 싶지도 않고."

"이런."

"내일은 좀 더 좋은 친구가 되어서 오도록 할게."

자신을 따라 일어서는 겨울을 향해, 아영은 외투를 챙기며 친근하게 웃어 보였다.

"나오지 마. 그리고……."

"……?"

"오늘 하루도 수고 많았어, 아버지."

겨울이 고건철의 유산을 대하는 태도를 긍정하는 농담이었다.

그녀가 떠난 뒤 홀로 남은 겨울은, 아침과 달라진 창가로 다가가 땅거미가 내려앉는 도시의 풍경을 바라보았다. 유리에 손을 대니 늦겨울의 냉기가 고스란히 느껴진다. 투명한 차가움이 체온으로 물들기까지는 둔하게 흐르는 시간이 필요했다.

지금 바라보는 풍경은 겉보기로만 어두운 것이 아닐 터였다. 봄과 공유하는 감각에 정신을 집중한 겨울은, 밝은 낮에도 어두운 시간을 보낸 사람들이 고단한 하루를 정리하는 모습들을 느낄 수 있었다. 물론 아직까지 일과를 끝내지 못한 사람들도 많았다. 그들은 여전히 사후의 희망을 꿈꾸며 타인의 사후를 엿보는 자들이었다.

그 모든 것들을 관조하며, 겨울은 생각했다.

이토록 차갑고 쓸쓸하기만 한 세상에-

'봄이 있으라.'

<납골당의 어린 왕자, 완결.>

후일담
앤의 위시리스트

　겨울이 물리현실에서의 새로운 역할을 받아들인 이후로, 종말이 유예된 세계에서는 또 다른 여름과 가을과 겨울이 스쳐 지나갔다. 봄을 맞이하는 미국은 한때의 혼란이 거짓말이었던 것처럼 평화로웠다. 방역전쟁은 사실상 마무리되었으며, 중국계 주민들의 이주는 대중의 인식 속에서 이미 익숙함으로 인한 일상성의 영역으로 접어들었다. 아무런 사고도 벌어지지 않는 나날이 반년 넘게 이어져온 덕분이었다.

　백신접종의 우선순위로 인한 갈등 또한 마찬가지였다. 미국 시민 전체가 접종을 마치기까지는 아직도 수년의 시간이 남아있었으나, 최소한 고위험군 지역에서만큼은 접종률이 80%를 넘어갔다. 이는 급격한 감염폭발이 일어나려도 일어날 수가 없게 되었음을 의미했다. 정부는 이러한 사실을 중점적으로 홍보하여 대다수 시민들의 불만을 억눌렀다.

물론 백신의 불법적인 거래를 시도하는 자들이 완전히 사라진 것은 아니었다. 겨울이 보기엔 일종의 특권의식, 혹은 계급의식에 젖어있는 자들이었다.

'사회의 규율이야 어쨌든 나와 내 가족은 특별하다고 믿는 사람들.'

그러나 그러한 시도는 무엇 하나 성공하는 경우가 없었다. 잊을 만하면 한 번씩 뉴스에 등장하는 앤은 일반 시민들이 공권력의 힘과 공정성을 믿을 수 있도록 해주었다.

여기에 더해 크레이머가 불도저 같은 추진력으로 통과시킨 특별법은 무지막지한 벌금으로 범죄자들을 후려쳤다. 대중은 정부의 행보에 열렬한 지지의 갈채를 보냈다.

이렇게 찾아온 평화는 하루하루 종말에 부대끼던 미국인들에게 각별한 것일 수밖에 없었다. 그 각별함이 깊어질수록 골치 아픈 문제는 잊고 싶어지는 것이 당연하다. 조악하게 비유하자면, 그 어느 때보다도 더 고단했던 한 주를 보내고서 맞이한 주말에, 아무것도 하지 않고 그저 멍하니 누워만 있는 사람의 심리상태와 비슷할 것이었다.

정세가 안정되었음에도 주류사회로부터 중국계 시민들의 처우에 이의를 제기하는 목소리가 높아지지 않는 또 하나의 이유였다.

약하기에 악해진다는 말이 바로 이런 흐름을 경고하는 경구일 터.

겨울은 시민들의 그러한 심리를 이해했다. 방역전쟁에서 우세를 점하여 이세 다 끝났다고 여길 즈음 찾아왔던 전 사회적인 혼란. 자연히 피로하지 않겠는가. 마지막 고비이리라 여기고 제로 그라운드에 다녀왔어도 앤과 결합하지 못했던 겨울이기에 더욱 공감할 수 있었다.

'당장은 재정착과 개척 과정에서 사고가 일어나지 않으리라는 점을 위안으로 삼아야겠지.'

이는 강화된 「통찰」로 내다본 전망이었다. 비참한 처지에 놓인 중국계 시민과 난민들은, 그래도 새로운 터전에서 절망 이외의 것을 발견할 수 있을 것이다.

이 세계에도 찾아올 인류의 봄에 대한 확신이 없었다면 얼마나 마음이 불편했을지.

이주민들이 맞이할 인고의 시간에 분명한 끝이 존재한다는 점, 그리고 그 끝에 이르기까지의 삶이 조금이라도 더 나은 내일을 꿈꾸는 나날의 연속이리라는 점은, 이제부터 새로운 삶을 준비하려는 겨울과 앤의 부담을 적잖이 덜어주는 것이었다.

두 사람은 이제 그토록 고대하던 때를 맞이할 준비를 하고 있었다.

그 첫걸음으로서, 겨울은 장장 80일에 달하는 휴가신청서를 제출했다.

미군은 규정상 직위고하를 막론하고 매달 2.5일의 휴가를 받으며, 2년간 최대 60일까지 쌓아두는 것이 가능하다. 60일을 초과하는 미사용 휴가는 회계연도의 첫 날(10월 1일)

을 기준으로 판매(Sell) 처리를 해야 했다. 이는 미사용 연차를 돈으로 돌려받는 것과 같은 개념이었다.

다만 임무수행으로 인해 휴가를 쓸 여유가 없었던 인원에게는 특별히 80일까지의 적립을 인정해준다. 제로 그라운드에 투입되랴, 본토 긴급대응체계의 초기 구축에 참여하랴 해서 도무지 휴가를 쓸 겨를이 없었던 겨울도 이 규정의 혜택을 받게 되었다.

현재 겨울이 사용 가능한 휴가는 총 95일. 지난해 10월 1일 초과분이 잘려나갔으나, 그 뒤로 다시 6개월간 2.5일씩 15일의 추가 적립이 이루어진 것이다.

따라서 지금 80일을 써버려도 보름짜리 유급휴가가 남는다. 다음 회계연도가 시작될 무렵엔 30일까지 회복되어 있을 터였다. 이번에 앤의 부모님에게 허락을 받는 것부터 결혼식과 신혼여행까지 해치워버리고도 연말쯤 한두 번 더 좋은 추억을 만들기에 충분한 일수였다.

당연하게도, 특수전사령부와 더불어 겨울이 이중으로 속해있는 긴급대응사령부의 인사담당자는 한 지역을 책임지는 핵심장교의 무지막지한 휴가계획에 난색을 표했다.

그러나 정국은 분명히 안정되어 있었고, 잠재적 적성국인 러시아도 현시점까지는 미국과 매우 친화적인 관계를 유지하고 있었다. 급변사태가 터진다 한들 휴가 나간 인원을 소환할 정도의 여유는 있을 터이니, 겨울의 휴가신청서를 반려시킬 근거가 마땅치 않았다. 하다못해 냉전기의 쿠바 위기 당시에도 조짐 자체는 수십 일 전부터 있지 않았던가.

　독립대대 간부들은 겨울이 그토록 긴 휴가를 승인 받은데에 놀라움을 표했고, 휴가를 제출한 이유에 대해서는 축하를 전해왔다.

　유라는 시원섭섭한 얼굴로 이렇게 말했다.

　"최소한 하루 정도는 저희에게 할애해 주시겠죠? 우리 부대는 단체휴가가 불가능하니까요."

　지휘관인 겨울이야 부대대장이나 대대 참모, 하다못해 선임중대장이 그 역할을 대신할 수 있지만, 독립대대 자체는 부대 단위의 휴가를 떠날 수가 없었다. 서부지역 비상대응체계에 큰 구멍이 뚫려버리는 까닭. 비상대응체계를 구성하는 공수부대들이 러시아 공수 전력에 대한 대응전력이라는 점을 고려하면 더더욱 그러하다.

　즉 독립대대 전체가 겨울의 결혼식에 참석하진 못하는 것이었다.

　'얼굴이 알려진 간부들이야 공보처의 배려 아닌 배려를 받겠지만.'

　홍보는 방역전쟁이 소강기에 접어든 시점에서도 여전히 중요한 요소였다. 같은 맥락에서 하급 장교들 중에서는 중국계 간부들이, 부사관들 중에서는 입양아 출신 병사들이 어찌어찌 하객에 포함될지도 모르겠다. 크레이머 행정부의 이미지에 긍정적인 영향을 줄 테니.

　여하간, 겨울은 유라의 요청대로 간부들끼리의 회식에 참석했다. 지난 12월에 만 21세가 되었으므로 민간 업장에서 술을 마셔도 문제가 될 여지가 없었다.

회식에서 병사들이 제외된 것은 언론에게 꼬리를 밟힐까 봐 걱정스러워서였다. 애초에 부대 특성상 다 모일 수도 없는 노릇이고.

휴가 첫날, 약속장소에 이르게 도착한 겨울이 야구 모자와 알 큰 선글라스를 착용한 채로 실내를 둘러보았다. 혹시 먼저 도착한 사람이 있을까 해서였다.

'있네.'

겨울의 눈에 바에 앉아있는 유라의 모습이 보였다. 다들 모이면 자리를 옮길 생각에서, 기다리는 시간이 지루하여 책을 읽는 한편으로 먼저 위스키 한 잔 걸치고 있는 품새였다. 경력을 충실하게 쌓아온 장교로서의 느긋한 여유가 돋보인다.

"앗, 혹시 대장님?"

유라가 아니다. 목소리는 뒤에서 들려왔다. 막 들어선 한별이었다.

겨울이 선글라스를 살짝 들추는 동시에 입술에는 손가락을 대어 보였다.

"쉿."

"어? 왜 그러세요? ……아하."

유라를 발견한 한별은 겨울이 침묵을 요구한 이유를 깨닫고 흥미진진한 표정을 지어 보였다. 유라의 뒷모습을 바라보며 초조하게 서성거리는 사내가 있었기 때문이다. 다가설 듯 다가설 듯 다가서지 못하는 모습에서 어리숙한 긴장감이 느껴진다.

"저분 얼굴을 어디서 본 것 같은 기분이 드는데."

중얼거리는 한별의 의문을 겨울이 풀어주었다.

"백산호 사장님의 자제분이시네요."

"아, 맞다!"

한별이 소리 죽여 손뼉을 쳤다.

"전에 소개받았었는데 살이 빠져서 알아보기 힘들었네요. 아마 백정남 씨…… 였던가?"

"그런 이름이었죠."

"어라. 저야 소개를 받았다지만 대장님은 저분을 어떻게 아세요? 보신 적 있으세요?"

"예. 전에 입대 문제로 한 번……."

백산호의 아들은 천식 환자였다. 병세가 심하지는 않았으되 입대에 적합할 정도는 아니었다. 난민구역에 대한 의료지원이 충분치 않기도 했었고. 백산호는 그런 아들에게 어떻게든 제복을, 그것도 장교의 정복을 입혀주고 싶었던 모양이었다.

과거의 미군은 13번째 생일 이후 천식 발병 이력이 한 번이라도 있는 사람에겐 무조건 입영 부적합 판정을 내렸었다. 그러나 양용빈 상장의 테러로 인해 병력부족이 심화되고부터 예외적인 경우에 한해 천식 환자들을 비전투분야의 병력자원으로 받아들이기 시작했다.

그렇다고는 해도 증상의 경중은 중요한 기준이었다.

'비전투분야라고 전투훈련을 안 받는 게 아니니까.'

백정남은 완화된 기준조차 충족시키지 못했다. 백산호는 전몰장병 유가족들을 위해 100만 달러를 기부하겠다며 간곡히 부탁했으나, 겨울은 백정남 본인을 위해서라도 군인이 되지 않는 편이 좋을 것이라고 거부했다. 어디에 배치되더라도 건강상의 문제로 눈총을 받게 될 것이기에. 입영의 문턱이 낮아졌다고 요구되는 임무수행능력마저 낮아진 건 아니었다.

"그런데, 중사가 소개를 받았었다고요? 저 사람을?"

겨울의 반문에 한별이 끄덕끄덕 긍정했다.

"선 보는 자리였죠 뭐. 제 정신머리가 이 꼴이라 거절하려고 했는데-"

오른손 엄지로 등 뒤에 늘어뜨린 지정사수 소총을 가리키는 한별. 겉보기엔 멀쩡해도 무기를 휴대하지 않으면 초조하고 불안해진다는 그녀였다. 권총으로는 조금 부족할 정도. 그녀의 집이 거의 무기고에 가깝다는 사실은 독립대대 내에서 모르는 사람이 드물었다.

"중매를 서는 아주머니께서 어찌나 끈질기시던지. 한 번만 받아주면 더는 귀찮게 하지 않겠다고 하시길래……. 에잇, 눈 딱 감고 밥 한 끼만 먹자! 하는 생각에서 알겠다고 했죠. 안면이 아예 없는 사이도 아니고, 그분도 먹고 살자고 하는 일이었으니까요."

"흠……."

"근데 막상 만나보니까 저분도 같은 마음으로 나오셨던데요?"

"그래요?"

"네에. 제가 먼저 이리저리해서 죄송하게 되었다, 하니까 저분도 웃으면서 실은 저도 그렇습니다…… 하시던걸요."

한별은 볼을 긁으며 당시를 회상했다.

"아버지께 군인을 좋아한다고 말씀을 드렸는데, 거기서 뭔가 오해가 생긴 것 같다고. 그건 자기가 반한 사람이 군인이라는 뜻으로 한 말이지 군복 입은 여성이 이상형이라는 뜻은 아니었다고. 본의 아니게 민폐를 끼쳐서 죄송하게 되었다고……. 말이 좀 어눌할 뿐 인상 자체는 괜찮았었죠."

회상을 마친 한별이 빙그레 웃는다.

"흐. 이제 보니 좋아한다는 사람이 우리 중댐이었던 모양이군요."

"중댐?"

"중대장님이요."

"아하."

"흥미진진하네요. 단기간에 살을 쫙 뺄 정도면 보통 정성이 아닌데."

유산소 운동을 하기 벅찬 천식 환자가 상당한 감량을 했으니, 겨울이 보기에도 보통 정성이 아니었다. 성격 면에서 아들이 꼭 아버지를 닮으라는 법은 없었다. 쉽게 용기를 내지 못하고 쭈뼛거리는 모습으로부터 백산호의 능글능글함을 연상하기는 힘들었다.

텁! 읽던 책을 덮은 유라가 살짝 짜증이 난 얼굴로 숫기

부족한 사내를 돌아보았다. 진작부터 눈치채고 있었던 것이다.

"되게 정신 사납네요. 앉든가 가든가 둘 중 하나만 해주실래요?"

"……."

망부석처럼 굳어 눈을 굴리던 정남의 시선이 유라가 읽던 책에 고정된다.

"오, 오스카 와일드 좋아하시나 봐요."

"네, 좋아해요."

맥락이 전혀 없는 말이었으나, 유라는 일단 끄덕여 주며 말했다.

"그 오스카 와일드가 이런 말을 했죠. 「어떤 사람들은 가는 곳마다 행복을 가져다주지만, 다른 어떤 사람들은 갈 때마다 행복을 가져다준다.(Some cause happiness wherever they go; others whenever they go.)」 혹시 들어 보셨나요?"

"아, 아니요. 그, 그, 그치만 아주 멋진 말이라고 생각합니다."

"멋진 말?"

갸우뚱하는 유라.

"아무튼, 정남 씨는 자신이 어느 쪽에 해당한다고 생각하세요?"

"그, 글쎄요."

"제 입장에서 지금의 정남 씨는 뒤쪽에 속하시는 분 같거든요. 적당히 다른 자리로 가주시면 제가 행복해질 것 같은데.”

“……네. 죄송했습니다.”

와, 세다. 한별이 입을 가리며 중얼거렸다. 시선과 어깨가 축 늘어진 정남은 겨울과 한별의 존재를 깨닫지 못한 채로 문을 나섰다. 물론 눈으로 그 뒤를 좇던 유라는 두 사람을 곧바로 알아보았다. 가까운 자리에 앉는 겨울에게 유라가 볼멘소리를 냈다.

“뭐 좋은 거라고 보고만 계셨어요?”

“하하…….”

겨울이 멋쩍게 웃는 사이 한별이 유라에게 말을 걸었다.

“중댐 보기보다 가차 없으시네요. 저 정도면 사지 멀쩡하겠다, 성격도 아주 못난 건 아니고 가진 돈도 많겠다, 남자 가뭄이 심한 요즘 기준으로는 괜찮은 편에 속하지 않나요?”

“괜찮기는 개뿔이.”

위스키를 홀짝이며, 유라가 단호하게 고개를 저었다.

“가진 건 오직 아버지의 후광뿐 스스로 이룬 건 하나도 없어. 거기다 아버지의 뜻을 거부할 만한 강단도 없지. 엮이면 사사건건 귀찮아질 거야. 방금도 봤잖아? 말 붙일 엄두도 못 내다가 말 한마디 차갑게 했다고 곧바로 꼬리를 내리는 거. 변종의 멱살을 잡고 대검으로 찍어 죽일 정도는 못 되더라도 거절당했을 때 한 번 더 말을 붙여볼 정도의 용기는 있어야지.”

“그런가…….”

“그리고, 남자 가뭄이 심하다지만 우리가 남자가 없어서

쩔쩔 맬 처지는 아니지?"

유라나 한별쯤 되면 오히려 넘쳐나서 문제일 것이었다.

"그렇긴 해두⋯⋯."

한별이 한숨지으며 턱을 괸다.

"대장님께서 결혼을 하신다니까 왠지 모르게 심란해지는 거 있죠? 나도 슬슬 생각해두지 않으면 곤란한가, 싶고. 그렇다고 마음이 동하는 건 아니고."

"서두를 것 없잖아? 너나 나나 아직 이십대인걸."

"에이. 몇 년 안 남았죠. 평화로운 1년이 얼마나 빠르게 지나갔는지 돌이켜보세요. 넋 놓고 있으면 금방 서른될걸요. 중댐은 가뜩이나 눈도 높아지셨는데."

눈이 동그래지는 유라.

"무슨 소리야? 난 눈 별로 안 높아. 우리 대장님을 기준으로 절반만 되어도 충분해. 성격이랑 능력 면에서 말이지. 아, 능력에서 전투력은 당연히 제외. 전투력은 대장님 반만 되어도 트릭스터가 자살하고 싶어지는 수준일 테니."

"성격과 능력이 대장님의 절반⋯⋯ 그런데 눈이 높지 않다고⋯⋯."

한별의 동공에 지진이 일어났다.

"중댐이 평생 독신으로 살면 대장님 책임이 크겠는데요. 전투력 제외하고 대장님 절반이면 박 대위님조차도 간당간당하지 않으려나?"

한별이 던지는 농담. 겨울은 곤란한 웃음을 지어 보였다.

조금 더 기다리니 당직자를 제외한 대대 간부들이 속속

들이 도착했다. 인원이 인원인지라 약속시간부터는 층 하나를 통째로 빌리기로 되어있었다.

"자, 일단 한 잔 받으시죠."

참석한 대대 참모 가운데 최선임자인 작전장교 포스터가 겨울의 잔에 위스키를 따라주었다. 겨울은 그가 자연스럽게 두 손을 쓰는 걸 이채롭게 보았다. 독립중대 출신자들과 친목을 다지는 과정에서 영향을 받은 모양이었다. 이해가 가는 게, 포스터가 유라 이하 중대원들과 함께한 시간이 햇수로 어언 3년째인 것이다. 독립중대의 창설멤버이기도 하니. 주둔지가 샌디에이고로 변경되고서도 벌써 1년이 넘게 흐른 상태였다.

'이 정도는 일종의 부대 문화라고 봐도 좋으……려나?'

명성 높은 부대들은 고유의 전통을 갖고 있는 경우가 흔하다. 그게 부조리를 포함하지만 않는다면야 지휘관으로서 충분히 허용 가능한 범위일 터였다. 물론 신고식(Hazing) 따위가 생기지 않도록 주의를 기울일 필요는 있겠으나, 겨울에게는 강화된 「통찰」이 존재했다.

"해가 바뀌니 이런 곳에서 뵐 수 있어서 좋군요. 이 친구들이랑 술 한 잔 걸칠 때마다 당신께서 안 계신 게 못내 아쉬웠는데 말입니다."

포스터의 말에, 겨울은 역으로 그의 잔을 채워주며 답했다.

"여긴 캘리포니아잖아요. 전장이 아니라. 방역전쟁이 소강기니 일상으로 돌아가야죠."

겨울이 이 세계에서의 나이로 만 21세가 된 건 작년 12월의 일이었다. 그 전까지는 당연히 술집을 드나들 수 없었다. 굳이 마시겠다면 누가 말렸겠느냐마는, 어쨌든 원칙적으론 그러했다는 뜻.

　모두의 잔이 채워진 뒤에, 포스터는 등받이에 팔을 얹고 여보라는 듯 잔을 들어올렸다.

　"조금 이르지만, 대령님의 행복한 결혼생활을 위하여."

　위하여! 각 테이블마다 입을 모아 외치는 소리. 잔을 쭉 비운 모두가 저마다 탁 소리가 나도록 내려놓고 겨울을 향해 환호와 박수를 보내기 시작했다.

　"그동안 고생 많으셨습니다!"

　"축하드려요!"

　"이제 본인도 좀 행복해지십시오!"

　겨울은 까딱이는 목례 몇 번으로 감사를 대신했다.

　술이 한 순배 더 돌고 나서, 보급부사관 티모시 매카들이 부럽다는 투로 말했다.

　"그나저나 대단하군요. 80일짜리 휴가라니……. 예전 같으면 세계 일주를 하고도 남았을 것 아닙니까."

　쥘 베른 작 80일간의 세계 일주를 염두에 둔 언어유희였다.

　"세계 일주는 못 하더라도 북미 일주는 가능하겠지. 뭔가 계획을 세워두신 게 있습니까?"

　포스터가 묻는 말에, 겨울은 그렇다고 답했다.

　"여행도 여행이지만, 일단은 이삿짐을 싸는 것부터."

"이삿짐이요?"

"앤의 위시리스트에서 그게 가장 첫 번째더라고요."

"……위시리스트?"

"네. 위시리스트. 나랑 하고 싶은 일들이 생각날 때마다 차곡차곡 적어둔 목록이라는군요."

워우. 듣던 이들이 저마다 다른 반응들을 보였다. 순수하게 부러워하는 이가 있는가 하면, 닭살이 돋는지 양쪽 팔뚝을 쓰다듬는 이와 기묘한 미소를 지어 보는 이도 있다. 마지막에 속하는 사람들은 꽤 엄한 상상을 하고 있는 눈치들이었다.

"갖고 싶은 물건의 목록이 아니었군요. 문자 그대로의 소망 모음집인가……. 하긴 종종 그런 뜻으로 쓰이기도 하죠. 펄 잼(Pearl jam)의 노래도 있고. 그런데 왜 하필 이삿짐이랍니까?"

디안젤로 상사의 질문. 겨울이 어깨를 으쓱였다.

"혼자 살던 집을 나와 함께 정리한다는 의미래요. 그 시간은 분명 뜻깊을 거라고."

상사가 얕게 도취된 한숨을 내쉬었다.

"서로에게 기대는 새 출발이로군요. 낭만적이기도 해라."

머레이가 끼었다.

"한편으로는 조금 놀랍군요. 그 냉정해 보이는 FBI 부국장님께 그런 면이 있었다는 게. 요즘 TV에 자주 나오시던데 말입니다."

겨울과 앤의 관계는 쿠데타 진압에 참가했던 독립중대원

이라면 대부분 알고 있었다. 그토록 자주 밀회를 즐겼는데 눈치채지 못하는 편이 더 이상하다. 겨울에 대한 친애와 경애가 그간 입을 다물게 만들었을 따름. 그 뒤로 2년이 지나도록 말이 새지 않은 것이 곧 겨울에게 품은 존경심의 지표였다.

포스터가 의문을 표한다.

"근데 두 분이 함께 지내시긴 어렵지 않습니까? 우리 부대는 샌디에이고에 있고 FBI 본부는 워싱턴 D.C.에 있는 마당에, 과연 이사를 하는 보람이 있을지……."

"상징적인 거죠. 그래도 부부의 보금자리가 있기는 있어야 하잖아요? '우리의 집'이라고 할 만한 장소가. 내겐 돌아갈 곳이 생기는 셈이고요."

그런 장소를 이미 바깥세상에 하나 마련했을지라도, 이쪽 세상에는 이쪽 세상의 삶이 있었다. 겨울과 앤이 살기로 한 사람으로서의 삶 한 번에서 이쪽 세상이 차지하는 비중은 결코 작은 게 아니었다. 앤에겐 오히려 바깥세상보다도 더 무거운 것이다.

포스터가 끄덕인다.

"듣고 보니 그렇군요. 제가 멍청한 소릴 했습니다……. 한 잔 더 받으시죠. 오늘은 맨 정신으로 못 돌아가십니다."

미국인들이 인사불성이 되도록 마시는 경우가 드물다지만, 어디까지나 일반적으로 그렇다는 이야기다. 특히 군대엔 군인들 특유의 힘겨루기 같은 것이 있었다.

그 잔을 받으며 겨울이 말했다.

"싱 중령에겐 참 미안하게 됐어요."

이 자리에도 나오지 못한 그는 두 달 반에 걸쳐 꼼짝없이 대대장 직무대행을 맡아야 할 입장이었다. 독립대대 대대장이 긴급대응체계 지역 책임자를 겸하기에 더욱 무거워지는 책임이다.

"뭘 그런 걸 신경 쓰십니까. 중령님 본인은 도리어 기뻐하시던데."

"그건 그거고 이건 이거죠."

"흠, 결혼식에 갈 수 없을 것이 아쉽다고는 하시더군요."

"그렇겠죠……."

부대 특성상 대대장과 부대대장이 하루라도 동시에 자리를 비울 순 없는 노릇이었다. 하물며 식은 머나먼 동부에서 치를 예정. 앤의 일터와 고향 모두가 그쪽에 있다.

한별이 번쩍 손을 들었다.

"식장은 어디로 할지 고르셨나요?"

"아뇨. 아직 앤의 부모님을 뵙지도 않았는걸요. 허락부터 받는 게 먼저겠죠."

"그 점에선 부담이 없으시겠네요. 대장님을 싫어하실 리가 없을 테니……. 근데 양친께선 아직 아무것도 모르시는 거죠?"

"네. 앤이 전부터 벼르고 있었거든요."

"크큭. 그 마음 알 것 같아요. 엄청 기대되겠다."

흥미진진하게 주먹을 쥐는 한별. 겨울도 솔직히 기대가 되었다. 사랑하는 사람을 이런 부분에서까지 닮아가는 것이었다. 진지한 성격인 앤이 거울 앞에서만 드러내는 장난기였다.

겨울은 술로 입술을 적시며 생각했다.

'식장을 아직 정하지는 않았어도……. 사실상 D.C.의 어딘가가 될 테지.'

크레이머 대통령을 비롯해서 식전에 반드시 초대해야 할 중요인물들이 D.C.에 몰려있는 까닭이었다. 겨울과 앤의 결혼식은 그 어떤 유명인들의 결합보다도 더 많은 관심을 끌어모을 것인데, 관심으로 먹고 사는 사람들이 여기에 빠질 수는 없는 노릇이었다.

더군다나 크레이머 대통령은 자신을 진심으로 한겨울 대령의 벗이라 여기고 있었다. 처음부터 진심이었는지 거짓에서 비롯된 진실인지까지는 모르겠지만, 일찍이 의전담당자가 당부를 남기기까지 했던 것이다. 혹시나 식을 올리게 된다면 꼭 미리 연락을 해달라고.

임호진 소위가 조심스레 묻는다.

"줄곧 궁금했습니다만, 두 분은 언제부터 서로를 좋아하시게 된 겁니까?"

"그거 어려운 질문인데요."

"서로 한눈에 반한 건 아닌가 보군요."

"그렇죠. 어느샌가부터 그런 마음이 싹터 있었다……. 라고 해야겠네요. 다들 보통 그렇잖아요? 꼭 첫눈에 반해야만 운명의 상대인 것도 아니겠고."

첫인상만 해도 그렇다. 앤 스스로 말했듯이, 실망스러운 경험을 쌓아온 끝에 다시는 누구도 가슴에 품지 않겠다고 결심했던 그녀는 자신의 매력을 오랫동안 돌보지 않았던 상태였다. 게다가 거친 바람을 많이 맞는 현장 요원이기까지 했다. 첫 대면 당시 겨울이 그녀의 나이를 실제보다 많게 보았던 이유.

'동시에 하루가 다르게 아름다워질 수 있었던 이유이기도 하겠지.'

앤은 흐뭇하게 웃으면서도 그것이 반쯤 콩깍지일 거라고 지적했다. 겨울은 속으로 그런가? 싶었다. 이제는 그걸 구분할 능력이 없었으므로. 실은 아무래도 좋았다.

"그럼 어떤 점이 가장 사랑스러우셨습니까?"

이어지는 질문에 겨울은 지체 없이 답했다.

"나를 진심으로 사랑해준다는 점이요."

"오우."

임호진이 빠른 답변에 놀라움을 표한다. 포스터가 그 놀라움에 동조했다.

"당신께도 이런 면이 있었군요."

"내가 평소에 어때 보였길래요?"

"군인이 되기 위해 태어난 사람 같으셨습니다."

"하하."

"정말입니다. 저 같은 사람과는 근본적으로 다른 무언가가 있었으니까요."

그것을 두고 싱 소령은 신의 이름에 가깝다는 식으로 표현했었다.

"한데 그분께서도 이번에 장기 휴가를 쓰십니까? 제 예상이지만, 부국장쯤 되면 시간을 내기가 더 어려울 것 같은데 말입니다."

"아무래도 그럴 수밖에요."

겨울이 긍정했다.

"그래서 앤은 두 번으로 나눠서 쉴 계획이에요. 한 번은 부모님을 찾아뵙는 데 쓰고, 남은 한 번은 결혼과 신혼여행에 쓰고."

"저런. 기껏 휴가를 내셨는데 시간 사용이 효율적이지 못하겠군요."

"효율적이지 않으면 어때요. 남는 시간은 D.C.와 그 주변의 관광에 쓰면 되죠. 무엇보다, 집에서 아내 될 사람이 돌아오기를 기다리는 것도 그 자체로 즐거운 경험일 텐데."

"으아악."

과장된 경악은 디안젤로의 것이었다. 포스터 역시 말로 표현하지 않았을 뿐이지 무척이나 뜨악한 표정이다. 누군가는 웃으면서 장난스러운 헛구역질을 하기도 했다. 미소를 머금은 겨울은 그런 반응에 아랑곳하지 않고 말을 이어 나갔다.

"오늘은 무슨 꽃을 선물할까, 어디로 데이트를 나갈까, 어떤 음식을 만들어줄까, 곁들일 와인은 무엇을 고르는 게 좋을까, 식탁은 어떻게 꾸며 놓아야 앤의 마음에 들까…… 고민하다 보면 한도 끝도 없겠네요. 혼자 보내는 시간이 지루할 것 같지는 않은데요?"

기실 바깥세상에서 항상 함께 있긴 하지만, 중요한 건 기분이었다. 마찬가지로 앤이 겨울의 요리를 즐기는 것도 맛보다는 기분이었고. 애정을 담은 요리인 것이다.

포스터가 진저리를 쳤다.

"그만, 제발 그만해 주십시오. 더 이상은 버틸 수가 없습니다."

임호진이 덩달아 진저리를 친다.

"누군가, 빨리, 대대장님께 술을!"

겨울을 다시금 웃음 짓게 만드는 친근한 익살들이었다.

그러나 말을 안 했을 뿐, 이번 휴가가 시작부터 즐겁기만 한 것은 아니었다. 엑셀의 진짜 주인이 나타난 탓에 소유권 문제를 해결해야 했기 때문이다. 그는 징발물자의 관리 주체인 국방부에 자신의 자산을 반환하거나 합당한 보상을 제공하라는 민원을 제출했다.

'10만 달러 정도면 지불할 의사가 있었는데…….'

품종만 놓고 본다면 적정 거래가는 1만 내지 2만 달러 안팎이었다. 엑셀은 최상급의 종마도, 최고급의 전마도 아니니까. 그럼에도 겨울이 연봉의 대부분을 털어 넣을 생각을 한 건 엑셀이 워낙에 유명해진 탓이었다. 기병대로서 활동하던 겨울의 말이었고, 마누엘 헤이스와의 인연으로 동상까지 만들어졌으니. 미국에서 가장 유명한 말이라고 해도 과언은 아닐 터였다.

그 유명세로 인해, 엑셀을 키우던 목장주가 요구한 금액은 자그마치 천만 달러에 달했다.

원래의 주인이 나쁜 사람이라고 할 순 없다. 급히 피난을 하는 와중에도 잊지 않고 울타리를 열어두고 떠났던 사람이니까. 또한 엑셀에게 이름을 붙여줄 만큼의 애정도 있었을 것이니, 그 애정을 포기하는 값도 흥정에 더해야 하지 않겠는가.

'그렇지만 천만 달러는 너무 많아.'

돈을 마련할 방법이 아예 없는 건 아니나, 거기까지 무리를 하고 싶지는 않았다.

물론 엑셀의 주인 또한 거기까지 계산해 두었을 것이다. 겨울이 사지 못해도 상관없노라고. 엑셀을 원할 사람은 겨울 외에도 얼마든지 많을 테니까. 하다못해 경매에만 내놓아도 역사적인 낙찰가를 기록할 것이었다. 오히려 겨울에게 먼저 거래를 제안한 게 그 사람 나름대로 호의를 베푼 것일지 몰랐다.

잔을 들고 가만히 있는 시간이 길었는지, 유라가 의아해하며 묻는다.

"무슨 생각을 그렇게 하세요? 얼굴빛이 안 좋으시네요."

"아, 별거 아녜요."

"별거 아니긴요. 저희가 대장님을 아는데요. 혹시 군사기밀인가요?"

"으음……. 대단한 건 아니고, 소문이 돌면 곤란한 이야기라서."

"저희들 못 믿으세요? 깁슨 부국장님에 대해서도 비밀을 지켜왔는데."

유라가 내비치는 서운함이 겨울로 하여금 입을 열게 만들었다. 사정을 털어놓자, 유라를 위시하여 이야기를 들은 모두가 어처구니없다는 표정을 지어 보였다. 송정훈 소위가 분개했다.

"뭐 그런 사람이 다 있답니까? 대대장님이 아니었으면 엑셀은 지금쯤 죽어있을지도 모릅니다. 거기다 녀석이 유명해진 것도 대대장님 덕분인데요. 녀석의 값어치가 천만 달러라고 쳐도, 지분을 따지면 그중 99.9%는 대장님 몫으로 떨어질 겁니다."

머레이가 동의한다.

"0.1%만으로도 1만 달러이니 받을 돈은 받게 되는 셈이지."

이 뒤로도 한참이나 격한 성토가 이어져, 겨울이 손을 들어 제지했다.

"노파심에 다시 한 번 더 당부해 두는데, 혹시라도 이 이야기가 밖으로 새지 않도록 하세요. 사람 하나 죽이는 결과로 이어질 수도 있습니다."

대중의 비난에 자살을 선택한 사람이 어디 한둘이던가.

"아무리 그래도……. 휴."

한별이 입술을 비죽이며 입을 다물었다. 겨울의 결정은 절대적이었다.

다음 날 저녁, 로널드 레이건 국제공항에 도착한 겨울은 자신의 당부가 소용없는 것이었음을 깨달았다. 가판대에 꽂힌 석간지들의 머리기사가 하나같이 엑셀의 경매 여부에 관한 소식들이었기 때문이다. 샌디에이고 국제공항에서 탑승수속을 밟을 때까지만 해도 잠잠했었건만, 비행시간이 길다보니 그사이 어느 기자가 특종을 잡아낸 모양이었다. 스마트폰으로 확인한 포털의 뉴스 링크들도 엑셀의 이름으로 가득했다.

'기내 와이파이라도 쓸 걸 그랬나?'

본디 미국의 항공사들이 흔히 제공하는 서비스는 아니었으되, 지금은 돈만 더 내면 얼마든지 가능했다. 비행 중 지상의 상태를 확인하고 싶어 하는 승객들의 수요가 넘쳐흘렀던 까닭이다. 여기에 정책적인 지원이 더해지기도 했고.

그러나 소식을 일찍 접한다고 해서 무엇이 달라졌겠는가. 겨울은 속으로 고개를 흔들며 단말기를 갈무리했다. 엑셀의 주인을 만나기로 한 것은 내일. 설마 하룻밤 사이 안타까운 일이 생기진 않을 터였다. 이 세계도 서서히 봄으로 접어들고 있으니까.

신분증을 확인한 창구직원을 제외하면, 공항을 나서기까지 평상복 차림의 겨울을 알아보는 사람은 없었다. 밋밋한 야구모자에 알이 큰 선글라스, 특색이 없는 트렌치코트의 덕이 컸다.

다만 택시기사는 조금 예외였다.

"블루밍 데일, 플래글러 플레이스로. 자세한 주소는 거기서 따로 알려드리죠."

"예압."

라디오에서 흘러나오는 코리도(Corrido)에 맞춰 어깨로 리듬을 타며 승객을 환영한 기사는, 후사경으로 뒷좌석을 흘끔거리더니 어디서 본 사람이다 싶었는지 고개를 갸우뚱했다.

"손님 혹시 유명한 사람이신가? 행색을 보니 사생 팬(Groupie) 피하는 연예인 같기도 하고……."

"글쎄요."

"으-음."

미소를 머금은 겨울의 모호한 대답에, 기사는 눈을 찌푸리며 앓는 소리를 냈다.

쉽게 확신을 얻지 못하던 기사의 표정이 변한 것은 버지니아와 콜롬비아 특별구의 경계를 막 지나칠 즈음이었다. 포토맥 강에 걸린 다리 위에서 택시가 한 차례 좌우로 비틀거렸다.

"오?"

후속하던 차량들이 놀라 요란하게 경적을 울려댔으나, 눈과 입이 동그래진 기사는 그에 아랑곳하지 않고 핸들을 두드리며 괴성을 내질렀다.

"오오오오오오오!"

들썩들썩. 그가 제자리에서 엉덩이를 펄쩍거리는 통에 차체마저 위아래로 요동쳤다. 전면 유리창 가까이 스프링으로 매달려있는 그럼블과 트릭스터 인형들도 정신없이 흔들거린다. 이러다간 우연이 사람의 편이어도 사고가 나겠다 싶었던 겨울이 그를 만류했다.

"저기, 일단 진정을……."

"당신 한겨울 대령이잖아! 나의 대령님이라고! 대령님!"

"맞아요. 맞으니까 좀 진정하세요! 당신은 지금 운전대를 잡고 있다고요!"

"내 차에! 한겨울 대령이! 타고 있다고! 후오오오오오!"

"……."

"끼에에에에엑!"

택시 기사의 격한 흥분은 겨울이 슬슬 운전대를 빼앗아야 하나 고민할 즈음에야 겨우 가라앉았다. 어디까지나 곧바로 사고가 나지 않을 정도로는. 기사는 등받이에 몸을 딱 붙이고 쉭쉭 소리가 나도록 콧김을 뿜어댔다. 후사경을 흘끔거리는 시선도 여전했다.

그냥 차를 한 대 빌릴걸. 후회하며, 겨울이 기사에게 권했다.

"여기서 잠깐 멈췄다가 가시죠. 팔이 떨리고 있습니다."

"옙!"

차량이 갓길에 정차했다. 왼쪽으로 토마스 제퍼슨 기념관이 보이는 위치였다. 쿠데타 당시 사형수 마누엘 헤이스가 엑셀을 데리고 피신했던 장소. 여기서 남쪽으로 빠지는 샛길을 타면 곧바로 승마회가 열렸던 이스트 포토맥 파크가 나온다.

핸드브레이크를 채운 기사가 허겁지겁 자신의 핸드폰을 꺼냈다.

"사진! 사진! 같이 사진 찍어도 됩니까?"

"음, 조금 곤란한데…….”

"제발! 저 죽어요!”

큭. 웃음을 터트린 겨울이 조건부로 끄덕여 주었다.

"SNS 같은 데에다가 올리지 않겠다고 약속해 주신다면.”

"사석에서 친구들한테 보여주는 건 괜찮습니까?”

"예. 그 정도야 뭐.”

"오케이! 맹세합니다!”

신이 난 기사를 위해 겨울은 선글라스를 콧등으로 끌어
내려주었다. 알아보는 사람이 있는 건 상정 외이긴 하지만,
워싱턴이 반역자들에게 공격받던 날 유니언 역 앞에서 뜬
금없이 촬영요청을 받았을 때보다야 낫지 않은가. 연속촬
영으로 찍힌 그날의 사진은 농담 반 진담 반으로 퓰리처상
후보작 취급을 받고 있다.

‘사진의 판권을 백혈병 어린이들을 위한 자선재단에 기
부했다지.’

머리를 박으며 큰절을 하던 사내를 떠올린 겨울의 입가
에 다시금 미소가 떠올랐다. 엉뚱할지언정 착한 사람이긴
했던 것이다. 겨울에게만 좋게 대하는 사람이 아니라.

경계하듯 창밖을 살핀 기사가 풍경으로부터 뭔가를 깨달
은 것처럼 말했다.

"신문에서 봤습니다만, 그, 엑셀 때문에 여기까지 오신 겁
니까?”

조수석엔 과연 석간지가 놓여있었다. 사양길로 접어들
었다가 종말이 다가오는 시대에 다시 인기가 많아진 매체

였다. 생존지식 같은 걸 스크랩하자면 역시 실물이 있어야
한다.

잠깐 상념에 잠겼던 겨울이 애매하게 긍정했다.

"부분적으로는요."

그러자 기사가 씹어 삼킬 듯이 중얼거린다.

"그런 일로 대령님을 귀찮게 하다니. 염병할 놈. 지나가
는 변종한테 불알이나 뜯겨라."

"……."

그 염병할 놈이 누구인지는 굳이 물어볼 필요가 없었다.

"너무 화내지 마세요. 그분 입장도 이해가 가니까."

"아니, 욕을 안 하게 생겼습니까? 대령님이 아니었으면
그 말을 되찾을 수 있었을지조차 확실치 않은 마당에! 그
인간이 터무니없는 욕심을 내고 있는 거죠! 하다못해 잃어
버린 지갑을 되찾아줘도 사례를 하는 게 상식 아닙니까! 염
치가 없어도 유분수지!"

"틀린 말은 아니지만, 엑셀이 없었다면 구해내지 못했을
병사들도 많아요. 여러 사람의 목숨 값이라고 생각하면 천
만 달러도 오히려 싼 거죠. 그런 면에선 제가 신세를 진 겁
니다. 엑셀과 제가 전우로서 서로를 도운 거라고 해도 좋겠
네요."

기사는 어? 하는 반응이었다. 겨울이 차분히 손짓했다.

"진정되셨으면 슬슬 출발해 주세요. 너무 늦어도 곤란하
거든요."

플래글러 플레이스는 앤의 집이 있는 곳이었다. 겨울은

그녀가 퇴근하기 전에 가서 요리를 만들어두고 싶었다. 최근 들어 가장 심취해 있는 취미생활이었다. 일정선 이상으로는 쉽게 나아지지 않는다는 점이 더더욱 도전의식을 불러일으킨다. 물론 가장 큰 동기는 맛있게, 그리고 즐겁게 먹어주는 연인의 존재였다.

택시는 오래지 않아 앤이 거주하는 아파트 앞에 멈춰 섰다. D.C.의 중심가로부터 가까운 곳이었던 덕분이다. 무슨 일이 있을 때마다 빠르게 나가봐야 하는 입장에선 불가피한 선택이었을 터. 기사에게 요금을 지불한 겨울은 1층 로비에서 호수에 맞는 우편함을 뒤졌다. 열쇠는 우편함 안쪽 위에 스카치테이프로 고정되어 있었다.

겨울이 앤에게 속으로 말을 걸었다.

「열쇠 찾았어요. 재료는 준비되어 있죠?」

이미 익숙해진, 생각으로 하는 대화다. 집중이 필요하긴 해도 언제든 이야기를 나눌 수 있게 되었다는 점이 좋았다. 앤으로부터는 들뜬 대답이 돌아왔다.

「네. 금방 갈게요!」

「기분이 되게 좋은 것 같네요?」

「당연하죠! 드디어 단둘인데!」

「아하.」

겨울은 납득했다. 바깥세상의 거처는, 항상 함께 있기는 하나 엄밀히 말해 두 사람만의 집은 아닌 것이다. 가까스로 재회한 누이와 동생을 두고 곧바로 떨어져 살기는 곤란했으니까. 언젠가 따로 살게 되더라도 지금 당장은 아니었다.

아직은 쌓여있던 그리움을 녹여가는 단계였다.

철컥.

자물쇠를 열고 어둑한 실내로 들어선 겨울은 닫힌 공간에서 하루 내내 묵은 공기를 깊숙이 들이마셨다. 혼자 살던 앤의 생활이 좋은 냄새로서 고여 있는 느낌이었다. 조금은 두근거리기도 한다. 이 심상을 공유하니 새삼 부끄러워하는 앤.

「에잇. 민망하게 왜 그래요.」

「왜요? 아늑하고 좋기만 한데.」

겨울은 일부러 더 반복했다. 앤은 결국 심통이 났다.

「정말이지⋯⋯. 돌아가면 두고 봐요. 가만 안 둘 테니까.」

가만 두지 않겠다는 협박에 겨울은 더욱 즐거워졌다. 겨울이 앤에게 프러포즈를 했던 날, 앤이 겨울을 호텔로 이끌었던 이유가 바로 이런 부끄러움 때문이었을 것이다. 그땐 준비가 전혀 안 되어 있었을 터이므로.

감각에 잡히는 실내의 면적은 대략 800제곱피트(약 22평) 남짓이었다. 침실과 거실, 욕실이 각각 하나씩 있는, 미국 기준으로는 작은 집. 그러나 집값이 비싸기로 유명한 D.C.답게 월 임대료는 거의 2천 달러에 육박했다. 도시에 거주하는 미국인들의 생활비에서 거주비용이 가장 큰 비중을 차지하는 이유였다.

그래도 비싼 만큼 깔끔하게 꾸며져 있긴 하다. 색조는 따뜻한 아이보리 빛. 현관과 가까운 주방은 거실을 향해 열려 있는 구조였고, 동쪽으로 난 창문 가까이엔 4인용 식탁과

화분이 놓여있었다. 화분에 꽂혀있는 생화는 겨울이 최근까지 꽃 배달 서비스를 이용한 흔적이었다. 겨울은 침대에 앉아보기도 하고 창문 너머의 야경을 바라보기도 했다.

냉장고엔 앤이 미리 장을 봐둔 식재료들이 들어있었다. 겨울은 갈린 소고기와 돼지고기, 버터, 파프리카, 양파, 마늘, 달걀, 간장과 데리야끼소스 등을 순서대로 꺼내 놓았다. 햄버그를 올린 볶음밥의 일종, 로코모코(Locomoco)를 만들기 위한 준비였다.

쌀을 불려 밥을 막 안쳤을 즈음에 문 열리는 소리가 들렸다. 사실 승강기 문이 열릴 때부터 앤이 왔음을 느끼고 있었으나, 겨울은 모르는 척 고기반죽 치대기에 전념했다. 빵가루와 밀가루, 양파, 마늘, 계란을 넣어 하는 반죽은 끈기가 생길 때까지 반복해야 한다.

정장 차림의 앤은 그런 겨울을 뒤에서부터 끌어안았다.

"가만 두지 않겠다면서요?"

짓궂은 물음에 앤이 짐짓 한숨을 내쉬었다.

"그러게요. 아주 혼을 내주려고 했는데……."

"했는데?"

"요리하는 당신의 뒷모습이 너무 섹시해서 화를 낼 수가 없네요."

"저런. 이제 슬슬 익숙해질 때도 되지 않았어요?"

"익숙한 건 익숙한 거고 섹시한 건 섹시한 거죠."

이렇게 말하며, 앤은 겨울의 목덜미에 볼을 비볐다.

"식전운동은 어렵겠죠?"

질문을 받은 겨울이 양손을 들어 보였다.

"지금 내 손이 이래서. 우리가 바쁜 사이에 밥이 타버릴 수도 있고요."

"아쉽다."

겨울은 고개를 돌려 칭얼거리는 앤의 입술에 가볍게 키스해 주었다. 식전운동을 단념한 그녀가 옷을 갈아입고는 재료 손질을 거들기 시작했다.

이윽고 완성된 로코모코는, 겉보기만으로는 레스토랑에서 팔아도 손색이 없을 만큼 먹음직스러웠다. 버터에 양파를 볶다가 육즙과 레드 와인을 부어서 졸이는 식으로 마무리한 그레이비소스는 올라오는 향에서 가벼운 산미가 느껴졌다. 그 위에 얹은 계란 프라이는 더하지도 덜하지도 않은 반숙이었다.

과연 맛은 어떨까. 겨울에게 가장 중요한 것은 앤이 얼마나 맛있게 먹는가였다. 그 시각적인 만족이 요리에서 느끼는 즐거움의 대부분을 차지하는 관계로.

앤은 나이프로 노른자부터 썰어 내려갔다. 깨어진 노른자 속이 걸쭉하게 흘러내려 진한 갈색의 소스와 뒤섞인다. 그것을 스푼으로 떠서 한 입 크게 집어넣는 그녀. 몇 번 씹는 사이 표정엔 놀라움이 떠오른다.

"맛있어요?"

그녀가 충분히 씹어 삼키기를 기다려 묻는 겨울에게, 앤이 환한 미소를 지으며 열심히 끄덕여 주었다.

"네. 지금까지 겨울이 만든 요리 중에서 최고라고 봐도 좋을 정도로."

"정말로?"

"정말이에요. 내가 왜 빈말을 하겠어요? 조만간 당신이 나보다 요리를 잘하게 될까 봐 걱정스럽기도 하네요."

"그게 왜 걱정스러워요?"

"걱정스럽죠. 요리는 계속해서 내가 더 잘해야 하니까."

이렇게 말하는 앤은 굉장히 진지한 표정이었다. 겨울이 실소를 터트렸다.

"무슨 고집이에요, 그건?"

"내겐 중요한 문제라구요. 앞으로 더욱 분발해야겠네요."

각오를 다지면서도 행복해하는 그녀였다.

식후의 화제는 역시 엑셀이었다. 앤이 서운해 했다.

"안타깝군요. 엑셀을 맡길 공용 마구간을 벌써 알아봐놨건만……. 나중에 당신이랑 둘이서 말 타고 고향을 돌아보는 것도 즐거울 것 같았는데."

"그것도 하고 싶었던 일 목록에 있어요?"

"그럼요. 거긴 운반용 트레일러도 대여해준다고요."

유사시 생존수단으로서의 승마가 보편적인 취향이 된 지 오래인지라, 어지간한 도시에선 공용 마구간들이 성업 중이었다.

"훗날 여유가 생기면 마구간이 딸린 별장도 하나 임대할 작정이었어요. 아예 전원주택을 사는 게 최선이겠지만, 난 당분간 이 도시를 벗어나기 힘들 테니까요. 떠나더라도 언젠가는 돌아와야 할 거고."

"벌써부터 속상해하진 말자고요. 주인과 이야기를 나눠 볼 기회가 있잖아요."

"그래요……."

앤이 턱을 괴고 탄식했다.

"이 세상에서 사람으로서 한 번은 살아보고 싶다고는 했어도, 이럴 땐 역시 미래가 궁금해진단 말이죠. 구체적인 장면과 과정과 결과로서의 미래가……. 이야기가 과연 잘 풀릴지."

"안 되도 어쩔 수 없는 거죠. 그 외엔 즐거운 일들이 많잖아요?"

"그거야 그렇지만."

욕심이 너무 많은가? 라고 갸우뚱 자문하는 그녀에게, 겨울은 웃으며 한 잔의 와인을 권했다. 달콤한 주향은 식후운동에도 긍정적인 요소일 것이었다.

겨울이 엑셀의 주인과 만나기로 한 곳은 웨스트엔드 소재의 고급스러운 카페였다. 지명이 서쪽 끝(West end)이라고는 해도 어디까지나 D.C. 중심가를 기준으로 끄트머리여서, 백악관으로부터 헤아려도 고작 일곱 블록 떨어져 있을 따름이었다.

그 남쪽으로는 조지 워싱턴 대학병원에 면한 워싱턴 서클(회전교차로)이 있었다. 쿠데타 진압 과정에서 얻은 부상으로 입원해있을 당시, 겨울의 쾌유를 기원하는 사람들이 꽃다발과 촛불을 놓고 뜬눈으로 밤을 지새우던 바로 그 장소다. 공원처럼 꾸며진 교차로의 중심엔 조지 워싱턴 대통령의 동상이 서 있었다. 그 동상을 보면서, 앤은 초대 대통령의 언명을 예로 들어 미덕으로서의 겨울에 대해 이야기했었다.

일찌감치 앤의 집을 나선 겨울은 4킬로미터 남짓한 길을 산책 삼아 걸어서 이동하기로 했다. 달라진 풍경을 보고 싶었기 때문이다. 앤의 집이 위치한 블루밍 데일에서 워싱턴 서클에 이르는 경로는 복잡할 것이 하나도 없는 직선적인 길이었다.

이른 봄의 선선한 하늘은 선글라스를 끼고 보는 것이 아까울 정도로 맑고 깨끗했다. 저마다 다른 색을 칠해 놓은 타운하우스(Townhouse)들이 파스텔처럼 부드러운 색감으로 동화적인 풍경을 만들어냈다. 침례교회의 종탑에 걸린 종들이 햇빛을 받아 황동색으로 반짝인다. 봄바람에 노란 리본이 흔들리는 가로수를 제외하면 어두움이라곤 조금도 찾아볼 수 없는 거리였다.

느긋하게 한 시간 반을 걸어 목적지에 도착한 겨울은 선불 폰으로 엑셀의 주인에게 전화를 걸었다. 약속시간까진 아직 삼십분 가량 남아있었으나, 겨울은 그가 이미 도착해 있으리라 생각했다. 천만 달러는 그 자체로 사람의 신경을 곤두세우기에 충분한 금액일 테니까.

'뭐, 부정적인 여론의 영향도 있겠고.'

어제 만난 택시기사의 성토가 바로 부정적인 여론의 전형이었다. 지금 이 카페에서도 엑셀을 화제로 대화를 나누는 이들이 많았다. 어제 오후에 첫 보도가 나갔으니 한창 입방아에 오르내릴 때이긴 했다. 그나마 평일 오전이라 실내가 한산한 것을 다행이라고 해야 할까.

연결대기음은 길게 이어지지 않았다.

「페레이라입니다.」

스피커에서 무겁고 초조한 음성이 흘러나왔다.

"한겨울입니다. 방금 도착했는데⋯⋯. 거기 계셨군요. 맞지요?"

전화기를 든 사내와 시선이 마주친 겨울이 손을 들어 보였다. 사내는 굳은 표정으로 까딱 목례를 보내왔다. 화장실이 가까워 사람들이 선호하지 않는 자리였다.

"잠시 기다려주세요. 자리만 차지하는 건 예의가 아닐 테니 커피 한 잔 받아서 가겠습니다."

「예, 그러십시오.」

"일단 끊겠습니다."

선불 폰을 갈무리한 겨울이 대기선 밖에서 메뉴판을 살폈다. 예상했지만 카페 로얄은 없었다. 독한 술이 필수인 메뉴를 일반적인 카페에서 취급할 리가 있나. 아쉬움을 담은 심상을 앤에게 보내니 그녀가 정신적인 폭소를 터트렸다.

「이렇게 길을 들여놨으니 책임을 단단히 져야 할 거예요.」

겨울의 으름장에 앤이 웃음의 여운을 담아 답했다.

「걱정 말아요. 책임지고 행복하게 해줄게요.」

언제나와 같은, 그러나 결코 질리지는 않는 잡담을 나누다 보니 기다리는 시간이 지루하지 않았다. 라떼 한 잔에 차가운 혼합주스 하나를 받은 겨울이 테이블로 이동했다. 엑셀의 주인은 겨울이 내미는 주스 잔을 조금 당황한 표정으로 바라보았다.

"저기, 이건 뭡니까?"

"멀리서 봐도 목이 많이 말라 보이셔서요."

"……."

"파인애플이랑 레몬이 메인이던데, 혹시 싫어하십니까?"

"아뇨. 딱히 싫어하지는 않습니다."

"메뉴를 묻겠다고 또 전화를 걸기가 애매해서 임의로 골랐네요. 다른 의도는 없으니 편하게 드시면 좋겠습니다."

엑셀의 주인, 케빈 페레이라가 한숨을 내쉬었다.

"감사합니다."

그리고 곧바로 마른 목을 축인다. 그의 앞에 원래 있던 잔은 한참 전에 비워진 듯 바닥까지 말라붙어 있었다. 늦으면 안 된다는 강박감에 무척이나 일찍 도착했을 것이고, 근처에서 마냥 서성거리기도 뭣하니 자리를 잡기 위해서라도 음료를 주문했을 것이며, 초조함에 목이 타는데도 추가로 뭔가를 주문하지 않은 걸 보면 금전적인 여유가 별로 없을 가능성이 높았다.

'당연히 그렇겠지. 원래 워싱턴에 살던 사람도 아니니까.'

초췌한 안색과 말끔하지 못한 신색이 마지막 추측에 무게를 더했다. 어쩌면, 하는 기대를 품고 왔으나 현실은 예상을 벗어나지 않았다.

겨울이 알기로 D.C. 근처엔 이재민 재정착 사업구역이 없었다. 즉 페레이라는 생계도 접어두고 먼 길을 와서 국방부 군수국과 씨름을 하고 있었던 것이다. 자신이 엑셀의 원래 주인이라는 사실을 증명하는 것만으로도 보통 일이 아니었을 터. 숙박 문제는 어떻게 해결하고 있을지.

겨울이 말했다.

"고생이 많으셨겠어요."

"예?"

"이번 일로 고생이 많으셨겠다고 했습니다. 경제적으로든, 정신적으로든."

"아, 예……."

페레이라는 당황한 기색을 감추지 못했다. 이런 식의 대화를 조금도 예상치 못한 눈치였다. 덥수룩한 수염을 연신 쓸어내리며 흘낏흘낏 겨울의 안색을 살핀다.

겨울이 말했다.

"미리 말씀드립니다만, 저는 페레이라 씨가 자신의 권리를 행사하는 것에 대해 어떠한 유감도 없습니다."

"그렇… 습니까?"

"엑셀과 헤어져야 한다는 사실은 무척이나 아쉽지만요."

"…….."

"오늘 이 자리에서 이야기가 잘 안 풀려도 어쩔 수 없다고 생각합니다. 아무리 좋은 친구라도 헤어져야 할 때라는 게 있는 거겠죠. 그러니 그렇게 긴장하실 필요 없습니다."

짧게 석상 같았던 페레이라의 어깨가 날숨과 더불어 늘

어졌다.

"말씀하시는 걸 들어 보니 엑셀을 거의 포기하고 계신 것 같군요."

"페레이라 씨는 가급적 제가 사주었으면 하는 마음에서 저를 만나겠다고 하셨을 거고요."

"솔직히 그렇습니다. 저도 녀석을 경매에 내놓기가 불편하니까요."

겨울의 적대적인 태도를 예상하면서도 굳이 겨울에게 먼저 접촉한 이유가 바로 이것이었다. 겨울은 군수국을 통해 연락을 받은 시점에서 이를 예측하고 있었다. 겨울이 엑셀을 사주기만 한다면 여론의 비난도 수그러들 뿐더러 페레이라 자신의 속도 편안해질 테니까.

이 사내라고 해서 한겨울 대령의 전마를 빼앗는다는 의식이 왜 없겠는가.

"금액이 부담스러우십니까?"

페레이라의 물음에 겨울이 끄덕였다.

"예. 역시 천만 달러는 너무……."

"대령께서 새겨진 기념주화만 팔아도 천만 달러는 나올 텐데요."

여유가 부족한 마음에 짧은 생각으로 하는 말이었다. 겨울은 진지하게 답했다.

"그건 안 됩니다. 선물해준 사람의 성의와 체면이 있으니까요."

"아."

탄식하는 페레이라. 겨울이 기부했던 기념주화를 겨울에게 되돌려준 사람은 다름 아닌 이 나라의 대통령이었다. 아무리 좋은 의도라도 그걸 또 팔겠다고 나서는 건 우스운 꼴일 수밖에.

"군수국에서 매입하도록 설득해 보실 순 없겠습니까? 앞으로도 기병대를 없애진 않는다고 하던데요."

페레이라의 말에 겨울은 고개를 저었다.

"제게 가능한 일이 아니고, 가능하다고 해도 해선 안 될 일입니다."

"해선 안 된다니……."

"저는 이 나라의 군인이니까요. 제겐 시민들의 세금이 필요한 곳에 쓰이도록 노력할 의무가 있습니다. 천만 달러면 방역전쟁 사양으로 개수된 주력전차가 두 대, 보병전투차는 세 대, 험비는 대략 오십 대입니다. 상징으로서의 말 한 마리와 바꾸기엔 너무 아까운 것들이죠."

"기병대를 위한 자원으로서는-"

"기병대를 위한 자원으로서는 더 좋은 말들이 많습니다. 중앙아시아의 어느 독재자가 개인기 가득 명마를 싣고 왔다는 소문은 들어 보셨지요?"

그 명마를 미군이 받아 운용하고 있다. 독재자가 '우방으로서의 의무' 운운하며 무상으로 공여한 숫자가 그리 많지는 않았으나, 애초에 미군도 그렇게까지 많은 기병대를 존속시킬 계획이 없었다. 전마의 유지비는 차량만큼 비싸기 때문이다. 그것이 역사적인 품종의 명마라면 더더욱 그러했다. 차라리 전차에 비교해야 할지도 모를 만큼.

겨울의 말이 너무 정론이라 입을 다물었던 페레이라가 새롭게 묻는다.

"그럼 대령님께선 개인적으로 얼마까지 내실 수 있으십니까?"

"십만 달러요."

"십만?"

그의 눈썹이 치켜 올라갔다.

"엑셀이 당신께 그 정도의 가치밖에 없습니까?"

"그 정도가 생활비를 제외한 제 연봉의 대부분인걸요. 앞으로 백년을 꼬박 모아야 천만 달러가 되겠죠. 연봉인상이나 물가상승 같은 건 일단 제외하고서요."

"허……. 그래도 당신은……."

혼란스러워하는 페레이라. 겨울이 차분히 설명했다.

"제게 돈이 아주 많을 거라고 생각하시는 것도 무리는 아니죠. 언론에서 제 이름을 엄청난 금액과 엮어서 다룬 적이 많으니까요. 하지만 순수하게 사적으로 쓸 수 있는 돈은 그렇게 많지 않습니다. 개인으로서의 저는 일개 육군 대령에 불과해요. 당장 더 중요하게 돈을 쓸 일도 있고."

동맹의 자금은 사적으로 유용해선 안 되는 돈이다. 그리고 이런 일이 있을 때마다 후원을 요청하는 것도 경우가 아니었다.

"실례가 아니라면 그 중요한 일이 뭔지 여쭤 봐도 되겠습니까?"

"아, 이 근처에 신혼집을 알아보기로 했거든요."

"그렇군요. 신혼집……."

약간은 공격적으로 물었던 페레이라가 얼빠진 표정을 짓는다.

"예?"

"신혼집이요. 곧 결혼할 거라서요."

"어, 예? 결혼……. 예? 당신께서 결혼을?"

언론을 피하기 바쁠 사람이니 알려주어도 샐 염려는 없다. 말을 더듬는 그에게 겨울이 가벼운 즐거움을 담아 말했다.

"식은 아직이지만, 아내 될 사람의 마음에 쏙 드는 집이 있다고 해서요. 마음에 들면서 입지까지 좋은 매물이 항상 있는 게 아니니 찾았을 때 계약을 해둬야죠."

앤이 찾은 집은 경매업체로 유명한 소더비에서 내놓은 매물이었다. 건축 연도가 1900년까지 거슬러 올라가는 유서 깊은 단독주택인데, 지속적으로 개수가 이루어진 덕분에 낡았다는 느낌은 전혀 들지 않았다. 빅토리아 시대의 외관을 보존하면서 내부를 현대적으로 꾸며 놓은 것. 검은 지붕과 여러 단으로 이루어진 넓은 처마 아래로 하얗게 회칠한 벽이 단정한 조화를 이룬다. 불필요한 장식을 억제하면서도 아름답다는 인상을 주는 집이었다.

먼저 둘러본 앤이 만족스러운 심상을 공유해 주었으되, 겨울로서도 앤과 함께 직접 방문해 보고 싶었다. 거리가 가깝다 보니 이 자리가 끝나고서 거기까지 다시 걸어갈 작정이다. 앤은 연락을 받으면 그때 출발하기로 했다.

"추, 축하드립니다."

"감사합니다."

"예상했던 것과 너무 다르군요."

페레이라는 설레설레 고개를 저었다.

"그럼 대령님께선 이 자리에 왜 나오신 겁니까?"

"혹시나 하는 기대는 있었지만, 페레이라 씨를 뵙고서 단념했습니다. 하루 동안 마음을 정리하길 잘했네요. 그리고, 거래의 성사와 별개로 당신을 만나볼 필요가 있었죠."

"그게 뭡니까?"

"당신의 부담을 덜어주려고요."

"……."

"어제 신문기사가 난 걸 보고 정신적인 부담이 상당하겠구나 싶었거든요. 엑셀을 경매에 출품한다면 빠르든 늦든 일어날 일이긴 했지만요."

잠시 할 말을 잊었던 페레이라가 신경질적으로 수염을 쓰다듬는다.

"생판 남인 제게 그렇게까지 신경 써 주실 이유가 있습니까?"

"글쎄요. 생판 남이라."

볼을 긁적이던 겨울이 온화한 미소를 머금었다.

"엑셀은 제가 어려울 때 도움을 준 친구죠. 그리고 당신은 그 엑셀을 길러낸 사람이고요. 그러니 아주 모르는 사람이라기보다는, 친구의 친구 정도로 해두는 게 어떨까요?"

수염을 쥐어뜯는 페레이라의 손길이 더욱 신경질적으로 변했다.

"여기까지 오면서 고민해 봤는데-"

겨울이 이어서 말했다.

"전역이라도 하지 않는 이상, 전 엑셀에게 좋은 주인이 되어주기 힘들겠더군요. 그럴 거라면 차라리 다른 주인을 찾아주는 편이 더 나을 수도 있어요. 그래도 녀석은 여전히 제 친구일 것이고, 누가 녀석을 사더라도 제 방문을 사양하진 않을 테니까요. 잘난 척 하는 것 같아서 싫지만…… 이 나라에서 저는 그 정도로 인기 있는 사람이잖아요?"

어깨를 으쓱이는 겨울의 능청에 페레이라도 어렵게 웃어 보였다.

"아마 엑셀의 몸값에도 그런 부분이 반영되어 있을걸요? 어떤 식으로든 저와 인연을 만들어두고 싶은 사람들이 많으니까요. 이따금씩 초대장을 보내기 좋은 명분이죠. 저희 집에서 파티가 열리는데, 간만에 전우도 보실 겸 오셔서 자리를 빛내 주시는 게 어떻겠습니까? 하는 식으로."

"그렇… 군요. 듣고 보니."

"제가 엑셀을 친구로 여기는 한, 녀석은 굉장히 좋은 대우를 받을 수 있을 거예요. 켄터키 더비에서 우승을 거둔 종마처럼. 저는 아쉬워도 그쯤에서 만족하려고요. 엑셀의 새로운 주인이 될 누군가가 만나기 꺼려질 사람만 아니면 좋겠네요."

예컨대 겨울에게 금빛 명마를 선물했던 예의 그 독재자

라든가.

"그러니 페레이라 씨, 당신은 당신과 당신의 가족들을 위한 결정을 내리세요. 잘 모르는 사람들의 비난은 개의치 마시고요. 제가 이렇게 말하는데, 신경 쓸 이유가 없지 않나요?"

경매업체의 신원보호는 확실하다. 특히 이렇게 큰 금액이 오가는 경매의 경우, 주요 고객들 사이의 평판이 달린 일이기에 더욱 철저히 보호한다. 경매업체는 신용이 생명이었다.

'앤에게는 조금 실망스러운 결말이겠네.'

생각하는 겨울 앞에서, 천천히 시선을 떨어트린 페레이라가 두 손으로 얼굴을 감쌌다.

결국 페레이라의 선택은 달라지지 않았다. 아니, 달라질 수 없었다고 해야 정확할 것이다. 어려운 처지에서 천만 달러의 유혹을 참아낼 사람이 어디 흔하겠는가. 그 천만 달러조차도 경매업체가 책정한 시작가에 불과했다. 실제 낙찰가는 당연히 그 이상이 될 것이다.

페레이라가 겨울에게 다시 전화를 걸어온 것은 엑셀의 경매일자가 확정되어 세간이 다시금 떠들썩해질 무렵이었다.

이때의 겨울은 앤과 더불어 이삿짐을 싸는 중이었다. 예의 그 집을 빠르게 구입한 것. 140만 달러에 이르는 가격 때문에 대출을 받기로 했으나, 매월 상환하기로 한 원리금은 오히려 렌트 비용보다도 저렴했다. 대출의 절반에 대하여 연방정부의 지급보증이 이루어졌고(VA loan), 나머지 절반에 대해서도 현역 군인으로서 금리에 약간의 우대를 받은 덕분이었다.

워싱턴 중심가에 가까운 2층짜리 단독주택에서 매달 3천 달러를 내고 살 수 있다면 결코 나쁜 조건이 아니다. 앞으로 장장 30년에 걸쳐 내야 할 금액이긴 하지만.

선불 폰의 값싼 벨소리에 앤이 고개를 들었다.

"누구예요?"

그녀는 선불 폰으로 전화가 왔다는 것 자체가 의아한 눈치였다. 넷 워리어 단말과 별개로 개통시킨 전화기이니 번호를 아는 사람이 없는 게 정상이다.

액정에 뜬 이름을 본 겨울이 그것을 앤에게도 보여주었다.

"페레이라 씨네요. 엑셀의 주인."

"아-하."

앤은 팍 식은 표정으로 입술을 비죽였다. 사정이야 어쨌건, 위시리스트에 적었던 소망 중 하나에 초를 쳐놓은 사람인 것이다. 겨울은 그녀를 달래듯 웃으며 전화를 받았다.

"한겨울입니다."

「안녕하십니까, 대령님. 저 페레이라입니다. 잠시 통화 괜찮으시겠습니까?」

"그럼요. 그동안 잘 지내셨나요?"

드드득, 드드득. 지익. 잡동사니를 담은 박스에 테이프를 감는 소리. 일부러 힘을 팍팍 주는 것은 앤이 장난치듯 부리는 심통이었다.

「주변이 조금 시끄럽군요. 혹시 제가 바쁘신 데 방해하는 건 아닙니까?」

"정말로 괜찮습니다. 이삿짐을 싸고 있었거든요. 지금 아내 될 사람이 같이 있죠."

「아아, 이삿짐을⋯⋯. 일전에 뵈었을 때도 집을 알아보는 중이라 하셨지요. 얼마 안 지났는데 벌써 계약을 하셨나 보군요.」

"네. 제가 보기에도 괜찮더라고요."

「축하드립니다. 좋은 집을 구하는 건 쉬운 일이 아니니까요.」

"저도 그렇게 생각합니다. 입찰 경쟁이 없어서 다행이었죠."

입지와 상태와 가격의 삼박자가 맞는 집은 주택 개방(House open) 행사 때부터 방문객들이 장사진을 이룬다. 비공개 입찰에서 고배를 마시기도 예사였다. 겨울도 몇 번인가 독립대대의 간부들이 투덜거리며 하는 이야기들을 들은 적이 있었다.

다만 겨울과 앤이 들어갈 집은 가격부터가 백만 달러를 넘고, 역병에 대비한 생존주의적 리모델링이 이루어지지 않은 '구식 단독주택'이라 관심을 보이는 사람이 적었다고 한다. 이 가격대의 주택들은 적어도 견고한 패닉 룸을 하나씩 갖추고 있는 것이 보통이었다.

'그 견고함의 기준이 그럼블의 주먹질을 견딜 수 있는가,

라지.'

세간에서는 이러한 영향을 아예 그럼블 효과라고 부른다. 집 하나를 순식간에 철거해버리는 괴물의 존재가 시민들에게 그만큼 충격을 주었던 것이다.

겨울이 물었다.

"한데, 오늘은 무슨 일이십니까?"

페레이라는 짧게 뜸을 들이다가 답했다.

「이미 아시겠지만, 엑셀의 경매가 확정되었습니다. 더는 되돌릴 수 없게 된 거지요.」

취소하려면 이제 소정의 위약금을 물어야 한다. 그 금액은 공고된 경매의 규모에 비례한다. 이재민인 페레이라에게 그런 돈을 낼 여력이 있을 리가 없었다.

"저도 들었습니다. 녀석이 좋은 주인을 찾기를, 그리고 당신께서는 좋은 값을 받을 수 있기를 바랄 뿐입니다."

확 유찰이나 되어버려라. 앤이 심술궂게 중얼거리는 말. 그녀의 청각은 새는 소리를 다 듣고도 남는다. 겨울은 소리 죽여 웃으며 그녀의 곁에 앉아 따뜻한 볼과 보드라운 머리카락을 매만졌다.

「……경매를 확정짓기까지 고민이 많았습니다.」

페레이라의 말이 이어졌다.

「대령님 당신을 뵙고 나서 고민이 더욱 깊어졌죠. 내가 이런 사람에게서 소중한 전우를 빼앗으려 들고 있구나, 하는 자괴감이 들더군요.」

"제겐 마음 쓰실 필요 없다고 말씀드렸는데."

「그래서 더더욱 신경이 쓰였던 겁니다. 당신은 제가 예상했던 것보다 훨씬 훌륭한 분이셨으니까요. 전 당신께서 분노하시거나, 최소한 저를 보기 불편해하실 줄 알았습니다. 그런 당신을 만나고 나면 괴로움은 가중될지언정 결심은 굳어질 거라고 생각했었죠.」

"알 것 같네요. 스스로를 내모는 느낌이었겠군요."

「정확합니다.」

스피커가 후욱 울었다. 페레이라가 한숨을 내쉬는 소리였다.

「당신께서 낼 수 있다고 하신 10만 달러가 적은 금액인 것도 아닙니다. 객관적으로는 큰돈이죠. 그것만 받아도 당장의 살림에 큰 보탬이 될 테고요. 하지만 저는…… 일확천금의 기회를 외면할 수가 없었습니다. 제 됨됨이는 이 정도밖에 안 되는 것이지요.」

"으음……."

「그러나.」

"……?"

「이런 제 됨됨이로도 착한 척 하는 졸부가 되는 건 가능할 것 같습니다.」

"착한 척 하는 졸부요?"

「예. 우선은 경매 수익의 절반을 기부하는 것부터 시작해볼까 합니다. 사치를 부리지만 않는다면 남는 절반으로도 남들을 소소하게 도우며 여유롭게 살아갈 수 있겠지요. 아내 역시 여기에 동의했습니다.」

"그건 착한 척이 아니라 진짜 착하신 겁니다."

겨울의 말에 페레이라가 웃는다.

「다른 사람도 아니고 한겨울 대령님께 그런 말을 들으니 민망하기 짝이 없군요……. 아무튼, 제가 이런 다짐을 했다는 걸 대령님께 알려드리고 싶었습니다. 적어도 엑셀을 판 돈이 사치에 쓰이지는 않을 것이라고. 그리고…….」

"그리고?"

「한편으로는 저를 위해서이기도 합니다. 이렇게 대령님께 말씀을 드려 놓으면 이 다짐을 어기기가 쉽지 않겠지요. 여러 번 다짐했어도 번번이 실패한 금연과는 다르게 말입니다.」

겨울이 가볍게 웃음을 터트렸다. 이런 농담을 할 만큼 여유가 생긴 것이다. 목소리 또한 전보다 건강하다. 이러니저러니 해도 겨울과의 만남이 위안이 되었음은 분명했다.

그렇잖아도 즐거운 날에 듣게 된 소식이다. 겨울은 가벼운 유쾌함을 담아 말했다.

"좋습니다. 저도 이걸 약속이라고 생각하도록 하죠."

「꼭 지키겠습니다.」

"웬만하면 담배도 끊으시고요."

「……노력은 해보겠습니다. 아내가 좋아하겠군요.」

"하하."

겨울이 웃으니 앤도 미소 짓는다.

「조금 늦었지만, 그날 저를 용서해 주신 데 깊은 감사를 드립니다.」

"무슨 말씀이세요. 용서라니."

「제 입장에서 그건 용서가 맞았습니다. 덕분에 저도 제 아이들에게 용서를 받을 수 있었지요. 아이들이 당신의 열렬한 팬이라 이번 일을 두고 굉장히 뿔이 나 있었거든요. 당신께 용서를 받지 못했다면 평생 제 얼굴을 안 봤을지도 모릅니다.」

"큰일 날 뻔했네요. 지금은 괜찮으신 거죠?"

「그게⋯⋯. 지금은 한 녀석이 다른 의미로 괜찮지가 않아서⋯⋯.」

"네?"

「제가 실수로 대령님의 결혼 이야기까지 해버리는 바람에⋯⋯. 딸아이가 무척 상심한 상태입니다. 제 방에 문 잠그고 틀어박혀서 하루 종일 밥도 안 먹는 거 아니었겠습니까? 오늘도 아침에 보니 인상이 영 좋지 않더군요.」

"저런."

「그 나이대의 통과의례 같은 거라고 봐야겠지요. 당신께서도 자식을 낳아 기르시다 보면 언젠가 한 번은 비슷한 일을 겪게 되실 겁니다.」

앤이 묘한 표정을 지어 보였다. 자녀 계획에 관해선 여전히 마음을 정하지 못한 탓이었다.

「괜한 말이 너무 길었군요. 별것 아닌 일로 시간을 빼앗아서 죄송했습니다.」

"아닙니다. 유익한 통화였어요."

「이만 끊겠습니다. 아내 되실 분과 좋은 시간 보내시길.」

통화는 여기까지였다.

"에잇. 미워할 수도 없게 만드는군요."

그렇게 투덜거리는 앤에게 겨울이 살짝 입 맞추며 말했다.

"애초에 별로 밉지도 않았으면서. 하던 거나 얼른 마무리 짓죠. 세간이 별로 없다고 느긋하게 굴다간 밥도 제때 못 먹을 걸요? 빌린 차도 오늘 중으로 반납해두는 편이 좋겠고."

빌린 차라는 건 이사를 위해 대여한 탑차였다. 미국은 인건비가 비싼 나라인지라 이사에 사람을 쓰기보다 차를 빌려 스스로 해결하는 경우가 많다. 옮겨야 할 짐의 양이 적기도 했다. 앤은 꼭 필요한 물건만 갖춰놓는 성격이었으므로.

앤은 허리를 펴고 주위를 돌아보았다. 큼지막한 가전과 가구부터 먼저 내려 보냈기에, 상자가 쌓여가는 실내는 허전할 정도로 비어있었다.

"뭔가 시원섭섭하네요. 그래도 여기서 꽤 오래 살았는데."

겨울은 조용히 그녀의 손을 잡아주었다. 앤은 잔잔한 미소로 화답했다.

이사를 마무리 지은 것은 오후 다섯 시 반쯤의 일이었다.

새로운 집은 조지타운 대학교와 가까운 폭스 홀 빌리지의 남동쪽 가장자리에 위치했다. 바로 옆에 숲이 보존되어 있어 공기도 맑은 편이었다. 대도시의 혼잡함과는 여러모로 거리가 멀었다. 이러한 한적함은 앤이 이 집을 마음에 들어 한 주된 이유 가운데 하나였다.

　면적은 뒤뜰까지 합치면 5,600 평방피트(157평). 실내면적만 따져도 그 절반을 넘는다. 침실이 넷이라 이따금씩 가을과 파랑을 초대하기에도 좋았다. 다만 그렇게 넓다보니, 짐을 다 풀어놓고도 전체적으로 휑한 느낌을 지울 수가 없었다.

　거실에 선 앤은 팔짱을 끼고 마뜩찮은 표정을 지었다.

　"사람 사는 집처럼 꾸미자면 식을 올릴 때까지 기다려야 할 텐데⋯⋯. 예상되는 하객들이 너무 쟁쟁한 것도 문제가 된단 말이죠."

　신랑신부가 희망하는 물건들을 하객들이 하나씩 골라 선물하는 것이 이쪽의 전통이었다. 필요한 걸 미리 다 사버리면 결혼식을 앞두고 하객들에게 돌릴 희망 목록을 작성하기가 곤란해진다. 꼭 목록에 있는 것만을 선물해야 한다는 법은 없지만, 사회적 지위가 상당한 사람들은 자신의 체면이 상하지 않을 선물을 고르고 싶어 할 게 뻔했다. 가급적 목록에 있는 것들 중에서.

　"뭐 어때요. 당분간은 비워둘 집인데요. 부모님께는 연락 드렸어요? 내일 찾아뵙겠다고."

　겨울이 묻자, 앤이 끄덕였다.

　"네. 누군지 얼굴 좀 보자고 단단히 벼르고 계시던걸요."

　이렇게 말하는 앤은 악동 같은 미소를 물고 있었다. 겨울은 그 모습이 굉장히 귀여워 보였다. 중증이라는 건 스스로도 알고 있다. 영원히 낫지 않을 불치병이었다.

겨울이 짐짓 엄살을 부렸다.

"무서운데요? 갔다가 총 맞을까 봐."

"안심해요. 내가 몸으로 막아줄 테니."

기분이 좋아진 앤이 입을 가리고 키득거렸다.

앤의 고향은 아침을 먹고 출발하면 점심 무렵에 도착할
만한 곳이었다. D.C.로부터 북으로 멀리까지 올라가는 길.
여객기를 타면 금방이었겠으나 앤은 굳이 자동차를 고집했
다. 여정 자체를 즐기기엔 그러는 편이 더 낫다면서.

알고 보니 그녀의 위시리스트엔 로드 트립도 적혀있었
다. 본격적인 여행은 나중일지언정 미리 기분이라도 내보
고 싶었던 모양이다.

한편으로는 오랫동안 별러왔던 오늘이 그녀에게 각별할
것이기도 했다.

일찌감치 워싱턴 광역권을 벗어난 도로는 몇 개의 소도
시들을 거쳐 서스쿼해나 강을 따라 북상했다. 유속이 느린
강물은 동서로 뻗는 무수히 많은 능선들을 남북으로 관통
하다시피 흐르고 있었다. 이러한 지형은 오래전 거대한 빙
하가 대륙을 깎아내며 만들어진 흔적이었다.

겨울은 크루즈 컨트롤(속도 자동제어)을 켜놓고 느긋하게
운전했다. 시대가 시대이거니와, 이 일대는 번화함과 거리
가 먼 지역이라 지나다니는 차가 그리 많지 않았다. 편하게
풍경을 감상하기 좋은 조건이었다. 누군가는 지루하다고
하겠지만, 조용한 휴식을 반기는 겨울에게는 해당사항이

없었다.

"흐음."

조수석에서 잡지를 읽던 앤이 묘한 소리를 냈다.

"이걸 소망 목록에 추가해볼까 싶네요."

"뭔데요?"

슬쩍 보고 말았던 겨울은, 확인하듯 다시 돌아보고는 가벼운 곤혹감을 담아 물었다.

"마일 하이 클럽(Mile high club)에 가입하기? 진심으로?"

마일 하이 클럽이란 해발 1마일 이상의 고도에서, 즉 비행 중에 관계를 가진 사람들을 뜻하는 은어였다.

"자, 들어봐요."

앤이 장난기 반 흥미 반인 음색으로 잡지를 읽어 내려갔다.

"본지의 조사에 따르면 설문대상의 5%만이 실제로 해본 경험이 있다고 했고, 78%는 해보진 않았지만 도전해 볼 의사가 있다고 했으며, 나머지 17%만이 관심이 없다고 답했다. 경험이 있는 사람들 중 59%는 화장실에서, 31%는 좌석에서, 9%는……. 오우."

"……?"

"9%는 복도에서, 1%는 조종석에서 행위를 했다고 밝혔다."

"……조종석이요?"

"그렇다는데요."

한층 더 난감해하는 겨울을 보고 앤이 즐거워하며 지적

했다.

"설마 여객기 조종사들이 그랬겠어요? 자기 비행기를 가지고 있는 사람들의 이야기겠죠."

"아."

하기야 미국은 개인 주택에 활주로를 깔아놓는 경우도 왕왕 있는 나라였다. 알래스카 일부 지역처럼 비행기 없이는 일상생활조차 불가능에 가까울 거주지도 있고.

앤이 음모를 꾸미는 악동처럼 웃는다.

"요즘 우든 원더가 값싼 매물로 많이 나오던데, 그거나 하나 사서 도전해보면 좋겠네요."

우든 원더(Wooden wonder)는 방역전쟁 중기부터 인기를 끌었던 TV 프로그램, 「애국자들을 위한 DIY」에서 소개했던 항공기였다. 조종계통을 제외한 기체 대부분이 나무로만 구성되어 있기에 '나무로 만들어진 기적'이라는 이름이 붙었다. 실은 2차 대전기의 폭격기 모스키토의 별명으로부터 따온 것이었지만. 모스키토 역시 목재로 제작된 항공기였다.

"복엽기로 개량된 모델이면 저속 안정성도 우수하겠다, 오토파일럿 기능만 있으면 되겠어요. 창밖으로 구름을 깔아놓고 사랑을 나누는 거죠. 어떻게 생각해요?"

질문을 받은 겨울이 애매하게 끄덕였다.

"음, 그건 나중에 천천히 고려해 보는 걸로."

"큭큭."

"근데 그거 엄밀히 따지면 불법이잖아요?"

"안 걸리면 그만이죠. 누가 알겠어요? 그 하늘엔 당신과 나, 단둘만이 있을 것을."

"FBI 부국장이 당당하게 그런 소릴 하다니……."

"사람으로서 살면서 한 번쯤은 일탈을 해볼 수도 있는 거죠. 당신과 함께 하는 일탈이라면 난 얼마든지 환영이에요. 겨울은 다른가요?"

사람으로서 살면서, 라는 부분의 의미가 깊었다. 짓궂은 애정을 담아 똘망똘망 바라보는 시선을 느낀 끝에, 겨울이 실소를 머금고 항복을 선언했다.

"조금 더 긍정적으로 검토해 보도록 하죠."

"만세(Hurray)!"

장난스럽게 두 손을 들어 보이는 앤. 창밖으로 표지판 하나가 스쳐 지나갔다.

「뉴욕, 엠파이어 스테이트에 오신 것을 환영합니다.」

그것을 본 겨울이 어깨를 으쓱였다.

"거의 다 왔군요."

앤이 고개를 젓는다.

"에이. 다 오긴요. 아직 한… 40분은 더 가야 해요. 중간에 딱히 뭔가 있지도 않고. 옛날엔 따분한 동네라고만 생각했었죠."

앤의 양친은 소도시 이서카(Ithaca)의 교외, 카유가 호수(Cayuga lake) 동쪽의 작은 마을에 거주하고 있었다. 뉴욕 주 중서부의 전형적인 시골이라 해야 할 것이다.

"있잖아요, 내가 쓰던 방은 창틀의 폭이 넓어요."

불현듯 떠오른 것처럼 입을 여는 앤.

"창문 안쪽으로 앉기에 충분한 공간이 있죠. 가끔은 그
위에 걸터앉아서 차나 커피를 마시곤 했어요. 물론 그땐 위
스키를 타진 않았고요."

오해하지 말라는 말에 겨울은 다시 한 번 실소했다. 앤이
뒤따라 미소 지었다.

"거기서 해보고 싶은 일이 있어요. 그 창으로 노을이 들
어올 때, 틀 위로 당신이 먼저 올라가고, 난 당신의 가슴에
등을 기대어 앉는 거예요. 그리고 대화를 하는 거죠."

"어떤 주제로요?"

"아무거나요. 텔레토비가 소재라도 좋고 다음 끼니로 무
엇을 먹을지에 대한 토론을 하더라도 무방해요. 중요한 건
그렇게 대화를 나눈다는 것 그 자체니까."

"과연."

"상상해 봐요. 귓가에서 당신이 말할 때 그 목소리가 등
으로도 울려오고, 고개를 돌리면 당신 입술이 가까이 있고,
그러다가 충동적으로 키스를 하고, 같이 한 번 키득거리고,
다시 시답잖은 이야기로 되돌아가는 거예요."

앤이 그리는 그림이 점차 겨울의 심상에서도 선명해
졌다.

"당신이 숨을 쉴 때마다 내 몸도 조금씩 오르락내리락
하겠죠. 내 호흡도 천천히 거기에 맞춰가는 거예요. 당신과
하나가 되듯이. 당신을 듣고 당신을 느끼는 것 외에 다른
생각은 하나씩 하나씩 지워나가면서. 따뜻한 차를 곁들이

면 금상첨화겠네요."

"와."

겨울의 감탄사에 만족한 앤이 맵시 있게 윙크했다.

"와!"

"그것도 위시리스트에 적어둔 거예요?"

"그럼요."

"순위는?"

"음⋯⋯. 세 번째요."

"높네요?"

"높죠. 근데 이걸 겨울에게 처음 말하는 건 아니거든요. 동기에게 털어놓았더니 노골적으로 토할 것 같은 표정을 짓더군요. 상처받았어요."

앤이 부리는 엄살이 겨울을 또 웃음 짓게 만들었다.

앤의 말마따나 다른 사람이 듣는다면 몸서리를 칠 법한 대화를 나누다 보니, 40분쯤 남았다던 길을 다 가는 것도 금방이었다. 체감상으로는 언제 이렇게 지났나 싶을 정도. 겨울은 사람으로서의 삶이 너무 빠르게 흐르는 것 같아 벌써부터 걱정스러울 지경이었다.

"저기예요."

앤이 부모님의 집을 가리키곤 전화기를 들었다.

"엄마. 우리 이제 도착했어. 지금 바로⋯⋯. 응? 문 열려 있으니까 그냥 들어오라고?"

잠시 갸우뚱하는 그녀.

"아빠도 거기 있는 거지⋯⋯? 응. 응⋯⋯. 알았어. 금방

들어갈게. 일단 끊어."

통화를 종료한 그녀가 겨울에게 말했다.

"어째 뭔가 준비하고 기다리시는 느낌이죠?"

"그러게요."

차를 대자 앞서 내린 앤이 쾌활하게 손짓했다.

"들어가 보면 알겠죠. 자, 가요."

겨울은 선글라스를 벗고 매무새를 정돈한 다음에야 차에서 내렸다. 앤은 그런 겨울에게 팔짱을 껴왔다. 따뜻한 체온과 향긋한 체향이 겨울의 마음을 편안하게 만들어 주었다.

"혹시 긴장했어요?"

"약간?"

"킥."

겨울과 앤이 다정하게 현관으로 들어섰다.

불이 꺼져있는 거실엔 서늘한 봄날의 냉기가 감돌았다. 앤의 부모님은 마치 화가 난 것처럼 보이는 근엄한 얼굴로 두 개의 소파에 나란히 앉아있었다. 무릎 위로는, 설마 했던 샷 건을 한 자루씩 올려놓은 채로. 그나마 손가락이 방아쇠울에서 빠져있는 걸 다행이라고 해야 할까? 삽탄 여부는 감각보정으로도 알 수 없었다.

나이 든 부부의 표정은 앤과 겨울을 보고도 달라지지 않았다. 앤은 벌써부터 웃음을 참느라 뭔가를 말할 겨를이 없었으므로, 겨울이 먼저 나서서 인사를 건넸다.

"처음 뵙겠습니다. 한겨울이라고 합니다."

"……."

대답은 돌아오지 않고 한참 동안 부자연스러운 정적만이 이어졌다. 앤의 양친은 여전히 굳은 표정으로 거울을 바라볼 따름.

그러다 마침내 아버지 쪽이 어머니 쪽을 돌아보았다.

"어떡하지? 진짜 한겨울 대령이야."

어머니는 근엄한 얼굴 그대로 대답이 없었다.

아버지가 한숨을 내쉬었다.

"우선 숨을 좀 쉬도록 해."

"……흡. 흡. 후우."

"그래. 들이쉬고, 내쉬고. 들이쉬고, 내쉬고."

어머니의 호흡이 겨우 재개되었다. 겨울로선 슬슬 걱정이 되던 때였다. 강화된 감각으로 느끼기에 결정적인 위험 징후가 없기는 했어도. 한편으로는 팔짱을 낀 앤이 안도하는 것도 느껴진다. 그녀 또한 장난이 너무 지나쳤나? 하는 생각이 슬슬 고개를 들던 참이었을 것이었다.

"푸흡."

짧은 긴장이 풀리니 잠시 밀어냈던 즐거움이 더 크게 돌아오는가 보다. 어떻게든 웃음을 참으려는 노력은 허사로 돌아갔다. 참기를 포기한 앤이 말 그대로 배를 꺾으며 폭소했다. 어찌나 본때 있게 웃는지 눈가에 눈물이 맺힐 지경이었다.

"윽. 배가, 배가 아파."

그런 그녀를 보는 어머니의 눈빛에 서서히 원망이 깃들

기 시작했다. 그 원망이 마침내 임계점에 이르러, 뿔이 난 어머니가 바락 소리를 질렀다.

"이 못된 것아! 사, 사, 상대가! 저런 사람이면! 하, 한겨울 대령이면! 그렇다고 미리 말을, 말을 해야 할 것 아니야! 아주 심장 떨어지는 줄 알았다!"

"죄송해요, 엄마. 큭……. 푸핫!"

"웃어?! 이래도 웃어?! 이게 웃기니?!"

한 대 때려주고 싶다는 표정으로 호통을 치면서도, 어머니는 자리에 그대로 앉아있었다. 아무래도 다리에 힘이 들어가지 않는 모양이었다. 아내가 딸을 타박하는 걸 가만히 지켜보던 앤의 아버지는, 이내 겨울에게로 시선을 돌리며 아까보다 더 길고 떨리는 한숨을 내쉬었다.

"보면서도 믿을 수가 없군요, Sir. 지금 한겨울 대령이 내 딸이랑 결혼을 하겠다고 온 게 맞습니까?"

"그렇습니다. 부디 편하게 말씀해 주시길."

"오, 주여……."

이마를 감싸며 이 상황을 받아들이려 애쓰는 앤의 아버지. 그사이에 앤은 어머니를 포옹해 주고 있었다. 분위기를 풀 겸 겨울이 앤의 아버지에게 물었다.

"혹시 그 샷 건, 장전된 겁니까?"

"그럴 리가. 빈 총이라네."

기다란 엽총을 지팡이처럼 써서 바들바들 일어선 앤의 아버지가 겨울에게 악수를 청했다.

"소개가 늦었군. 스티브 깁슨일세. 스티브라고 불러주

게나.”

겨울이 그의 손을 맞잡았다.

“반갑습니다, 스티브. 뵙게 되어 진심으로 영광입니다.”

그 뒤로 간신히 진정한 앤의 어머니와도 정식으로 인사를 나누었다. 어머니의 이름은 수잔 깁슨이라고 했다. 겨울과 인사를 나누는 와중에도, 그녀는 자신의 딸을 굉장히 어이가 없다는 표정으로 바라보곤 했다. 소개를 마친 다음에는 딸에게 이렇게 물었다.

“앤. 너 대체 무슨 짓을 한 거니?”

이 말이 앤의 웃음보를 또다시 터트렸다.

어머니, 수잔은 남편을 닮은 한숨을 흘렸다.

“한 가지는 확실하게 알겠구나. 네가 왜 헨리를 거들떠도 안 봤는지.”

헨리라면 지난날 앤과 수잔의 통화에서 등장했던 이름이었다. 앤을 마음에 두고 있다던 고등학교 동창. 프랭크네 셋째라고 했었던가?

수잔이 탄식인지 감탄인지 모를 말을 중얼거렸다.

“딸 하나 있는 게 평생 혼자 살지나 않을까 걱정했더니 이게 뭐람……..”

이쯤 되면 겨울도 웃을 수밖에 없었다.

비록 샷 건을 무릎에 얹은 채로 기다리고 있었으나, 앤의 양친이 달리 손님맞이 준비를 해두지 않았던 것은 아니었다. 어쨌든 예비사위를 처음으로 만나는 자리가 아닌가. 스스로 몸을 가눌 수 있게 되기를 기다려, 앤의 어머니는 밑 준비를 갖춰둔 식사를 빠르게 차려냈다. 메뉴는 치킨 수프를 곁들인 미트볼 스파게티였다.

"와……."

겨울이 약간 질린 기색으로 탄성을 흘렸다. 메뉴는 간소할지언정 향과 양이 압도적이었기 때문이다. 특히 겨울 몫으로 나온 스파게티 위엔 잘 익은 미트볼이 산더미처럼 쌓여있었다. 대충 3파운드쯤 되는 것 같다. 면이 아예 보이질 않아서 미트볼만 담아줬나 싶을 정도였다.

식전기도를 외운 앤의 어머니, 수잔이 겨울에게 손짓했다.

"실컷 들어요. 군인은 고기를 잘 먹어야 힘이 나지."

"네, 감사합니다."

차분히 식기를 드는 겨울. 시선이 마주친 앤은 그저 재밌다는 듯 웃어 보일 따름이었다. 겨울이 겨우 먹는 걸로 탈이 나진 않을 테니까. 속이 부대껴 좀 힘들어 할 수는 있을지라도.

겨울은 우선 치킨 수프부터 한 스푼 떠먹어 보았다. 닭고기를 푹 고아낸 육수는 비어있던 속을 따뜻하게 데워주는 맛이었다. 투박하기에 더 깊고 단순하기에 더 담백하다. 기본에 충실한 요리라는 느낌. 국물의 진하기에 비해 거의 없는 거나 마찬가지인 기름기는 조리에 들어간 정성을 방증하는 것이었다. 껍데기를 벗겨 손으로 일일이 찢어냈을 속살은 꼭꼭 씹을 때마다 뜨겁게 젖은 감칠맛이 배어 나왔다.

삶이 고단한 누군가에게 하루를 견디는 힘이 되어줄 법

한 음식이다. 항모 렉싱턴의 승조원들이 침몰하는 배의 갑판에서 퍼먹었던 아이스크림처럼.

이번엔 미트볼을 하나 먹어본다. 토마토소스에까지 고기를 갈아 넣어 한층 더 묵직해진 맛. 바삭하게 튀겨진 얇은 껍질 안쪽은 새콤한 소스가 중심까지 제대로 배어있었다. 곱게 다져 뭉친 고기는 적당히 단단하여 씹는 즐거움을 살려냈다.

"와."

겨울이 다시 감탄했다.

"정말 맛있습니다. 손이 많이 갔을 미트볼이네요."

"그걸 알겠어요?"

신기해하는 수잔에게 겨울이 끄덕여 보였다.

"속에서도 소스 맛이 나니까요. 소스가 스미도록 해서 한 차례 익힌 다음 기름으로 빠르게 튀겨내고, 그 후 다시 소스와 함께 볶아낸 것 같습니다. 소스의 간도 각각 다르게 한 느낌이구요. 이런 음식을 먹게 되어서 기쁘네요."

이걸 깨닫는 건 입맛과는 별개인 학습의 영역이었다.

수잔은 겨울의 찬사에 함뿍 미소 지었다.

"의외로군요. 요리를 좀 하는 모양이죠?"

"네. 취미입니다. 앤에게 만들어주는 것이 즐겁거든요."

이러고서 겨울과 앤이 다정한 눈웃음을 교환하자, 흐뭇해하던 수잔이 남편을 돌아보았다.

"당신도 저런 걸 본받아 보는 게 어때요?"

갑작스레 유탄을 맞은 스티브가 먹다 말고 눈을 껌벅인

다. 그리곤 눈을 찌푸렸다.

"뭐. 왜. 뭐. 시키는 대로 장이나 잘 봐오면 됐지."

"어휴."

"내 요리는 스테이크로 시작해서 스테이크로 끝난다. 그 이상은 무리야."

귀한 재료를 버리는 짓이지. 스티브의 당당한 태도에 수잔이 설레설레 고개를 저었다.

스티브는 그런 아내 대신 겨울과 앤을 번갈아 바라보았다. 어쩐지 근심이 묻어나는 시선으로. 티를 안 내려고 하면 더 티가 나는 그런 사람이었다. 겨울은 그의 우려를 알 것 같았다. 아버지로서 품을 법한 염려. 오기 전부터 예상하고 있던 바였다.

"그래, 대령. 내 딸은 어쩌다 만나게 되었는가?"

이 질문을 시작으로, 앤의 양친은 식사가 느려질 수밖에 없을 만큼의 호기심을 쏟아냈다. 이제껏 모든 것이 비밀이었던 딸의 연애사인 만큼 쌓여있던 궁금증도 많을 수밖에 없었다.

겨울의 대답에 귀 기울이던 두 사람은 수시로 놀라움을 드러냈다. 비록 기밀로 지정된 이력에 대해선 자세한 사정을 털어놓을 수 없었으나, 자침을 앞둔 배에 나란히 갇혔었다는 사실쯤은 이야기해도 괜찮았다. 세부사항을 적당히 생략하면 그만이었다.

"우선 고맙다고 해야겠군. 그렇게 몇 번이나 앤의 목숨을 구해줬다니."

스티브의 말에 겨울은 손사래를 쳤다.

"아닙니다. 저도 앤에게 도움을 많이 받았으니까요."

이러는 사이에 수잔은 딸을 열심히 타박했다. 위험한 일 안 한다며. 안 한다며! 라고 화를 내면서. 찰싹찰싹 맞던 앤은 이미 지나간 일이니 밥 좀 먹자고 불평한다. 겨울의 눈엔 그 소극적인 저항조차도 귀여워 보였다.

스티브가 묻는다.

"한데, 우리 애가 먼저 고백을 했다고?"

"예."

"허."

앤을 돌아보는 스티브.

"너 참 용기가 대단했구나."

수잔이 말했다.

"용기 있는 자가 마땅한 대가를 얻는다잖아요(None but the brave deserves the fair). 목숨 내놓고 다닌 건 며칠쯤 더 혼나야 할 일이지만, 그래도 그 덕분에 이렇게 좋은 사람을 만났다고 생각하면 뭐……."

"칭찬해 줘야겠죠?"

끼어드는 앤을 향해 수잔이 다시 도끼눈을 뜬다.

"이런 질문은 어떨까 싶네만."

스티브는 머뭇거리며 말을 이었다.

"이 애가 내 딸이긴 해도, 솔직히 그리 예뻐 보였을 것 같진 않은데. 지금은 놀랄 만큼 달라지긴 했지만……. 예전엔 당최 스스로를 가꿀 생각을 하질 않았던 터라. 사랑 같은 거 다시는 안 하겠다는 소리나 하고 앉았고."

겨울이 웃으며 답했다.

"그렇지 않습니다. 사람으로서는 충분히 아름다웠거든요."

"흠."

"앤과 저는 서로를 돕고 서로를 알아가며 천천히 무르익은 사이라 생각합니다. 착실하게 쌓아올린 감정이고 관계이니 가벼운 변덕으로 무너질 일은 없을 것이라 믿습니다."

"흐-음."

"저는 저를 사랑해 주는 앤의 존재가 기쁘면서도 고맙습니다. 이 마음은 해가 두 번이나 바뀌는 동안에도 달라지지 않더군요. 앤 역시 같은 마음이겠죠."

"……그런가. 해가 거듭 바뀌었어도 말이지."

스티브는 눈길을 내리깔며 복잡한 한숨을 내쉬었다. 수잔이 이번엔 남편을 타박했다.

"이 좋은 날 왜 한숨을 쉬고 그래요?"

"그러게. 왜일까."

겨울은 대화를 다른 방향으로 돌렸다.

"활도 많고 총도 많군요. 모으는 취미가 있으신가 봅니다."

고갯짓으로 가리킨 건 벽면에 가득 걸린 각종 무기들이었다.

"의외로 라이플이 몇 자루 안 되네요."

겨울의 의문에 앤이 대답했다.

"이 카운티에선 라이플을 이용한 사냥을 금지하고 있어

서요."

"아하."

"다른 무기는 다 괜찮아도 라이플만 안 된다니. 무슨 기준이 그 모양인지 모르겠어요."

"인명 사고에 대한 우려 때문이라거나? 라이플은 유효사거리가 길잖아요."

"그거야 슬러그 탄을 장전한 샷 건도 마찬가지인걸요. 물론 그래도 소총 쪽의 사거리가 훨씬 더 길 테지만, 대부분은 어차피 굴곡 많은 지형의 숲에서 쓰는 건데요. 지형장벽과 장애물 때문에 투사범위가 한정된다는 점을 감안하면 양자 간에 괄목할 만한 차이는 없어요."

슬러그 탄은 샷 건에 사용하는 단일탄체로, 산탄에 비해선 당연히 사정거리가 길었다. 조준사격으로는 보통 100야드(약 91미터) 정도를 한계로 보지만, 어디까지나 조준사격의 한계일 뿐 탄 자체는 그보다 훨씬 더 긴 거리를 날아간다.

어차피 사고가 조준사격으로 생기는 건 아닌 만큼, 어떤 의미로는 슬러그가 장전된 샷 건이 소총 이상으로 위험하다고 해야 할 것이다. 맞으면 방탄복을 입고 있어도 죽기 십상이었다.

"역병이 퍼지고 나서 깨달은 건데, 샷 건은 미국의 아름다운 전통이자 시민의 권리 그 자체라고 생각하네."

스티브가 스푼을 놓고 진지하게 하는 말.

"세상 사람들이 누구나 샷 건을 한 자루씩 가지고 있었다면 방역전쟁은 아마 시작과 동시에 끝이 났을 거야. 모두가 사이좋게 변종들의 머리통을 하나씩 날려버리고 웃으면서 승리를 자축했겠지. 하지만 중국인들은 샷 건을 소지할 수 없었어. 어째서인가? 그들이 시민으로서 자유롭지 못했기 때문이야. 부패한 정치가들이 시민들의 무장을 용납할 리가 있나."

"하하."

"하지만 우리는 달라. 우리는 스스로를 지킬 권리가 있는 자유인이고, 그렇기에 자유로운 시민들의 나라인 미국엔 역병을 이겨낼 저력이 있었다!"

앤의 어머니가 한심하다는 표정으로 박수를 쳐주었다. 스티브가 멋쩍어했다.

"재밌는 농담이라고 생각했는데, 별로였나?"

이에 대한 수잔의 대꾸.

"총기협회 사람들은 좋아하겠네요. 시답잖은 소리 그만두고 밥이나 먹어요."

"알았어……."

웃음을 참으려는 겨울의 노력은 수포로 돌아갔다. 농담보다는 그 이후의 대화가 재미있었다. 아무래도 이 집안의 최고 실세는 앤의 어머니인 것 같았다.

식후엔 디저트로 치즈를 넣은 애플파이가 나왔다. 이것도 꽤나 중량감이 넘치는 크기인지라 겨울은 조금 곤혹스러운 심정이 되었다. 그래도 무척이나 먹음직스러워 보이는 것이, 배는 불러도 입으로는 당기는 음식이었다. 곁들인 차와 잘 어울릴 듯하다.

수잔의 정성을 생각해서 크게 한 입 베어 무는 겨울.

"……?"

바삭한 파이 너머로 아삭한 식감까지는 좋았는데, 씹으면 씹을수록 뭔가가 이상하다. 비강을 콱 찌르는 암모니아 향에 진하고 꼬릿한 냄새가 더해졌다. 그렇다고 맛이 없는 건 아니라 속으로 갸우뚱하게 된다. 한편으로는 크림처럼 부드럽고 고소하기도 한 것이, 굉장히 기묘한 맛이었다. 잘 구워진 파이가 강한 향을 꽉 묶어놓고 있는 느낌. 오래도록 발효시킨 블루치즈의 일종인 듯하다.

잘 먹는 겨울을 보고 찰나 간 이채를 띠었던 수잔이 딸에게도 손수 파이를 덜어주었다.

"너도 얼른 먹으렴. 좋아하는 거잖니."

"배부른데……."

"한 쪽만 들어."

"흐음."

앤은 찻잔을 내려놓고 파이를 받아들었다. 수잔의 장난기를 느낀 겨울은 입을 다물고 있었다. 앤이 때때로 내비치곤 하는 짓궂음이 어디서 나왔겠는가.

파이를 우물거리던 앤의 표정이 서서히 굳더니, 이내 팍 일그러졌다.

"어때? 감쪽같이 속았지? 네게 먹이려고 엄청 연습했단다."

"엄마!"

배를 잡고 웃는 수잔에게, 입안에 있던 걸 간신히 삼킨 앤이 항의한다.

"나 이런 치즈 엄청 싫어하는 거 알잖아요! 이거 꼭 발 냄새 같단 말예요!"

아. 겨울이 내심 동의했다. 확실히 발 냄새와 유사하다.

"그래도 맛은 있잖니. 얼마나 비싼 건데. 발 냄새도 맡다 보면 좋아진단다."

"좋기는 무슨! 겨울의 발 냄새도 아니고!"

"……오."

수잔이 입을 다물었다. 스티브는 그 옆에서 먹던 동작을 멈추고 어이가 없는 표정으로 자신의 딸을 바라보았다. 뚫 어져라 응시하는 양친 앞에서 앤이 눈길을 피한다. 그녀의 목덜미가 붉어졌다. 부모 앞이라 더더욱 창피한 말실수였 다. 겨울도 꽤나 민망했다.

잠시 후 스티브가 침묵을 깼다.

"하여간 마누라고 딸이고……. 먹는데 자꾸 더러운 이야 기 좀 하지 마. 커리 먹으면서 똥 이야기 하는 거랑 뭐가 달 라. 음식 소중한 줄 알아야지."

그리고 딸에게 물었다.

"그건 그렇고, 너 이번엔 얼마나 머물다 갈 생각이냐?"

"……음, 글쎄요. 작정하고 휴가를 낸 거라서. 두 분만 괜찮으시다면 보름 이상도 상관없을 것 같아요. 여기서 겨 울과 하고 싶었던 게 많거든요."

"우리야 네가 길게 있어줄수록 좋다만."

그는 겨울에게로 시선을 돌렸다.

"그럼 겨울……. 자네와 나도 시간이 꽤 많은 셈이군. 혹시 사냥 좋아하나?"

"싫어하진 않습니다."

"한 번 같이 나가보세. 나가서 남자 대 남자로 진지한 대화도 해보고……."

말끝을 흐린 스티브가 확인하듯 묻는다.

"사냥 면허는 있는가?"

"아뇨, 그럴 여유가 없었던지라."

"잘됐군. 이번 기회에 하나 받아 놓게. 앤이랑 때때로 즐기기에도 좋지 않은가. 마침 내일 요 근처에서 안전교육 일정이 잡혀있거든……. 신청이야 진즉에 마감되었겠지만, 강사와 아는 사이이니 어떻게든 해볼 수 있을걸세. 너도 괜찮겠지?"

마지막은 딸을 향한 질문이었다. 사냥 면허 현장교육은 오전과 오후에 걸쳐있는 8시간짜리 코스였다. 즉 하루의 낮을 통째로 날리는 셈. 어떻게 보면 아깝기도 하다. 그러나 앤은 반대하지 않았다. 아버지가 무엇을 원하는지 아는 까닭이었다. 그가 아버지로서 못내 불안해할 수밖에 없다는 점 역시도. 예비사위에게 확신을 얻기 위한 시간이 필요한 것이다.

날이 바뀌었다.

사냥 안전교육은 차로 5분 거리에 위치한 카운티 수렵어로 클럽(Fish and game club)에서 진행한다고 했다. 희망하는 교육생들에겐 총을 대여해준다고 하지만, 사냥을 배우려는 사람치고 총이 없는 경우는 드문 법이었다. 보통은 자기 총을 가지고 참석한다.

스티브는 예비사위에게 자신의 샷 건 컬렉션을 열어주었다.

"원하는 것으로 하나 골라잡게."

진열장에선 윤활유 냄새가 희미하게 감돌았다. 빼곡히 들어찬 샷 건들은 외양만으로도 여러 시대를 아우르고 있었다. 개중 하나는 미주 개척 초기, 13식민지 시절에나 썼을 법한 전장식 산탄총이었다. 총구가 나팔처럼 벌어져 화약과 탄약을 부어 넣기 편하도록 되어있다. 나무로 된 개머리판엔 자잘한 흠집이 많았다. 아무리 봐도 레플리카처럼은 보이지 않는다.

"이건 어디서 얻으셨습니까?"

겨울의 질문에 스티브는 대수롭지 않게 답했다.

"마을 중고장터에서 샀지."

"하하."

"왜, 그걸 쓰고 싶나? 매니악한 물건인데."

"아뇨. 단지 오랜만에 만져봐서 반갑긴 하네요."

이런 골동품을 실제로 사냥에 쓰는 사람들이 많고, 그런 사람들을 위한 별도의 규정도 존재하지만, 안전교육에 들고 가면 어딘가 이상한 사람 취급을 받기 십상이었다.

"개인적으로 이거다 하고 추천해 주실 만한 게 있으십니까?"

스티브가 즉답했다.

"샷 건은 역시 전통적인 게 최고야."

"그렇군요."

"브레이크 액션이 기본이고, 개인적으로는 더블 배럴, 그 중에서도 오버 앤 언더(Over and under)가 가장 아름답다고 생각하네. 기능과 균형미를 겸비한 점이 훌륭해. 국제경기에서도 이게 표준이지 않나. 그에 반해 사이드 바이 사이드(Side by side)는 거친 맛이 강하지. 위스키로 치자면 조니 워커 레드를 스트레이트로 마시는 느낌에 가깝다고나 할까."

"……."

"펌프 액션은 전통의 마지노선이지만, 합성수지니 뭐니 이상한 소재로 장난을 친 물건들은 예외일세. 반자동과 완전자동은 말할 것도 없지. 그것들은 비상시를 대비해 갖춰 놓는 물건일 뿐이야. 동네 어귀에 변종들이 나타났을 땐 심미성 같은 걸 고려할 여유가 없을 테니까."

"네, 네에……."

막힘없이 쏟아져 나오는 샷 건의 미학이 겨울을 조금 당황하게 만들었다. 조니 워커 레드? 스트레이트? 그러나 가만히 곱씹어보면 대충 감이 잡히는 게 또 신기한 노릇이었다.

브레이크 액션은 총을 꺾어서 약실을 여는(중절식) 고전적인 장전구조이고, 오버 앤 언더는 두 개의 총열이 수직으로 붙어있는 형태이며, 사이드 바이 사이드는 총열 두 개가 옆으로 나란히 붙어있는 형식을 뜻한다. 어느 쪽이든 더블 배럴이긴 마찬가지. 스티브가 말하는 '거친 맛'이란 조준의 차이를 두고 쓴 표현일 것이었다.

겨울이 오버 앤 언더 형식을 고르자 스티브는 애써 만족감을 감췄다.

"초크(Choke)는?"

"엑스트라 풀(Extra full) 있습니까? 저는 슬러그를 주로 쓸 테니 그거 하나만 챙겨도 괜찮을 것 같습니다."

"그런가. 자신감이 넘치는군."

샷 건의 초크는 산탄이 퍼지는 각도를 조절해 주는 악세서리다. 단순히 총구를 좁혀주는 방식인지라 단일탄체인 슬러그 탄과 조합했다간 총열이 터지는 사고가 발생할 수 있었다. 겨울이 달라고 한 엑스트라 풀은 40야드(약 36.5미터) 거리의 30인치(약 76센티)짜리 표적에 산탄 알갱이의 75%를 박아주는 규격으로, 초크 중에선 등급이 가장 높은 것이었다.

챙길 것을 다 챙기고 나서, 스티브가 진열장을 닫았다.

"그럼 출발하지."

하얀 스웨터에 청바지를 입은 앤이 현관으로 나와 손을 흔들었다.

"두 사람 다 잘 다녀와요."

그녀는 살짝 아쉬워하는 눈치였다. 본격적인 사냥도 아니니 교육장으로 같이 가려고 했는데, 어머니인 수잔에게 붙잡혔기 때문이다. 너는 나랑 이야기 좀 하자면서.

스티브는 딸이 겨울의 볼에 입 맞추는 모습으로부터 슬

쩍 고개를 돌렸다.

한적한 도로를 달리는 동안, 겨울은 바람결에서 숲과 호수의 향기를 맡을 수 있었다. 들과 집이 번갈아 스쳐 지나가는 풍경은 그 자체로 한 폭의 수채화가 되기에 충분했다.

카운티 수렵 어로 클럽은, 사격장을 갖춘 시설임에도 불구하고 가장 가까운 민가로부터 고작 백 미터 남짓 떨어져 있을 따름이었다. 완만한 굴곡과 숲이 자연적인 방벽을 이루어준 덕택. 실내에선 누구보다 일찌감치 도착한 강사가 교육생들이 오기를 기다리고 있었다.

겨울을 보고 온갖 감정이 뒤섞인 표정을 지은 그는, 스티브를 향해 원망을 쏟아냈다.

"스티브. 나한테 왜 이러는 겁니까? 우리 서로 서운한 것 없이 잘 지내고 있었잖아요?"

"미리 말했잖아. 이제 와서 왜 이러냐니."

"오, 젠장. 난 동명이인인가 했지. 다른 사람도 아니고 한겨울 대령에게 사격과 사냥의 기초부터 가르치라니. 차라리 물고기에게 헤엄치는 법을 가르치라고 하지 그래요?"

겨울이 우호적인 미소로 그를 진정시켰다.

"운전을 아무리 잘해도 면허 없이 도로로 나갈 순 없잖아요? 환경국의 단속에 걸리긴 싫으니 당연히 교육을 받아야죠."

"……."

신경질적으로 머리를 긁은 강사가 손을 바지에 슥슥 문대고는 겨울과 악수를 나눴다. 긴장했는지 손도, 목소리도 떨리고 있었다.

"래리 베넷입니다. 항상 존경하던 분을 만나게 되어 영광입니다. 이런 식으로 만나게 되기를 바라진 않았지만 말입니다. 당신의 헌신엔 항상 감사드리고 있습니다."

"네. 당신의 성원에 감사드립니다. 오늘 하루 잘 부탁드리겠습니다, 베넷."

악수를 마친 베넷이 여전히 난감해하며 물었다.

"그런데 정말 괜찮으시겠습니까? 오늘 오는 교육생들은 전부 부모를 동반한 아이들인데요."

"배우는 데 나이가 따로 있나요?"

"그래도……. 명예훈장 이중수훈자가 고만고만한 아이들 사이에 섞여서 앉아 쏴 엎드려 쏴 같은 걸 배우는 광경은……. 으, 상상만으로도 정신이 이상해지는 기분이 듭니다. 그걸 제가 직접 가르쳐야 한다는 건 더더욱 끔찍하게 느껴지고요."

"너무 부담 갖지 마세요. 이렇게 하면-"

겨울이 모자와 선글라스, 마스크를 착용했다.

"적어도 교육 진행에 방해가 되진 않을 테니까."

아이들이 꺅꺅거리기 시작하면 교육은 그냥 물 건너가는 셈이다.

"……그냥 수료증 한 장 만들어드리면 안 되겠습니까?"

"그런 식의 특별대우는 바르지 않습니다. 군복을 입지 않았을 때의 저는 그냥 한 사람의 평범한 시민이어야 해요. 사실 군복을 입고 있어도 지켜야 할 규범이고."

어깨를 늘어뜨린 베넷이 스티브를 바라보았다.

"나중에 저한테 술 한 잔 사셔야 합니다."

"우리 집으로 오게. 안사람의 치즈 애플파이를 같이 대접하지."

"아 왜요."

"……."

수잔의 치즈 애플파이는 지인들 사이에서도 호불호가 강하게 갈리는 모양이었다.

안전 교육은 생각보다 흥미로웠다. 사회의 변화를 엿볼 수 있다는 점에서. 「당신의 아이가 총을 다룰 줄 모른다면 당신은 부모의 역할을 방기하고 있는 것」이라던 총기 회사의 광고가 있는 그대로의 현실이었던 것이다.

앤과 겨울이 이 고장에 올 즈음하여 교육 일정이 가깝게 잡혀있었던 것도, 증가한 수요로 인해 교육을 실시하는 빈도가 그만큼 잦아진 덕분이었다. 베넷이 말했다. 과거였다면 이렇게 한적한 고장에서는 몇 달에 한 번 실시하는 것이 고작이었을 거라고.

누군가는 이런 현상을 두고 죽어가던 지역 커뮤니티의 부활이라 평하기도 했다. 시간이 흐를수록 개인화, 파편화되어가던 지역사회가, 종말이 다가오는 시대에 부흥을 맞이하고 있다고. 지역주민들의 자발적인 순찰대 결성과 정보 교환, 비상연락망 구축 등. 신앙에 대한 의구심은 커졌을지언정 전통적인 만남과 교류의 장으로서 교회에 나가는 사람들도 늘었다.

「사람들 사이의 진정한 연대는, 상상에 의지한 막연한 호소가 아니라 현실적 협동을 통해서만 이루어질 수 있다.」

공동체의 부활을 기꺼워하는 어느 교수가 방송에 출연하여 인용한, 메리 파커 폴레트라는 사회운동가의 어록이었다.

그 교수는 다가오는 종말에 직면하고서야 비로소 사람들이 진정한 의미에서의 삶을 회복하고 있다고 주장했다. 이는 밤이 찾아왔기에 별이 빛난다는 말과도 비슷했다.

사냥 안전교육에 생존주의적인 지식과 실습이 제법 포함되어 있는 점도 과거와 달라진 변화였다.

교육 시간 내내 겨울을 흘깃흘깃 훔쳐보는 아이가 있었다. 한 열두 살쯤 되었을까? 마스크와 선글라스를 쓴 사람이 아무래도 수상했던가보다. 겨울이 손을 흔들어주자 화들짝 놀라 앞을 바라보더니, 이내 슬그머니 다시 겨울을 바라보고는 갸우뚱한다. 어디선가 본 사람 같은데, 싶은 표정. 그러나 끝까지 겨울의 정체를 알아차리진 못했다.

"그래도 금방 소문이 돌겠지. 베넷 저 친구가 입이 무거운 편은 아니라서."

참관하던 스티브가 교육이 끝난 뒤에 해준 말이었다. 애초에 교관부터가 거듭 겨울을 신경 쓰고 있으니 이를 눈치챈 아이가 더더욱 이상히 여길 수밖에.

겨울이 웃음을 담아 말했다.

"괜찮습니다. 저에 대한 소문 중엔 헛소문이 많거든요."

"유명인의 애환인가보이."

"이럴 땐 도움이 되죠. 어차피 알려질 일이긴 하지만, 모처럼의 휴가가 엉망이 되는 건 싫어서요. 앤이 여기서 하고 싶어 하는 일도 아직 많이 남아있고."

"흠."

스티브가 뭔가 못마땅한 표정으로 입맛을 다셨다.

"아무튼 욕 봤네. 누구보다 잘 아는 것들이었을 텐데, 스티브 말마따나 보는 입장에서도 기분이 참 묘하더구먼."

교육 수료증을 받은 겨울은 돌아가는 길에 아예 면허까지 구입했다.

저녁식사는 앤의 양친이 이용한다는 식당에서 해결했다. 알고 보니 이 식당은 앤에게도 추억의 장소였다. 어릴 때부터 부모님과 함께 자주 오던 집이라는 것이다. 생일 파티를 치른 적도 있다고. 그녀는 겨울과 추억의 한 장을 새롭게 공유하게 되었음을 만족스러워했다.

집으로 돌아온 뒤에는 앤이 언급했던 예의 그 창틀에 함께 포개어져 앉았다. 함께 샤워를 한 다음이라, 겨울에게 등을 기댄 앤의 목덜미에선 따뜻하면서도 촉촉한 향기가 올라왔다.

"내가 추천해준 버거, 괜찮지 않았어요?"

"음……. 굳이 표현하자면 폭력적인 맛이었네요."

거친 질감의 브리오슈 번 사이에 풍성한 야채와 두툼한 스테이크를 끼우고 베이컨과 치즈를 한계까지 때려 넣은 묵직한 버거였다. 뜨거운 치즈가 사방으로 폭포처럼 흘러내려서 어디를 잡고 먹어야 할지 난감했을 정도.

앤이 웃음을 터트렸다.

"맛은 있는데 자주 먹을 엄두가 안 난다는 게 유일한 단점이죠."

그렇게 말하며, 그녀는 겨울의 품속으로 조금 더 파고들어 왔다.

"아버지하고는 별일 없었어요?"

겨울이 그녀를 뒤에서 안아주며 답했다.

"다른 사람들도 있는 자리였으니까요. 제대로 된 대화는 내일이겠죠."

그리고 되묻는다.

"그러는 앤은요? 어머니께서 뭐라고 하셨어요?"

"예상대로죠 뭐."

앤은 말하는 중간에 들고 있던 찻잔을 홀짝였다.

"내가 당신을 감당할 수 있겠느냐고 물어보시더라고요. 부모님으로선 당연한 걱정이겠지만."

"나도 한 모금."

잔을 받은 겨울이 앤의 어깨 위에서 홍차를 머금었다. 숨결이 닿았는지 앤이 목을 움츠리며 자그맣게 키득거린다. 자잘한 머리카락들이 겨울의 볼을 간지럽혔다.

"뭐, 다른 의미로 큰 각오가 필요했던 건 사실이죠. 겨울의 반쪽이 되기 위해서는."

봄이 내다보았을 영원에 가까운 분기들을 겨울보다 훨씬 더 선명하게 인지했을 앤이었다. 스스로의 말처럼, 그녀의 본질은 봄의 심장에 깃들어 있었으니.

그러므로 앤이 말하는 각오는 그 자체가 하나의 서약에 가까웠다.

"그래서, 그렇게 말씀드렸어요?"

"네. 겨울의 아내가 됨으로써 겪어야 할 '모든 시간들'을 각오하고 있노라고."

"그랬더니?"

"그 한마디로 걱정이 해소될 리가 있나요. 비슷한 말씀들의 반복이었죠. 내가 너무 행복해 보여서 더 염려가 된다고. 사랑하는 마음이 깊을수록 잘못되었을 때의 낙차도 클 것이라고."

겨울은 앤의 어깨에 턱을 묻었다. 앤이 다시금 몸을 움츠리며 쿡쿡 웃는다. 스웨터 차림의 그녀를 안는 감각은 평소 이상으로 폭신하고 포근했다.

"그 외에는 결혼식에 대한 이야기가 많았네요. 비용은 우리 쪽에서 알아서 하겠다고 말씀드렸더니, 다행스러워 하시는 한편으로 조금 서운해 하시던 느낌?"

이쪽의 전통을 따르자면 결혼식 비용은 신부 측 부모님이 부담하는 게 맞다. 신랑 측 집안에선 리허설 비용과 신혼여행 비용을 부담해준다. 비록 시대가 바뀌면서 풍속도 바뀌고 있다고는 하지만, 옛 세대에 속하는 앤의 양친은 딸의 결혼식에 미련을 남기고 싶지 않을 것이었다. 상대가 겨울이기에 더더욱 그러할 터.

신랑 측 집안이라는 게 없기는 한데, 그 부담은 겨울이 지면 그만이다. 어차피 금전적인 문제에 불과하니까.

앤이 물었다.

"기왕 말이 나왔으니 말인데, 언론비서관의 제안에 대해선 어떻게 생각해요?"

백악관 언론비서관은 겨울이 육군 정복을 입고 식을 치른다는 조건에서 장소를 협찬해줄 의사가 있다고 전해왔다.

"그건 당신 생각이 더 중요하죠."

"흐-음. 난 잘 모르겠네요."

"아직 시간이 좀 남았으니 천천히 고민해 보도록 해요."

앤이 발치에 빈 찻잔을 내려놓는다.

"아무튼, 어머니께선 일단 납득하셨어요. 남은 건 아버지죠. 잘 이야기 나눠 봐요. 어려울 건 없겠지만요."

이곳의 문화에서 두 사람이 좋다는 데 부모가 끼어들 여지는 크지 않다. 그러나 두 사람의 앞날에 진심으로 축복을 해줄 수 있는가는 다른 차원의 문제였다. 어떤 부모들은 결혼식에 은근히 초를 치기도 하고, 드물게는 아예 연을 끊어버리기도 한다.

창밖을 바라보던 앤이 조금 더 고개를 돌려 겨울의 입술을 찾았다. 장난기가 동한 겨울이 슬쩍 피하자, 미간에 주름을 잡고는 팔꿈치로 겨울을 쿡쿡 찔러댄다. 겨울은 소리죽여 웃으며 그녀에게 가볍게 입맞춰 주었다.

스티브와 수잔의 집으로부터 남동쪽으로 6마일쯤 내려간 곳엔 다수의 주유림(州有林/State forest)이 연달아 이어지는 훌륭한 사냥터가 존재했다. 서식지가 넓다는 건 그만큼 많은 동물들이 살고 있다는 뜻.

비록 본격적인 사냥철은 아니었으되, 스티브는 봄이라 더 좋은 점도 있다고 말했다. 사슴이나 칠면조, 아메리카 흑곰처럼 그럴듯한 사냥감들의 수렵이 금지되는 기간임은 아쉽지만, 바로 그렇기에 사냥꾼들의 숫자 또한 많지 않을 것이라고. 한적한 사냥을 즐기려는 사람들에겐 가을이나 겨울보다 봄과 여름이 더 나은 것이다.

아침식사는 수잔과 앤이, 도시락은 겨울이 각각 준비했다. 도시락은 냄새를 적게 풍기는 재료들로 만든 샌드위치였다. 요리보다는 조립에 가깝다는 점에서 겨울로서도 만들기가 편했다. 거친 입맛을 연습으로 극복한 메뉴는 아직까지 그리 다양하지 못했다. 수잔은 칼을 능숙하게 다루는 겨울의 모습을 어제 이상으로 흐뭇하게 바라보았다. 딸과의 대화 끝에 마음을 보다 확실하게 정한 영향도 있을 것이었다. 그리고 앤은 식탁에 엉거주춤하게 앉아있는 아버지를 보며 입을 가리고 큭큭거렸다. 스티브는 한층 더 시무룩해졌다.

일출을 곁들인 이른 식사는 자체의 기름으로 튀기다시피 구운 베이컨과 그 기름을 그대로 써서 토마토와 함께 볶아낸 스크램블 에그가 메인이었다. 여기에 두툼한 해시브라운까지 더해지니 열량 면에서 차고 넘치는 식단이 완성되었다.

기름기가 빠진 베이컨의 바삭바삭한 식감, 베이컨과 토

마토의 향이 배어 감칠맛으로 가득한 스크램블 에그, 깊은 곳까지 고르게 익어 포슬포슬 부서지는 해시브라운의 하얀 속살은 서늘한 아침과 대비되는 따스함으로 겨울에게 작은 행복감을 선사해 주었다.

"그럼 다녀오리다."

배를 든든히 채운 스티브와 겨울이 현관을 나서자, 문가에 기댄 수잔이 팔짱을 끼고 말했다.

"바비큐 준비를 해둘 테니 제대로 된 걸 잡아오도록 해요."

"맥주는?"

"궤짝으로 쌓아 놓은 게 부족하다고 할 셈은 아니겠죠?"

"……."

스티브는 뒷머리를 한 번 긁고서 낡은 포드 픽업트럭의 운전석에 올라탔다. 겨울 역시 배웅 나온 모녀에게 눈인사를 남기고는 옆자리에 착석했다.

트럭은 새벽의 푸르름에 물든 도로를 달려 해먼드 힐 주유림의 캠핑장에서 멈춰 섰다. 스티브가 예견했던 대로, 넓은 캠핑장은 굉장히 한산했다.

사슴 사냥이 한창일 무렵 같았으면 이 시간대부터 많은 사람들이 숲으로 들어갈 준비를 하고 있었을 것이었다. 주 전체에 걸쳐 근 60만에 달하는 주민들이 사냥을 나선다는 시기이고, 이곳은 그럭저럭 이름이 알려진 사냥터였으니까.

쌓여있던 눈이 최근에야 녹아내린 숲은 낙엽에 덮인 땅이 아직 다 마르지 않은 상태였다. 발소리가 줄어 사냥에 유리해지는 환경. 잠에서 깬 개구리가 시끄럽게 울어대는 웅덩이를 지나, 두 사람은 느린 걸음으로 길을 벗어난 숲속을 걸었다.

나무 사이로 불어오는 바람은 희미하면서도 다채로운 냄새들을 몰아왔다. 평범한 사람이라면 그저 숲의 향취라 뭉뚱그리겠으나, 겨울은 그 결 하나하나를 선명하게 구분해낼 수 있었다.

"저쪽으로 가보는 게 좋겠습니다."

겨울이 방향을 가리키자 스티브는 별다른 이견 없이 동의했다. 그도 겨울의 전적을 잘 알고 있었던 까닭이다. 한때 올레마 거점을 사냥으로만 먹여 살렸던 사람인데, 그 감각을 의심해서 뭣하겠는가. 겨울은 스티브에게도 흔적이 잘 보일 만한 길을 선택했다. 그가 못 보고 넘어간다면? 그래도 상관없다. 문자 그대로 여가로서의 사냥인 것을.

스티브가 작게 줄인 목소리로 입을 열었다.

"나랑 수잔은 말이지, 앤의 상대가 과연 멀쩡한 남자일지가 줄곧 의심스러웠다네."

"그러셨군요. 이해합니다."

"사랑하는 이가 있다곤 하는데, 그게 누구인지는 알려줄 생각을 않았으니 말이야. 아무리 캐물어도 웃으면서 얼버무리기만 하고. 그래서 우린 노파심에, 혹시 이 애가 이번에도 확신이 서지 않는 상대를 사랑하게 된 것인가? 싶었지. 자기는 이미 불가항력으로 사랑에 빠져버렸지만, 전적을 아는 우리에겐 쉽게 털어놓기가 어려운 구석이 있는 남자를."

"……."

처음엔 아마 다른 의미로 확신이 없었을 것이다. 자신의 사랑이 결실을 맺게 되리라는 확신이. 그녀가 확신을 얻게 된 건 호텔 만다린 오리엔탈에서 피투성이가 된 겨울과 마주친 이후의 일이었을 터였다. 그날 이후 그녀의 침묵은 성질이 완전히 달라졌다.

"그 애는 남자를 보는 안목이 좀…… 그랬거든. 솔직히."

옛날을 떠올리며 눈살을 찌푸리는 스티브.

"제 병을 고치는 의사는 드물다더니, 범죄자들은 그토록 잘 분석하는 녀석이 연애를 할 땐 거의 장님이 되어버리다시피 하는 게 신기할 지경이었네. 남자의 알맹이를 보는 법을 잘 몰랐어……. 그래서 앤이 다음 남자를 데려올 때에는, 본인 말을 믿는다면 그 다음 남자라는 게 과연 있을지는 의문이었네만, 경우에 따라서는 샷 건이 필요할 거라고 생각했지."

"쫓아내실 작정이셨습니까?"

"세상엔 반쯤 체념하다시피 떠밀리듯 결혼을 결심하는 사례도 많지 않은가. 이건 정말 아니다 싶으면, 그리고 앤에게도 확신이 없는 것처럼 보인다면 그러려고 했었네. 총을 들이대고 버럭버럭 소리를 지르는데 어이쿠 젠장 똥 밟았구나 하고 달아나지 않겠나? 글러먹은 놈 치고 대담한 놈은 드문 법이니까."

"그렇지요."

"반대로 남자가 책임을 피하고 싶어 하는데도 앤이 이 사람 없인 도저히 못 살겠다고 한다면, 혹은 벌써 돌이키지 못할 만큼 늦어버린 상태라면, 최악의 경우 협박을 해서라도 남편 혹은 아버지 노릇을 하도록 만들어 줘야겠다고 여겼지."

속도위반 결혼을 샷 건 매리지(Shotgun marriage)라고 부르는 것은, 총을 들이대서라도 책임을 지게 만든다는 의미의 관용적인 표현이었다. 스티브의 말처럼 그걸 문자 그대로의 의미에서 실천으로 옮기는 부모는, 아예 없는 건 아니지만 무척이나 희귀한 편이었다. 요즘은 친자확인만 되면 아버지로서의 책임을 지도록 할 수 있으므로. 어쨌든 범죄 행위이기도 하고.

"자네는 진심으로 내 딸이 아니면 안 된다고 믿는가? 이 사람이야말로 내 삶의 절반이 될 자격이 있는 유일한 사람이라고?"

"예."

"즉답이로구먼."

"고민할 여지가 없는 질문을 주셨으니까요."

애매하게 끄덕이는 스티브.

그로부터 40분 뒤, 스티브는 그가 처음으로 발견한 동물의 흔적을 살펴보았다. 배설물 근처의 낙엽을 헤집자 크고 작은 발자국들이 드러났다. 낙엽 때문에 무디게 찍힌 자국들이었으나, 경험 많은 사냥꾼이 구분하지 못할 정도는 아니었다. 어미와 새끼들로 이루어진 멧돼지 무리. 배설물의 축축함은 이 무리가 멀리 가지 않았음을 보여주는 증거였다.

"찾아볼까? 첫 사냥감으로 괜찮겠어."

"그러시죠."

겨울이 동의했다. 멧돼지처럼 해로운 동물은 일 년 내내 사냥이 허가되어 있을뿐더러 일일 사냥제한(Bag limit) 또한 존재하지 않는다. 코요테와 라쿤, 여우 등이 그러하듯이.

멧돼지 추적엔 스티브가 앞장섰다. 겨울은 그가 흔적을 놓칠 때만 잠깐씩 앞으로 나섰다. 천천히 걸었으나 중간에 끊김이 없다보니, 불과 반 시간 남짓 이동한 끝에 목표로 삼았던 무리를 포착할 수 있었다. 돼지들이 먹이를 탐색하느라 굼뜨게 움직인 덕분이기도 했고. 지금은 땅을 파헤쳐 뭔가를 파먹는 중이다.

수풀에 의지하여 자세를 낮춘 스티브가 속삭이듯 말했다.

"흠. 새끼들까지 합쳐 여덟 마리나 되는군. 나 혼자였다면 운이 따라줘도 둘을 잡는 게 고작이었겠지만……."

말끝을 흐리며 겨울을 돌아보는 그. 겨울이 끄덕였다.

"일단 표적을 둘씩 분담하고, 나머지는 임기응변으로 어떻게든 해보죠. 추가로 두 마리까지는 어떻게든 될 겁니다."

"샷 건으로 임기응변이라. 재밌는 구경을 하겠어."

어제의 안전교육 때와 마찬가지로 두 사람의 무장은 오버 앤 언더 형식의 더블 배럴 샷 건이었다. 멧돼지들은 총성이 울리는 즉시 반응하므로, 보통은 두 발을 쏴서 두 마리를 연달아 잡는 것도 어려운 일이다. 겨울이 미소 지었다.

"기대가 크면 실망하실 텐데요."

"이럴 땐 자신감 있게 큰소리를 쳐야지. 나한테 점수를 따야 할 입장 아닌가."

"하하."

작게 웃은 겨울이 견착을 단단히 했다. 오른쪽 손가락 사이엔 장전할 탄을 끼워놓은 채로.

"준비되면 먼저 쏘세요, 스티브. 따로 신호를 주실 필요는 없습니다."

"좋아. 어미를 기준으로 좌우를 나누세. 내가 어미와 바로 왼쪽에 있는 새끼를 쏘지."

"알겠습니다."

겨울은 스티브가 호흡을 가다듬는 것을 느꼈다. 그의 신체적 긴장이 점점 팽팽해지는 것을 느끼고 있노라면, 신호가 없어도 그가 방아쇠를 당길 순간을 예감할 수 있었다.

타탕! 타앙!

두 사람의 첫 사격은 하나인 것처럼 절묘하게 겹쳐졌다. 차이는 연속 사격의 속도. 스티브가 두 발째를 조준할 때 겨울은 벌써 총을 꺾어 약실을 열고 있었다. 한 쌍의 탄피가 툭 튀는 즉시 곧바로 채워 넣는 두 발의 탄환. 약실을 폐쇄하는 마찰음은 스티브의 두 번째 총성에 파묻혔다. 그 메아리가 사라지기도 전에 겨울의 세 번째, 네 번째 사격이 이루어졌다.

여기서 또다시 찰나의 재장전. 동시에, 쓰러진 멧돼지들의 곁으로 뛰쳐나간 겨울이 도주하는 네 마리의 뒷모습을 무릎쏴 자세로 포착했다. 이대로 쏴버리면 뒤에서 앞으로 관통된 돼지는 내장이 터져 고기를 다 버리게 될 터. 한 마리가 방향전환을 하는 순간, 그 머리통이 겨울의 조준선 상에 들어왔다. 그리고, 쾅! 즉각적인 격발이 작은 돼지의 두개골을 터트렸다. 피와 살이 대각선으로 튀었다. 몸뚱이는 해머로 얻어맞은 것처럼 나뒹굴었다. 슬러그 탄의 무거운 중량 때문이었다.

나머지 한 발은 끝끝내 쏠 기회가 주어지지 않았다.

살아서 도망친 것은 세 마리.

장전을 마친 스티브가 총을 어깨에 얹고 겨울과 경련하는 돼지들의 곁으로 다가왔다.

"……실제로 보는 건 역시 많이 다른 느낌이군."

겨울이 마지막으로 노렸던 사선을 눈으로 쫓으며 내놓는 소감이었다.

즉석에서 피를 뺀 돼지들은 썰매처럼 생긴 카트에 차곡차곡 겹쳐서 실어놓았다. 끈을 허리에 묶어 끌고 다니는 방식이었다.

"이거야 원, 벌써부터 한 번 돌아갔다 와야겠는걸."

"바쁠 것 없잖습니까. 천천히 다녀오죠."

"어미 쪽은 기부라고 맡기는 게 좋겠어."

"기부요?"

"사냥을 해서 다 먹는 건 아니니까. 버릴 거면 차라리 기부하는 게 나아."

"그런 서비스도 있는 모양이군요."

"방역전쟁기에 생긴 자선단체의 일종이라던데. 기부 받은 사냥감들을 모아다 구호식량으로 가공한다고. 전쟁은 끝났어도 배고픈 사람들은 여전히 많은 세상이잖나. 비용 면에선 효율적이지 못하지만, 애초에 비용 생각하면서 사냥을 하는 건 아니니까. 중요한 건 즐거움과 만족감이지."

그가 설명했다. 가족한테 자랑하는 건 기부할 때 받는 모형으로 충분하다고, 기부자에겐 기부하는 동물의 모형을 준다는 모양이다.

카트를 질질 끌면서 돌아가는 길에, 스티브는 맥락 없이 입을 열었다.

"루이 암스트롱은 결혼을 네 번이나 했다고 해. 그 왜, 유명한 재즈 가수 말이야."

"그렇습니까?"

"그 개인은 참 좋은 사람이었지만, 자신의 반쪽을 찾고 그 사람의 반쪽이 되어주는 데엔 영 서툴렀던 거지."

"……."

"나는 그게 그 사람이 힘들고 불우한 삶을 살았기 때문이라고 보네……. 이쯤에서 잠깐 쉬었다가 갈까?"

"예."

쓰러진 나무 위로 먼저 앉은 스티브가 겨울에게 손짓했다. 겨울이 옆에 나란히 앉자, 그는 머리를 긁으며 말을 이었다.

"이어서 말해보자면, 과거가 불행했던 사람은 아무래도

행복의 기준치가 낮아지기 마련이거든. 삶이 힘겨운 사람일수록 당장 작은 행복이라도 누리고 싶어지는 게 당연한 일이야. 그것조차도 간절한 거지. 간절한 만큼 크게 느껴지고, 그래서 그 작은 행복을 주는 사람에게 쉽게 사랑을 품고 말아…… 무슨 말인지 알겠나?"

"압니다. 많이 봐왔으니까요."

가장 대표적으로 떠오르는 것은 당연히 SALHAE의 이름이었다. 한때 겨울의 사후를 엿보던 바깥세상의 관객들 또한 같은 부류에 속했다. 그저 하루를 견디기 위해 딱 그 정도의 즐거움을, 즉각적인 형태의 행복을 갈구하던 이들.

"하기야, 자넨 군인이었지. 자주 볼 수밖에 없었겠군. 전쟁을 치르는 군인들만큼 삶이 고단한 이들도 드문 법이니."

"제가 그런 경우라고 생각하십니까?"

"……솔직히, 의심스럽기는 하네."

스티브가 미안해하는 표정으로 한숨을 내쉬었다.

"자네에겐 우리 앤이야말로 첫사랑이라고 들었는데. 맞는가?"

"네."

"나를 더욱 걱정스럽게 만드는 점이 바로 그 부분이야. 자네는 이런 감정에 대한 면역이 없지 않았겠나. 난생 처음으로 경험하는 생소한 형태의 행복인 것이지. 달콤함을 더욱 크게 느끼다보니 쓴맛이 가려질 수밖에 없는 조건이라고 해야 할까?"

"무슨 말씀인지 알겠습니다."

"불행했던 사람이 행복을 바라는 목마름은……. 내가 이 제껏 살아오면서 경험한 바에 의하면, 굶주림에 시달려온 사람의 식탐과도 같다네."

"……."

"빈속에 갑작스럽게 먹는 음식이 그 사람을 죽일 수도 있듯이, 계속해서 행복하기만을 바라는 마음이 오히려 불행의 원인이 되는 경우도 있어. 너무나 오랜 시간 배고팠기 때문에 끊임없이 행복하기만을 바라는 거지. 사람에겐 누구나 한계가 있고, 한계가 있는 누군가와 삶을 나누는 삶이라는 게 항상 행복으로만 가득할 수는 없는 법인데도……."

"그럴 때 더 큰 행복을 줄 것 같은 사람이 나타나면 흔들리기도 쉽겠고요."

"그렇지."

"혹시나 해서 여쭙는 말씀입니다만, 제가 앤과 헤어지기를 바라십니까?"

"설마!"

겨울의 말에 스티브는 당치도 않다는 듯 펄쩍 뛰었다.

"내 딸은 자네를 이미 깊게 사랑하고 있어. 부모로서도 저렇게나 행복에 겨워하는 모습을 본 적이 없네. 한데 앞날이 걱정스러우니 지금 끝내라고 요구한다? 그게 뭔 말 같잖은 소리인가. 실패가 두려워서 시작도 하지 않겠다는 겁쟁이들의 논리지. 난 겁쟁이가 아니고, 앤 또한 겁쟁이로 키우지 않았다네. 이거 살짝 기분이 나빠지려고 하는구먼!"

"하하. 실례했습니다."

"애당초 내가 무슨 권리로 그 애의 선택에 왈가왈부한단 말인가? 내가 싫어도 저만 좋으면 그만인 것을……. 행복이라는 건 자기 스스로 찾아내었을 때 가장 가치가 있는 거야. 그러니 난 자네에게 이래라저래라 할 입장이 못 돼."

그는 팔짱을 끼며 말을 이었다.

"다만 남자 대 남자로서 딸의 행복을 부탁할 순 있겠지. 그래서 미리 말해두는 거야. 자네와 내 딸의 앞날에 대해 내 나름대로 열심히 고민해본 결과를. 그러니 쓸데없는 걱정이라 여기지 말고, 속에 잘 넣어두었다가 그 애와의 삶이 부대낀다 싶을 때마다 꺼내보게나. 그러다 한 번이라도 내 당부가 도움이 되어 원만히 넘어가는 고비가 있다면, 그것만으로도 나는 아버지로서의 책임을 다하는 셈이겠지."

겨울이 미소를 머금었다.

"결코 쓸데없는 걱정이라고는 생각하지 않습니다. 경험이 녹아있는 좋은 말씀이었습니다."

"크흠."

공연히 헛기침을 하며 먼 곳을 바라보던 스티브가 모종의 악취를 맡고 눈살을 찌푸렸다. 당연히 죽은 돼지가 벌써부터 썩어 들어가는 건 아니었다.

"어떤 멍청한 놈이 스컹크를 잘못 건드렸나본데. 총성이 없는 걸 보면 아무래도 사람은 아닌 듯하고……. 그렇게 멀지는 않은 곳이겠어."

스컹크 분사물의 강렬한 악취는 바람의 방향과 세기에

따라 1마일 이상 퍼져나가는 경우도 있었다. 무서워서가 아니라 더러워서 피하는 동물인데, 곰 같은 최상위 포식자조차도 스컹크가 항문을 들이대면 줄행랑을 치기 일쑤였다. 당해본 경험이 있다는 전제 하에서.

사냥에 나서는 사람들에게도 그리 인기가 좋은 사냥감은 아니었다. 다른 동물에 비해 손질하기가 까다롭기 때문이다. 손질을 하다가 실수를 하거나, 간혹 총에 맞은 부위가 영 좋지 않으면 분비선이 터져서 악취가 폭발하기도 한다. 이 악취는 한 번 배면 잘 빠지지도 않았다. 길게는 한 달 넘게 간다.

"젠장. 이딴 냄새를 맡으면서 진지한 대화를 나누기도 곤란하구먼."

쉬기 시작한 지 얼마나 되었다고. 스티브는 투덜거리며 자리에서 일어났다.

"나머지 이야기는 슬슬 걸으면서 하세."

"예."

두 사람의 걸음을 질질 끌리는 카트가 뒤따랐다.

"아까 했던 충고들은, 사실 내 딸에게도 어느 정도 해당사항이 있지."

스티브가 하는 말.

"자네도 알다시피, 얘는 진정으로 충만해지는 사랑이라는 걸 나눠본 적이 없거든. 그간 거듭 겪어왔던 실망들은 쌓인 만큼의 불행이라 해야겠지. 적어도 연인간의 사랑에 있어선, 그 녀석도 행복에 굶주려 있기는 마찬가지인 것이야."

"그렇군요."

"못난 놈들과 엮였던 경험으로 말미암아 자네의 존재를 더 감사히 여기게 될 수도 있겠지만, 반대로 못난 놈들하고'만' 엮였기에 겨우 만난 좋은 남자를 잃어버리게 될까 봐 과민한 반응을 보일 수도 있어."

"음……."

"까놓고 말해 의부증이 생기기 십상인 환경이라고 생각하네. 자네 정도면 야심만만한 여자들이 물불 안 가리고 육탄공세를 퍼부을 만한 사냥감 아니겠나."

눈을 가늘게 뜨며 겨울을 바라보는 스티브.

"사실대로 말해보게. 그런 경험이 없지 않지?"

"저 좋다는 분들이 몇몇 있긴 있었습니다. 그게 꼭 야심 때문만은 아니었지만요."

"흥. 그럴 줄 알았네. 앤은 얼마나 알고 있나?"

"전부입니다. 전부 다 알고 있죠."

여기서 겨울이 말하는 전부는 문자 그대로의 전부였다. 앞서 앤은 봄을 통해 겨울의 삶을 엿보았으므로. 그녀는 이에 관해 겨울의 기분이 상하진 않을까 조심스러운 기색이었으나, 어떻게 해야 모든 진실을 털어놓고 그녀의 이해를 구할 수 있을까 고심하던 겨울에겐 아무래도 상관없는 일이었다. 그녀가 있는 그대로의 자신을 받아들여 주었다는 것 자체가 한량없이 만족스러운 일이었기에. 앤은 그제야 겨울의 지난 선택들을 온전히 기뻐했다.

안 그러는 척 거울을 살피던 스티브가 멋쩍은 티를 냈다.

"정말이라면 기특하군."

"정말입니다. 좀 안심이 되십니까?"

"글쎄. 너무 모범적이어서 도리어 믿음이 잘……."

스티브는 말끝을 흐리며 습관처럼 머리를 벅벅 긁었다.

"아무튼, 같이 살다가 이런 문제로 다투게 되거든 좀 더 이해를 해줬으면 좋겠다, 이 말이야. 자네의 인기가 워낙 대단해서 생기는 말썽일 테니."

"명심하겠습니다. 앤과 제가 싸우는 날이 오기나 할지 의문이지만요."

실은 앤의 위시리스트에도 관련된 항목이 존재했다. 서로 토라져 있다가 못 이기는 척 화해를 해봤으면 좋겠다는 것. 사람으로서의 삶을 사는 동안 남들 하는 건 한 번씩 다 해보고 싶은 앤의 욕심이었다. 전에 사귀었던 상대들하고는 싸운 뒤에 좋게 화해를 해본 적이 없어서 그렇다고, 그녀 스스로 부끄러워하며 고백했다.

이런 항목이 존재하는 시점에서 앤이나 겨울이나 많이 글러먹었다는 것을 알 수 있다.

겨울의 말에 스티브가 코웃음을 쳤다.

"그건 모르는 거야. 살다보면 진짜 별것 아닌 일로도 싸우게 될 때가 있으니. 치약을 어디서부터 짜서 쓰느냐는 약과지. 피곤할 때 시리얼을 먼저 넣고 우유를 붓느냐, 우유부터 붓고 나서 시리얼을 넣느냐를 가지고도 언성을 높이게 된다니까?"

"하하······."

"참고로 난 시리얼을 먼저 넣고 우유를 붓는 쪽인데, 자네는 어떤가?"

"저도 그렇습니다."

이 대답에 발걸음을 멈춘 스티브가 말없이 주먹을 들어 올렸다. 잠깐 의아했던 겨울은, 이내 웃으며 가볍게 쥔 주먹을 툭 부딪혀 주었다. 스티브는 예비사위와 '젊은이들의 감각'을 나눈 것에 만족하는 기색이었다.

"그래도 결혼생활을 먼저 경험한 입장에서 싸움을 줄이는 요령을 하나 알려주지."

"그게 뭔가요?"

"상대에게 받는 것을 당연하게 여기지 말 것."

스티브가 혀를 찼다.

"철없는 부부들이 꼭 그러더라고. 남편이 돈을 벌어오는 걸 당연하게 여기니까 고맙지가 않고, 아내가 생활을 잘 꾸려주는 것도 당연하게 여기니까 고맙지가 않지."

"그러네요."

"뭐, 요즘은 시대가 시대인지라 역할분담도 예전과는 많이 달라졌지만, 중요한 건 이거야. 역할을 어떻게 나누든 간에 서로에게 받는 걸 고마워해야 한다는 거. 철없는 부부들 이야기를 들어 보면 참 한심해.「고맙긴 한데, 어쩌고저쩌고······.」그게 어디 고마워하는 사람의 말투인가. 뭔가를 더 받아내고 싶은 사람의 말투이지."

그는 여백을 두고 말을 이었다.

"진정으로 고마우면 어쩌고저쩌고 하는 단서를 달지도 않아. 이런 친구들은 결혼을 무슨 돈 놓고 돈 먹는 거래처럼 생각한단 말이야. 자신의 가치는 최대한 높게 평가하고, 상대의 가치는 최대한 낮게 깎아서 가능한 한 많은 차익을 남겨먹어야 하는 타산적인 거래로."

겨울이 끄덕였다.

"사람들 사이에 진실로 당연한 건 없다고 한 사람이 떠오릅니다."

"그런 이가 있었나?"

"네. 평범하기에 이기적인 것들은 당연한 것들의 시체 위에 서 있다고 했었죠."

"인상적이군."

이후로도 두 사람은 이런저런 이야기들을 나누며 캠핑장 인근의 물가에 도착했다. 잡은 돼지들을 손질하기에 좋은 장소였다. 차에서 간이 테이블과 도구상자, 얼음물을 채운 아이스박스를 끌어다 놓고 본격적인 손질을 시작한다.

얇은 고무장갑을 낀 겨울은 도축용 나이프로 어미 멧돼지의 배부터 쭉 갈라놓았다. 오줌이 반쯤 찬 방광을 들어내고, 이어 내장을 한꺼번에 끄집어내 방광과 함께 수풀 저편으로 집어던졌다. 지나가는 코요테나 여우, 하다못해 스컹크 같은 놈들이 알아서 먹어 치워줄 것이었다.

다음으로는 가죽을 벗겨냈다. 잘 갈린 칼이 뻣뻣한 가죽과 부드러운 속살을 수월하게 갈라놓는다. 서억 석 베어지는 소리가 날 때마다 하얀 지방질에 덮인 살이 밖으로 드러났다.

가죽을 벗긴 후엔 부위별로 해체하는 일만 남았다.

사후경직은 관절만 굳어있는 정도였다. 만약 추격전을 벌인 끝에 잡은 녀석이었다면 전신이 딱딱하게 굳어있었을 것이다.

다리의 살을 바르고 안심을 썰어낸 뒤 갈빗대에 톱질을 하고 있을 즈음, 스티브가 겨울에게 툭 던지듯이 말했다.

"앞으로 내 딸을 잘 부탁하네."

겨울이 톱질을 멈추고 바라보았지만, 스티브는 눈길도 주지 않고 자신이 하던 작업에 열중하고 있었다. 미소를 머금은 겨울은 스스로도 시선을 내리고 톱질을 재개하며 대답했다.

"평생토록 행복하게 해주겠습니다."

그렇게 새끼 돼지들까지 손질을 끝낸 다음에는 다시금 사냥에 나섰다.

일일 사냥 허용량이 정해져 있다곤 해도 그걸 다 채우는 사냥꾼은 드문 편이었으나, 오늘의 스티브와 겨울에겐 해당사항이 없는 이야기였다. 솜 꼬리 토끼 여섯 마리에 멧토끼 여섯 마리를 잡은 시점에서, 그 외에 제한이 없는 다른 동물들은 가져가기 부담스러울 정도로 많은 수가 잡혔다. 포드 트럭의 짐칸이 부족할 지경이었다.

세 번째의 왕복에서 스티브가 찝찝하다는 듯 중얼거렸다.

"토끼와 그 토끼를 노리던 여우까지 한꺼번에 잡아오다

니. 기분은 좋지만 어쩐지 나쁜 일을 해버린 듯한 느낌이 드는군……."

이렇다 보니 뭘 골라서 가져갈지 정하는 데에도 고민이 많았다.

"일단 코요테는 다 빼는 게 어떤가?"

스티브의 말에 겨울이 물었다.

"제 입맛에 자신은 없습니다만, 잘 조리하면 나름대로 맛있지 않습니까?"

"먹어봤나? 사람들이 어지간해선 입에 대지 않는 게 코요테 고기인데."

"예."

"흠. 은근한 숯불로 끈덕지게 구워내면 기름진 부위는 오리와 비슷한 맛이 나지. 퍽퍽한 부위는 칠면조랑 흡사하고. 하지만 숙성을 잘 시키지 않으면 잡내가 심해서 먹기 싫어. 그냥 기부해버리기로 하세."

"그러시다면야."

기부를 하더라도 손질은 해서 넘기는 것이 상례였다. 작업을 다 끝내고 자선단체의 현장 사무소까지 들른 다음 집으로 돌아오니 해가 슬슬 서쪽 지평으로 기울기 시작할 무렵이었다. 황혼은 오후 일곱 시를 살짝 넘겨서 찾아올 터라, 고기를 짧게 숙성시킨 후 저녁을 먹기엔 딱 좋은 시간. 수잔과 앤은 아침에 말했던 대로 바비큐 준비를 끝마쳐 놓은 상태였다.

고기가 익는 사이 나뭇가지에 꽂은 마시멜로우를 구워먹

으며, 앤은 겨울에게 아버지와 어떤 시간을 보냈는지 물어
보았다. 겨울은 오늘 나누었던 이야기들을 하나하나 차분
하게 들려주었다. 자신의 심상을 곁들여서. 끝까지 경청한
앤은 스티브에게 다가가 그의 볼에 입 맞췄다.

"아빠(Daddy), 내가 많이 사랑하는 거 알죠?"

스티브는 잠시 얼떨떨한 표정을 지었다가, 곧 볼을 매만
지며 흐뭇함을 감췄다.

"이 나이에 아빠 소리를 들으니 어색하구나."

그는 뒤집은 지 얼마 안 되는 고기들을 괜히 한 번씩 더
뒤집었다. 어린 멧돼지에게서 벗겨낸 살들은 집게에 물릴
때마다 부드럽게 촐랑거린다. 그 위에서 향 깊은 기름이 자
글자글 고소하게 끓어올랐다. 여러모로 넉넉하고 푸짐한
저녁이었다.

스티브의 완전한 허락을 받아낸 뒤로 다시 한적하고 여
유로운 일주일이 흘렀다. 그 일주일은 예비부부에게 있어
서 무엇을 했느냐보다 누구와 보냈는가로 충만해지는 시간
들이었다. 하다못해 동네 슈퍼에서 장을 보더라도, 겨울에
게는 앤이, 앤에게는 겨울이 곁에 있기만 하면 뜻깊은 추억
이 되기에 충분했던 것이다. 하루하루가 오롯이 간직하고
싶은 순간들의 연속이었다.

겨울을 더욱 흡족하게 만든 건 그동안 볼 수 있었던 앤의
다양한 면모들이었다. 앤 또한 자신을 응시하는 겨울의 시
선을 즐기며 눈이 마주칠 때마다 미소를 던지곤 했다.

오늘의 앤은 챙이 넓은 버킷 모자와 체스터 장화를 착용
했다. 가슴께까지 올라오는 반신 장화에 멜빵을 물려놓고
등에다 뜰채까지 걸어둔 그녀는 영락없는 농촌 아가씨의
모습이었다. 활동하기 편하도록 틀어 올린 금발은 하얀 목
덜미 위에서 비녀를 닮은 머리핀으로 고정되었다. 바라만
봐도 간지러워지는 잔머리카락들은 화창한 봄날의 햇살에
젖어 평소보다 밝은 색을 머금었다.

그녀는 어깨에 낚싯대를 얹고 있었다. 기다란 낚싯대는
앤의 움직임에 따라 낭창낭창 잘도 흔들거렸다. 절삭가공
으로 만들어 탄력이 좋은 상등품이다.

겨울의 차림새도 대동소이했다.

끄응- 하고 기지개를 켠 앤이 겨울을 바라보며 활기차게
말했다.

"비록 약속했던 6월은 아니지만 낚시를 즐기기엔 참
좋은 날씨네요. 햇볕은 살갑고, 바람도 그리 차갑지 않
고……."

지난날 제로 그라운드 진공을 앞둔 시점에서 함께 덴버
의 강변을 거닐며 나누었던 작은 약속 하나. 그때의 앤은 6
월의 고향에 흐르는 맑은 물을 이야기했었다.

"자, 가죠."

앤이 겨울에게 손을 내밀었다. 겨울은 한 번 웃고서 그
손을 맞잡았다. 각자 반대쪽의 어깨에 낚싯대를 얹고서 타
박타박 걷기 시작한다. 서로의 따뜻한 손을 잡고 나란히 걸
어가는 숲길은, 물소리 짙은 여울에 이르기까지 듬성듬성

꽃무리가 이어지는 싱그러운 풍경이었다.

　마침내 물가에 도착하자, 앤은 겨울을 바라보며 뒤로 걸어서 물속으로 들어갔다.

　"이리와요. 얼른."

　개구쟁이 같은 미소에서 목가적인 매력이 묻어난다.

　"플라이 낚시는 사실상 이번이 처음이라고 했었죠?"

　앤의 물음에 그녀를 따라 물을 밟은 겨울이 끄덕였다.

　"그렇죠. 바깥세상에선 아예 기회가 없었고, 이쪽에서의 낚시는 오로지 생존을 위한 식량획득이 목적이었으니까요. 여가로서의 낚시는 낯설 수밖에요."

　이 대답이 앤으로 하여금 더욱 깊은 미소를 머금게 만들었다.

　"일단 던지는 방법부터 보여줄게요. 아마 몇 번 보는 것만으로도 충분할 거예요."

　감각이 감각이니. 부연하며, 앤은 낚싯대가 머리 위로 오도록 당긴 다음 큰 폭의 원을 그리도록 휘둘렀다. 마치 줄이 가벼운 채찍을 다루는 듯한 움직임이었다. 낚싯줄 라인이 높고 시원하게 그어진다. 낚시꾼의 현란한 손재간에 따라 미끼가 살아있는 벌레처럼 날아다녔다. 눈이 개운해지는 광경이었다.

　앤은 가벼운 선을 쭉쭉 펼쳐놓으며 턱을 살짝 자랑하듯 들어올렸다.

　"여기서 허공에 얼마나 아름다운 선을 그릴 수 있느냐가 낚시꾼들의 경쟁거리이기도 하죠."

"어떻게 보면 리듬 체조 선수가 쥔 리본을 닮았네요."

"그런가요? 심미적으로는 비슷할지도."

겨울은 앤이 미끼의 고도를 끌어내리는 과정을 지켜보았다.

"이렇게 플라이(미끼)가 수면 가까이 날도록 하는 방식을 드라이라고 해요."

그녀가 겨울에게 여유롭게 윙크했다.

"어디, 겨울이 깎은 플라이가 얼마나 효과적인지 볼까요?"

플라이 낚시의 미끼인 플라이는 낚시꾼이 직접 만드는 전통이 있었다. 그래서 겨울의 것은 앤이, 앤의 것은 실시간으로 그녀에게 배우며 겨울이 손수 만들어주었다.

미끼가 수면을 스치기 시작하고부터 얼마 지나지 않아, 시골 아가씨에게 농락당한 배스 한 마리가 물 밖으로 튀어올랐다.

"와우."

배스는 허공에서 헤엄을 치듯 힘차게 꼬리를 흔들며 미끼를 노렸지만, 능숙한 낚시꾼은 그런 녀석을 약올리듯 미끼를 조금 더 높게 끌어올렸다. 결국 배스는 공기만 잔뜩 삼키고서 물속으로 곤두박질쳤다. 근처의 다른 녀석들이 수면에 동글동글한 파문들을 만들어냈다.

앤이 상기된 표정으로 말했다.

"봤어요? 이렇게 하는 거예요!"

왜 미끼를 물려주지 않았는가 하면, 플라이 낚시는 애당초 물고기를 잡는 것 자체가 목적이 아니었기 때문이다. 잡더라도 다시 풀어주고, 간혹 이렇게 장난을 치는 것 자체를 즐기는 사람도 있었다. 사람 입장에선 자연과의 교감이되 물고기들에겐 짜증스러울 노릇이었다.

다만 유해어종으로 지정된 놈들은 그냥 잡아버리기도 한다. 낚시 면허를 발급해 주는 주 환경보전부의 권장사항이었다. 앤도 그 점을 이야기했다.

"방금 건 큰 입 배스였는데. 그냥 잡아서 쟤들한테 던져줄 걸 그랬나 봐요."

받을 놈들은 다정한 낚시꾼 한 쌍을 발견하고 아까부터 뭐라도 떨어지지 않을까 기다리고 있는 라쿤 두 마리였다. 사람에게 물고기를 받아먹은 경험이 많은 모양. 양 손을 모으고 얌전히 지켜보는 모습이 일견 공손하기까지 하다.

"한 번 더 보여줄까요?"

앤의 물음에 겨울은 고개를 저으며 낚싯대를 휘돌렸다.

"직접 해보죠 뭐."

처음엔 뭔가 부족한 움직임이었으나 빠른 속도로 익숙해졌다. 미끼를 적시지 않고 수면을 스치도록 하는 데엔 5분 남짓의 연습으로 충분했다. 간간이 조언을 주던 앤은 겨울이 첫 물고기를 낚아 올리자 신이 난 박수와 환호를 보내주었다.

그녀가 기념사진을 찍어준 다음, 겨울은 자신이 잡은 블루길을 라쿤이 있는 곳으로 던져주었다. 사람에겐 맛없는 잡어라도 동물들에겐 다를 것이었다. 호다닥 물러났던 두 라쿤이 곧 먹잇감을 두고 쟁탈전을 벌였다.

앤이 그 소박한 싸움을 보며 귀엽다는 듯 큭큭거린다. 그리고 겨울에겐 그렇게 웃는 앤이 더 귀여워 보였다.

낚시는 주로 개천의 중류를 오가며 이루어졌다. 상류는 다리가 걸려있는 곳을 제외하고 모두 천렵금지구역으로 지정되어 있었기 때문. 플라이 낚시의 다양한 기법들을 익힌 겨울은 블루길 같은 잡어 외에 손맛이 묵직한 녀석들도 간간히 끌어올렸다.

그러는 중간엔 볕이 잘 드는 물가의 초지에 앉아 휴식을 취하기도 했다. 쉬는 내내, 앤은 겨울의 어깨에 말없이 머리를 기대고 있었다. 숲을 담은 바람이 불어오는 순간마다 샴푸 향기도 짙어졌다. 오래 자란 버드나무가 서늘하게 이파리 비벼지는 소리를 낸다. 서로가 서로의 체온을 더욱 도드라지게 느끼도록 해주는 환경이었다.

그러던 중에 앤이 웃차 하며 무릎을 짚고 일어섰다.

"우리, 춤 연습이나 하지 않을래요?"

"여기서?"

"보는 사람도 없고, 색다른 장소라서 좋잖아요."

이렇게 말하며 생긋 웃는 앤. 겨울은 어깨를 으쓱인 뒤 그녀의 요청에 응해 주었다.

이 연습은 당연히 결혼식을 대비한 것이었다. 날짜는 5월 중에 잡기로 했다. 앤이 쓴 위시리스트의 첫 번째가 바로 5월의 신부였으므로.

춤은 부드럽게 시작되었다. 한쪽 손으로 겨울의 어깨를 가볍게 짚고, 다른 손으로는 겨울의 손을 맞잡는 앤. 작은 연못에 띄운 조각배처럼 천천히 흔들리는 율동을 타며, 그녀는 행복에 젖은 미소를 머금었다.

"이제 와서 새삼스럽지만, 날 사랑해줘서 고마워요."

겨울은 대답 대신 그녀의 허리를 조금 더 당겨서 안아주었다. 여백 없는 밀착은 무언으로 호소하는 일체감이었다.

들리지 않는 발라드에 몸을 맡기고 있던 앤이 재차 입을 열었다.

"백악관 언론비서관의 제안을 거절하기로 한 건 다시 곱씹어 봐도 역시 현명한 선택이었던 것 같아요."

"내키지 않는다는 것 외에 다른 이유라도?"

"네. 보나마나 방송에 태울 목적으로 분에 넘치는 장소를 제공하려고 할 텐데, 그렇게 되면 하객으로 누구를 초대하느냐에 대해서도 은근히 간섭을 하려고 들었을 테니까요."

"아하."

이런 분야에 보다 익숙할 앤의 통찰이었다.

"일종의 정치적인 장사죠. 대통령 취임 기념 파티나 백악관 신년연회가 그렇듯이, 자리마다 가격이 다르게 매겨지는……. 자리를 팔아서 하객들을 받는 건 별로네요."

대통령 취임 기념 파티는 처음부터 공개적으로 입장권을 판매한다. 단순히 참가하는 것만으로도 10만 달러 이상의 거액이 필요하고, 대통령과 같은 테이블에서 식사를 하려면 20만 달러가 훌쩍 넘는 돈을 지불해야 했다.

이마저도 한정된 수량 탓에 돈이 충분해도 사지 못하는 경우가 있었다. 그래서 무슨 암시장처럼 더욱 큰 액수의 돈과 비공식적인 약속들이 오가곤 했다.

앤이 입술을 곱게 비죽였다.

"장담하는데, 우리가 식을 발표하면 물밑에서 사적인 요청들이 엄청나게 들어올걸요?"

"흠. 그걸 막무가내로 안 받기도 어렵겠네요."

"그렇죠. 앞으로를 생각한다면 말예요."

이는 겨울과 앤이 사람으로서 다해야 할 최선에 포함되는 일이었다.

겨울이 달래듯이 말했다.

"그건 어쩔 수 없다고 치고, 달리 기분 좋은 생각을 해 봐요."

"이를테면?"

"어제 주문한 웨딩드레스라거나."

이 말에, 앤은 겨울의 가슴에 이마를 부비며 즐거운 듯 쿡쿡거렸다.

"집에서도 그토록 눈을 떼지 못하더니……. 어지간히 마음에 들었나 봐요?"

"그만큼 인상적이었는걸요."

식의 대략적인 시기를 정한 이상 늦추지 못할 준비라는 게 있었다. 그중 하나가 바로 웨딩드레스. 기성품이라면 시간이 많이 필요하지 않겠으나, 겨울은 값이 다소 비싸지더라도 앤에게 가장 어울리는 디자인을 골라 주문 제작을 맡기고 싶어 했다. 유명한 브랜드일수록 신청이 밀리기 마련인지라, 여유를 넉넉하게 두고 주문하는 것이 좋았다.

앤이 겨울 앞에서 입었던 것은 시착용으로 준비된 물건이었다. 고객이 이게 좋겠다고 선택을 하면, 그 시점에서 착수금을 받고 치수에 맞춰 제작에 들어가는 것이었다.

이곳이 외진 시골이라는 점은 문제가 되지 않았다. 고급스러운 브랜드다 보니 방문 시착 서비스를 제공했기 때문. 다만 출장비가 상당하여, 그 액수를 들은 스티브와 수잔이 꽤나 떨떠름한 표정을 짓기는 했다.

"아니면 집에 들일 가구나 가전, 갖고 싶은 물건들을 고민해 보는 것도 좋고."

하객들에게 희망하는 선물목록(웨딩 레지스트리)은 예전에도 한 번 이야기가 나왔던 것. 이걸 닥쳐서 채우려면 허술한 구석이 한두 군데가 아니게 될 터였다.

앤이 짓궂은 표정으로 묻는다.

"아예 차를 한 대 올려놓는 건 어때요? 당신은 아직 자차가 없잖아요."

"그건 결혼선물치고 좀 과한 느낌인데……."

"일단 온라인 몰에 하객들의 크라우드 펀딩 형식으로 설정해 놓고, 부족할 경우 우리가 차액을 지불하면 되죠. 정 안 되겠다 싶으면 모인 금액을 포인트로 전환해서 다른 물건 사는 데 쓰거나."

"그런 게 가능해요?"

"나도 잘 몰랐는데, 몇 년 전 동료 결혼식에 갈 때랑은 방식이 또 달라졌더군요."

"과연."

"그렇게 해두면 돈 자랑 하고 싶은 사람들에게도 좋을 거고, 다른 사람들이 보기에도 납득하기 쉽겠죠."

꽤나 합리적인 결제 시스템이었다.

느긋한 춤과 함께 흐르던 대화는 그 주제가 어느덧 식에 쓸 케이크에까지 이르렀다.

"그거 알아요? 물리현실 쪽엔 웨딩 케이크를 60년 동안 보관했다가 먹은 부부가 있다는 거."

앤의 말에 겨울이 당혹감을 드러냈다.

"60년이요?"

"네. 60년. 그것도 상온에서 말이죠. 옷장에 넣어두었다던걸요."

웨딩 케이크의 가장 윗단을 따로 보관해 두었다가 첫 번째 결혼기념일에 꺼내어 먹는 것은 미국에서 꽤나 오랫동안 이어져 내려온 전통이었다. 그렇게 하면 더욱 행복한 결혼생활을 누릴 수 있다는 믿음. 그런 믿음을 제외하더라도 결혼을 기념하는 좋은 방법이긴 하다.

그러나 60년간의 상온보관은 결코 정상적인 경우가 아니었다.

케이크 본연의 형상이나마 남아있었을까?

"먹고 죽지나 않았으면 다행이겠는데……."

말끝을 흐리는 겨울 앞에서, 앤은 유쾌한 미소를 머금었다.

"플로리다의 켄 프레데릭스와 앤 프레데릭스. 두 사람 모두 멀쩡했대요. 비결은 단단한 밀봉과 이따금씩 부어준 브

랜디라더군요. 매년 조금씩 잘라 먹었어도 배탈이 난 적은
없었다고."

"놀랍다고 해야 할지 무모하다고 해야 할지 모르겠네요."

"그래도 꽤나 로맨틱하지 않아요?"

"그야 그렇죠."

다른 사람들처럼 냉동보관만 했어도 평범하게 낭만적이
었을 터.

앤이 겨울에게 몸을 맡긴 채로 자그맣게 말했다.

"우리 몫의 케이크를 주문할 때는 크기를 최대한 크게
키워서, 겉은 생크림으로 덮더라도 속은 꼭 진한 초콜릿 맛
이 나도록 만들어달라고 하죠. 그 부부보다 더 오랜 세월
달콤하게 나누어 먹을 수 있게끔."

"좋네요."

"뭐, 언제나 가장 달콤한 건 따로 있겠지만요."

앤은 고개를 들어 겨울의 입술을 훔쳤다.

이와 같은 나날이 쉼 없이 이어져, 따뜻한 계절은 5월을
향해 흘러갔다.

앤이 결혼을 발표한다는 식으로 표현했던 것은, 친분이
두터운 기자들과 사전에 조율해둔 바가 있었기 때문이었
다. 초기보도가 정확하고 상세할수록 저급한 유언비어가
나돌 확률이 줄어든다. 겨울의 유명세를 감안할 때, 평생에
한 번뿐일 중요한 행사를 얼룩진 기억으로 남기지 않으려
면 불가피했던 준비라고 봐야 한다. 우연이 사람을 돕고자

한들 그 사람이 스스로를 먼저 돕지 않으면 소용이 없는 법이었다.

겨울은 길버트 마르티노, 헬렌 타미리스, 데지레 런던, 조던 크룩 등 과거 명백한 해방 전선 종군기자단이었던 이들에게 반가운 연락을 돌렸다.

「드디어 엠바고가 풀렸군요. 일단 온라인 기사부터 띄우고, 오늘자 석간에 바로 내보내겠습니다.」

처음은 부재중이어서 두 번째에 연결된 마르티노의 말이었다.

"엠바고라……."

겨울이 곤란한 미소를 머금었다.

"그렇게 표현하니 되게 거창한 사건처럼 느껴지는군요."

「흔한 셀럽의 결혼도 큰 화제가 되곤 하는데, 당신의 결혼이면 거창한 사건이 맞지요.」

"기사를 담백하게 잘 써주셨더라고요. 다른 분들도 그렇고. 서로 조금씩 다른 정보를 담은 건 의도적으로 그렇게 하신 거죠?"

기자들은 겨울이 사전에 기사를 읽어볼 수 있도록 호의를 베풀었다.

마르티노가 겨울의 통찰을 긍정했다.

「그래야 사람들이 일부러 더 찾아볼 테니까요. 대중의 호기심은 원래 한 번에 채워주면 안 됩니다. 본인에게 관심 깊은 소식일수록, 얼마나 알려주든 그 이상을 알고 싶어 하는 속성이 있거든요. 기자로서의 양심을 파는 이들이 바로 그 욕구를 파고들죠. 그런즉 다양한 정보를 직접 찾아보았다, 라는 만족감을 얻을 여지를 남겨두는 편이 유익합니다. 그 만족감은 개인이 체감하는 정보의 신뢰도에 직접적인 영향을 주지요.」

"그렇다고는 해도 다들 여전히 사이가 좋은 것 같아 다행이네요."

겨울의 말에 마르티노가 작은 웃음을 터트렸다.

「만약 이번 일을 저한테만 귀띔해 주셨으면 고민깨나 했을 겁니다. 생사고락을 함께한 친구들이라지만, 이런 특종은 친구고 뭐고 독점하고 싶어지는 게 기자의 본능이니 말입니다.」

"하하."

「인터뷰 약속하신 거 잊지 마십시오. 첫 타자는 접니다.」

"기억하고 있어요. 살살해 주시길 바랄 뿐이죠."

「가능한 범위 내에서 선처하겠습니다.」

겨울도 그렇지만, 앤은 더더욱 명백한 공인이었다. 한 번쯤은 인터뷰를 해놔야 언론의 지분거림이 줄어들 터. 기왕할 거라면 이 또한 친한 이들에게 맡기는 쪽이 낫다.

마르티노가 물었다.

「깁슨 부국장께선 잠시 업무에 복귀하셨던데, 독신자로서의 자유를 만끽할 마지막 기회를 어디서 어떻게 보내고 계십니까?」

80일을 연달아 쉬는 겨울과 달리, 직무상 휴가를 끊어서 쓸 수밖에 없었던 앤은 마르티노의 말대로 잠시 자신의 사무실에 복귀한 상태였다.

그래봐야 바깥세상에서는 매일매일 함께 있긴 하지만.

겨울이 반쯤 장난으로 대꾸했다.

"그것도 기사로 쓰시려고요?"

「이런. 들켰군요.」

"어휴, 좀 봐주세요."

「목소리를 들으니 하나는 알겠군요. 예비신랑이 결혼을 앞두고 제법 들떠있다는 것.」

겨울의 가벼운 엄살이 기자를 유쾌하게 만들었다.

「아무튼, 지금은 정말 뭘 하고 계십니까?」

"지인들을 만나면서 RSVP 카드를 돌리는 중이에요. 멀리 있는 사람들에겐 어쩔 수 없이 우편으로 보내더라도, 비교적 가까이 머무는 이들은 가급적 만나보는 게 예의겠죠. 돌아다니는 김에 여행도 좀 하고."

RSVP 카드는 청첩장을 말한다. 한국의 청첩장과 다른 점은, 참석하려면 회신이 필수라는 점이었다. 애당초 RSVP라는 두문자 자체가 "회신을 부탁드립니다."라는 의미의 프랑스어 문구(Répondez s'il vous plaît)를 축약해 놓은 것이다.

이 카드는 단순 참석 여부 뿐만 아니라, 초대받은 사람이 식 진행에 적극적으로 참여할 의사가 있는가를 묻는다. 경우에 따라선 해당 하객을 위해 특별한 식단을 준비해야 하는가에 대하여 확인하기도 한다. 주로 채식주의자들을 위한 배려였다.

우편으로 부친 카드들은 우정공사의 악명을 고려하여 우

선 특급(Priority express)을 이용했다. 이로써 순수한 우편요금만으로 수천 달러에 달하는 돈이 나갔다.

「만나시는 면면이 아주 화려하겠습니다.」

"뭘 기대하시는진 알겠는데, 꼭 그렇지도 않아요. 여기는 뉴어크거든요."

마르티노가 살짝 당황했다.

「……제가 아는 뉴어크가 맞습니까? 그 뉴욕 시 광역권의?」

"네. 처가에서 비교적 가깝기도 하고."

「그 험한 동네에 거주하는 지인이라면 그럴듯한 거물보다는 참전용사일 가능성이 높겠군요.」

뉴어크는 이런 말이 바로 나올 만큼 치안이 좋지 않은 도시였다. 앞서 필라델피아 차이나타운 소요에서도 문제가 되었던 캠든이 필라델피아 광역권의 그림자라면, 뉴어크는 뉴욕 광역권의 그림자쯤 되었다. 무대에서 밀려난 사람들이 고이는 응달.

그래도 종말이 다가오던 시절 주민들이 결성한 자경단이 많아진 터라 과거에 비해 오히려 더 질서가 잡힌 측면이 존재했다.

"몇 사람 거쳐 전해 듣기로 이 동네에 자기 가게를 열었다고 하더라고요. 마침 뉴욕 근교에서 보기로 한 지인이 하나 더 있어서 와봤네요."

「그렇습니까. 그러고 보니 엑셀의 경매가 뉴욕에서 진행되었는데, 그 녀석에 관해서는 특별한 소식이 없으셨는지요? 그 큰돈을 선뜻 낸 낙찰자가 누구인지조차 알려지지 않아서 궁금히 여기는 사람들이 많습니다.」

엑셀의 최종 낙찰가는 무려 천칠백만 달러나 되었다. 그러나 겨울이 일찍이 예견했듯이, 낙찰자의 신원에 대해선 철저한 비밀유지가 이루어졌다. 겨울과의 관계를 고려해서 구입한 거라면 언젠간 알려질 수밖에 없겠지만, 그래도 지금 당장 알려지는 것보다는 파장이 적을 터이므로.

"유감스럽게도 기삿거리가 될 만한 건 딱히."

겨울의 말에 마르티노는 멋쩍은 웃음을 곁들여 자책했다.

「이런. 제가 또 취재를 하고 있었군요.」

"직업병으로 이해해 드려야죠."

「하하……. 송구합니다. 그리고 이제 와서 드리는 말씀입니다만, 엑셀의 일은 안타깝게 되었습니다.」

아쉬운 듯 입맛을 다신 마르티노가 다음을 기약했다.

「용건은 대충 끝났으니……. 나중에 또 연락드리겠습니다. 아니면 예식장에서 뵙거나.」

"그래요. 항상 건강하시고요."

「간만에 목소리를 들어서 반가웠습니다. 전우분들과도 좋은 시간 보내시길.」

근교에서 보기로 한 지인은 전우가 아니었으나, 겨울은 굳이 기자의 착각을 교정해 주지 않았다. 사적인 친분과 별개로 번거로워질 게 뻔했기 때문이다.

엑셀의 경매에 관해 추가로 보도된 뉴스는 페레이라가 850만 달러를 일시에 기부했다는 소식이 유일했다. 이를 비난을 피하려는 수작질이라 비난하는 사람들이 많았으나, 어쨌든 선행은 선행이었기에 전체적인 비난의 강도는 한층 수그러들었다. 겨울에게 위로를 받았어도 그런 반응들을 못내 신경 쓰고 있었을 페레이라에겐 잘된 일이라 해야 할 것이다.

이런 생각을 하며 겨울이 걷는 길가엔 No Chinese라는 스티커가 줄줄이 붙어있었다. 단속반이 뜯고 뜯고 또 뜯어낸 흔적들 위로 새롭게 붙여놓은 것들이 이 도시의 분위기를 단적으로 보여주는 듯했다.

목적지에 도착한 겨울은, 가게의 간판을 보고 짧게 발걸음을 멈추었다. 낯익은 얼굴이 촌스러울 만큼 화려한 색감으로 그려진 간판엔 「서전트 초코 볼의 무시무시한 바나나 쉐이크」라는 상호명이 쓰여 있었다. 미리 듣지 못한 바 아니나 직접 보니 헛웃음이 절로 배어나온다.

안을 들여다 보던 겨울이 문을 열고 들어가자 종업원 하나가 종소리에 반응했다.

"어서 오세요-!"

겨울은 점퍼에 손을 넣은 채로 줄을 서서 옛 전우를 지켜보았다. 지난날 캠프 로버츠의 에이블 중대 소속이었을 때만 해도 병장이었던 매튜 코헨은, 이제 예비역 중사로서 손님들에게 음식과 미소를 파는 자영업자가 되어있었다.

마침내 겨울의 차례가 돌아왔다.

"젊은 형씨. 뭘로 드릴까요?"

겨울은 그를 가만히 바라보다가, 그가 이상히 여길 즈음

짙고 큰 선글라스를 벗었다.

"오?"

눈과 입술을 동그랗게 만드는 코헨. 겨울이 손을 흔들었다.

"우리 정말 오랜만이죠? 그동안 잘 지냈어요?"

굳어있던 코헨이 발을 모으고 허리를 곧추세우며 우렁차게 경례했다.

"Sir!"

무슨 일인가 하고 훔쳐보던 종업원이 굳고, 그 연쇄반응이 손님들에게로 이어졌다. 가게 안은 짧은 시간 혼돈과 환호의 도가니로 변모했다.

그러거나 말거나 겨울은 코헨과 재회의 반가움을 나누었다. 어깨를 두드리는 포옹을 거쳐, 만면에 환한 미소를 띄운 코헨이 거의 소리를 지르다시피 말했다.

"세상에! 당신께서 여긴 어쩐 일로!"

"친구를 보러 오는데 이유가 있어야 하나요? 뭐, 오늘은 볼일이 있는 게 맞지만."

"볼일이라면……?"

"이거요."

"잉."

겨울이 건네주는 엽서 봉투를 받고 갸우뚱했던 코헨은, 곧 카드를 꺼내 확인하곤 놀라움에 의한 발작을 일으켰다. 그는 한참 뜻 모를 고함을 지르고서야 숨을 헐떡이며 물었다.

"결혼! 결혼을 하신다고요!"

이번엔 종업원과 손님들이 비명을 지를 차례였다. 멋모르고 새롭게 들어온 손님 하나는 실내의 광란을 보곤 기겁을 해서 돌아나가기도 했다. 곤란한 미소를 물고 미간을 좁히고 있던 겨울은, 소란이 가라앉기를 기다려 간신히 끄덕여 주었다.

"네. 그렇게 됐어요."

"세상에!"

"놀랐어요?"

"그럼 안 놀라겠습니까? 어쩐지 연락도 없이 오시더라니! 진심으로 축하드립니다! 하하하!"

여기저기서 스마트 폰의 플래시가 터졌다. 부지런히 자판을 두드리는 손님들의 모습. 코헨은 코헨대로 계속 난리를 피웠다. 친해 보이는 단골들에게 "이봐, 친구들! 내가 뭐랬어! 한겨울 대령하고 같이 싸운 사이라고 했잖아! 그때는 잘 안 믿었지?"라고 뻐겨대면서. 이들 사이에선 속사포 같은 슬랭(속어)이 오고갔다.

"근데 이거 제가 참석해도 되는 겁니까? 높으신 분들이 많이 오는 자리일 텐데."

뒤늦은 코헨의 물음에 겨울이 슬쩍 인상을 썼다.

"오히려 불참하면 섭섭하겠죠. 안 오기만 해봐요."

"크하핫. 간만에 다른 전우들도 볼 기회로군요."

유쾌하게 웃은 코헨이 메뉴를 권했다.

"기왕 오셨으니 뭐라도 주문하시죠! 최선을 다해 만들어

드리겠습니다!"

"안 그래도 출출하던 참이었는데, 개인적으로 추천해 줄 만한 거 있어요?"

"왜 없겠습니까! 우선은 여기 이 그럼블 사이즈 슈퍼 스테이크 샌드위치에-"

"……그럼블 사이즈?"

"니미 X할(Mother fuxxing) 사이즈의 바나나 쉐이크를 곁들이면 좋습니다!"

"하하……. 그럼 그걸로 둘."

"Yes sir."

권하는 대로 주문을 하긴 했지만, 빵의 크기를 보면 하나로도 둘이 먹기에 부족하지 않을 수준이었다. 쉐이크 역시 마찬가지. 세심하게 만드는 손길을 지켜보던 겨울이 물었다.

"어쩌다 여기에 가게를 열게 됐어요? 난 당신이 캘리포니아에 있을 줄 알았거든요."

"이쪽에 친척이 살고 있어서 말입니다."

"아하."

잠시 후 포장된 음식을 받은 겨울은, 식사를 하며 그와 짧은 담소를 나눈 뒤 사진과 사인을 남기고서 점포를 나섰다. 반가움에 비하면 짧은 만남이었지만, 영업 중인 점포에 오래 머물기도 곤란할 노릇. 어차피 조만간 결혼식에서 다시 만나게 될 것이었다.

겨울은 렌트한 차를 타고 다음 약속 장소로 향했다.

다음 지인이 겨울을 초대한 장소는 교외에 위치한 별장이었다. 주유림과 호수에 면해 있어 불어오는 바람이 맑고, 주변엔 민가가 뜸하여 한적하면서도 평화로운 분위기를 자아냈다.

입구에서 대기하고 있던 고용인이 차에서 내리는 겨울을 맞이했다.

"기다리고 있었습니다. 이쪽으로 오시지요."

점잖고 정중하게 안내하는 고용인은 전형적인 집사의 차림새였다. 무기를 휴대한 것으로 보아 경호원 역할을 겸하는 듯하다. 이외에 몇 명의 다른 경호원들이 눈에 띄었다.

'안전에 민감할 사람이지.'

응접실로 들어서자, 소파에 앉아있던 별장 주인이 집사의 부축을 받으며 일어나 겨울에게 고개를 숙였다.

"먼 길을 와주신 데 감사드립니다, 은인."

고개를 든 주웨이는 핏기 없는 얼굴에 죄스러운 표정을 띄웠다.

"몸이 좋지 않아 마중을 나가지 못했습니다. 건방지다 여기진 말아주시기 바랍니다."

"무슨 말씀을……. 그런 염려 놓으시고, 일단 앉으세요. 정말로 힘들어 보이시네요."

농담이 아니라 제자리에서 서 있는 것조차 힘겨워하는 듯하다. 한 번 더 고개 숙여 겨울에게 양해를 구한 그녀는 자리에 느리게 앉아 지친 한숨을 내쉬었다. 봄이 무르익는 시기, 실내에서 케이프를 두르고도 조금은 쌀쌀함을 느끼는 기색이다.

맞은편에 겨울이 앉자 주웨이가 상냥한 미소를 머금었다.

"용건을 말씀드리기에 앞서……. 먼저, 제게 주실 것이 있으시지요?"

전화로 먼저 알려준 일이기도 하다. 이제 와서 새삼스럽게 충격을 받진 않을 것이기에, 겨울은 품에서 청첩장을 꺼내어 테이블 위로 밀어놓았다.

집사로부터 페이퍼 나이프를 받아 조심스러운 손길로 봉투를 개봉한 주웨이는, 별 내용 없는 청첩장을 꼭꼭 씹어 삼키듯 찬찬히 읽어 내린 끝에 조용히 눈시울을 붉혔다.

"죄송합니다."

다시금 사과하는 그녀. 겨울은 주웨이가 눈물을 닦아내는 것을 묵묵히 기다려주었다.

그녀가 청첩장을 봉투에 집어넣으며 말했다.

"그토록 못난 모습을 보여드렸건만, 다른 누구보다 제게 먼저 소식을 전해 주셨던 것에 감사드립니다. 진실로 분에 넘치는 배려였습니다."

잔혹하게 느껴지더라도 직접 알려주는 게 예의라 생각한 겨울이었다. 다른 경로로 알게 되는 것이 도리어 더 큰 상처를 주지 않겠는가 하고.

"오늘 이렇게 은인을 초대한 것은, 결혼을 축하드리는 의미로 미리 작은 선물을 드리기 위함입니다. 사람으로서 염치를 따지자면 응당 혼례에 참석하여 은인의 앞날을 웃으며 축복해드려야 하겠으나, 이렇게 엉망이 되어버린 심신으로는 그리하기가 힘들 듯하여……. 다른 곳으로 움직이기조차 힘거운지라 별 수 없이 이곳으로 은인을 모셨습니다. 부디 너른 아량으로 양해해 주시길."

"음……."

겨울은 그녀가 뉴욕 근교에 있는 이유와 선물의 정체를 알 것 같았다.

그러나 주웨이가 준비한 선물은 하나가 아니었다.

"우선 이것부터 받아주시겠습니까."

그녀의 손짓에, 집사가 겨울에게도 눈에 익은 보관함을 내어왔다. 크레이머가 겨울에게 돌려준 것 말고, 소유자를 알 수 없었던 나머지 하나의 기념주화였다.

집사는 테이블 위에서 보관함을 열어 보였다. 인증서가 첨부된 금화가 빛을 받아 반짝인다.

"이걸 당신이 가지고 있었군요. 선물로 받기엔 지나칩니다."

겨울이 곤혹감을 드러내니 주웨이는 고개를 가로저었다.

"저는 그저 제 마음을 정리하려는 것뿐입니다. 당신이 담겨있는 물건이라면 무엇이든 좋다고, 한낱 외물(外物)에 의지하여 이루지 못할 연정을 달래 왔던 것이니……. 저를 돕는다 생각하시고 받아주시기 바랍니다. 은인 외에 달리 누가 있어 이 미련을 거두어 가겠습니까."

"……."

겨울은 뜸을 들인 끝에 짧은 한숨을 붙여 고개를 끄덕였다.

"남은 하나의 선물은, 이 자리가 끝나는 대로 여기 로빈슨에게 받으실 수 있을 것입니다."

　로빈슨은 집사의 성씨인 모양이다. 겨울과 시선이 마주친 집사가 말없이 목례했다.

　주웨이가 부드럽게 청했다.

　"용건은 이걸로 끝입니다만, 바쁘지만 않으시다면, 그리고 저를 대하기가 불편하지만 않으시다면 이곳에서 반나절쯤 쉬다가 가지 않으시겠습니까? 향 깊은 차와 맛 좋은 다과를 준비시켜두었습니다."

　이로부터 이어진 대화는 대단할 것 없이 소소하기만 한 잡담들이었다. 스스로의 말처럼, 주웨이는 남은 마음을 정리하고자 오늘 이 자리를 마련한 것 같았다.

　그러한 노력에 방해가 되지 않도록, 겨울은 떠나는 순간까지 입 밖으로 내는 모든 말에 세심한 주의를 기울였다.

　겨울과 앤의 결혼이 공표되면서 화제가 된 것 중의 하나는, 이른바 「마리 패터슨의 실연」이란 제목의 짧은 동영상 클립이었다.

　독립대대의 마스코트 격이 된 닥스훈트에게 일찍이 스페인 국왕의 이름을 붙여주었고, 겨울에게는 친구들과 함께 쓴 편지를 건네주며 사형수인 반-반 아저씨(fifty-fifty guy)를 살려달라고 부탁했던 소녀, 마리 패터슨. 마리와 겨울이 손가락 걸고 약속을 나누던 때에 헬기 조종사가 촬영했던 영상은 사람들로부터 훈훈한 반향을 이끌어냈다.

그것을 계기로 하여, 구조 이후의 마리는 인터넷상의 유명인사로서 자기만의 동영상 스트리밍 채널을 운영하기 시작했다. 아이의 눈으로 바라본 재정착 지역에서의 삶, 종교적 휴양지에서 영위했던 피난생활의 증언, 재난상황에서의 생존 노하우 공유하기, 마지막으로 소위 '한겨울 덕질' 등이 해당 채널의 주요 컨텐츠였다. 그린베레마저 무안하게 만들었던 마리는 특유의 그 당돌함으로 꾸준한 인기를 구가해왔다.

겨울의 결혼 소식이 전해지자, 마리는 방송 도중 말을 잇지 못하고 서러운 울음을 터트렸다.

「백 밤 자고…… 어른이 되어서…… 결혼하러 가겠다고 했는데…….」

어찌나 본때 있게 울던지, 적어도 구독자들에게 있어서만큼은 우는 것 자체로 하나의 볼거리가 되기에 충분했다. 폭소하는 사람이 반이고 폭소하며 위로하는 사람이 다시 반이었다. 마리는 눈물을 닦으며 끅끅거리면서도 투철한 프로의식으로 그들에게 답례했다.

「Alpha_team_1147님…… 히끅…… 10달러 후원…… 흑…… 감사합니다…….」

이를 접한 앤은 숨쉬기가 곤란할 지경으로 웃었다.

"겨울이 잘못했네요."

겨울은 순순히 잘못을 인정했다.

그리고 오늘, 결혼식 당일, 전자 메일로 RSVP 카드를 받은 마리는 하객의 한 사람으로서 부모님의 손을 잡고 뾰로 통한 표정으로 나타났다.

"안녕? 그동안 잘 지냈니?"

친근한 인사를 건네는 겨울에게, 마리는 그래도 예의 바르게 대답했다.

"반갑습니다, 대령님. 오랜만에 뵙네요. 결혼 축하드려요."

"고마워."

"……약속을 지켜주신 것도 감사드리고요."

"그래. 반반 아저씨랑은 아직도 연락하니?"

마리가 끄덕였다.

"우린 친구니까요."

"아하."

"시간 날 때 제가 자주 전화를 해요. 가끔은 라면도 사서 보내드리고요. 감옥에서라도 배고프지 않게 드시라고. 친구와 친구는 어려울 때 서로 도와줘야 하잖아요?"

"그렇구나."

겨울이 쓴웃음을 지었다. 마누엘 헤이스는 대통령 특별사면으로 더 이상 사형수가 아니게 되었다. 그러나 그에겐 사형 이외에도 선고받은 형량이 남아있었기에, 군의 운영이 정상화된 지금은 감옥에 다시 재수감된 상태였다. 아마 죽는 날까지 교도소를 벗어나지 못할 것이다.

"혹시 통화해 보셨어요? 결혼한다고?"

"응. 축하하고, 참석하지 못하는 몸이라 미안하다더라."

마리가 절레절레 머리를 흔들었다.

"그 아저씨도 우울하겠어요. 친구라고는 저랑 대령님 빼면 엑셀이 유일한데. 여러 가지 의미로 죗값을 치르게 되네요. 뭐, 죽지 않는 것만으로도 감사해야겠죠."

"그러게."

거기까지가 사람들이 일반적으로 받아들일 수 있는 한계였다.

마리가 뒤에 줄을 선 사람들을 흘낏 훔쳐보며 말했다.

"기다리고 있을 테니 사진 찍을 때 불러주세요."

겨울이 다과가 마련된 자리를 가리켰다.

"쿠키랑 케이크랑 먹으면서 기다리고 있으렴. 사람이 워낙 많아서 기념촬영에 시간이 꽤 오래 걸릴 것 같아."

"그건 괜찮아요. 저는 쿠키하고 케이크 배가 따로 있거든요."

딸이 하는 귀여운 말에 부모님이 작은 소리로 웃는다. 겨울은 그들과도 인사를 나누고 안으로 들여보냈다.

하객들과의 기념 촬영시간은 예식이 거행되기 전으로 잡혀있었다. 이 시간 동안 겨울은 이제껏 인연을 맺어온 이들과의 재회를 즐겼다. 이를 위해 고용한 전문 사진사 두 명의 몸값만 3천 달러를 넘는다. 그 사진사 중 한 명이 실소를 터트렸다.

"아니, 지금 무슨 부대별로 편 갈라서 단체사진 찍습니까? 좀 자연스럽게들 서 보세요."

야외에서 촬영이 이루어지는 사이에 머리 위로는 고해상도 카메라가 달린 드론이 날아다녔다. 겨울은 하객들과 어깨동무를 하고 하늘을 향해 손을 흔들어 보였다.

"Sir."

"오, 제프리! 이게 몇 년 만이죠?"

겨울은 제프리 브라운과 서로 어깨를 두드려주고서 떨어졌다.

"글쎄요. 거의 한 4년 만에 보는 거 아닙니까?"

목소리가 다르다. 대신 대답한 사람은 안토니오 길레미였다. 마지막으로 만났을 때만 해도 상병이었건만, 오늘 입고 온 육군 정복엔 상사 계급장이 붙어있었다. 2분대장이었던 데이브 윈슬로, 3분대장이었던 조엘 헤르난데스도 차례로 인사를 건네왔다.

"다들 바쁜 와중에 멀리까지 와줘서 고마워요. 살아있는 모습들을 보니 안도감이 드네요."

"당신께서 결혼을 하신다는 데 탈영을 해서라도 와야죠."

주머니에 손을 꽂고 가볍게 대꾸한 제프리가 주변을 돌아보며 휘파람을 불었다.

"그런데, 와……. 이런 장소를 빌리려면 대체 얼마나 듭니까?"

앤과 겨울은 워싱턴 시내에 위치한 5성급 호텔의 예식장을 대여했다. 하객의 숫자가 숫자인지라 호텔쯤 되지 않고선 수용하기 힘들었던 까닭. 음식을 비롯해 다양한 편의를 제공하는 면에서도 그러했다.

겨울이 어깨를 으쓱이며 답했다.

"돈 안 들었어요."

"예?"

"빌리는 데 돈 안 들었다고요."

"엥."

황망해하는 제프리.

"설마 공짭니까?"

"네. 어쩌다 보니……. 앞으로 이곳에 붙을 프리미엄이면 충분하다고 하던데요? 그러거나 말거나 우린 돈을 내려고 했는데, 끝까지 안 받겠다는 걸 어쩌겠어요. 돈을 받지 않았다고 해야 광고효과가 더 높을 거라고 판단한 모양이에요."

"허. 그럼 식 전체에 한 푼도 들지 않은 겁니까?"

제프리가 물었으나, 착각이었다. 겨울이 해명했다.

"어디까지나 결혼 당일의 식장 대여료만 할인되었을 뿐이에요. 리허설 날의 대여료와 식비는 따로 계산했고, 오늘도 식비는 별도고, 사진사 고용비용에다가 화환과 부케를 비롯한 꽃들 값도 있었고, 식 진행 자체에 대한 컨설팅, 결혼반지 구입비, 하객분들에게 나눠줄 선물들과 전문 메이크 업……."

제프리는 지출항목이 이어질수록 질린 표정이 되어갔다.

"……이렇게 해서 총 3만 2천 달러 가량 썼나 봐요."

"사, 삼만."

"반응을 보니 제프리도 슬슬 캐슬린과의 결혼을 고려하고 있나 봐요?"

"……예."

제프리가 어깨를 늘어뜨리며 하는 말.

"세상도 불완전하게나마 평화로워졌으니 이제 나도 슬슬 가정을 꾸려봐야겠구나 했죠. 캐시도 제가 언제쯤 결혼하자고 하려나 기대하고 있는 눈치고요. 근데 이런 곳에서는 힘들겠습니다. 식장 대여료까지 제값을 지불한다고 치면 거의 한 6만? 7만? 쯤 되지 않습니까?"

"맞아요."

"작정하면 못 쓸 돈은 아닌데……. 으. 고민 좀 해봐야겠군요."

겨울이 가까운 하객들을 살펴보았다.

"혹시 캐슬린도 같이 왔어요?"

"예. 저기."

제프리가 손끝으로 조금 떨어진 테이블을 가리켰다. 몰라볼 만큼 곱게 입고 앉아있던 헤이랜드 보안관은 애인과 은인이 자신을 보는 걸 깨닫곤 환히 웃으며 이쪽으로 손을 흔들었다.

마찬가지로 손을 흔들어 보인 제프리가 은근한 목소리를 냈다.

"혹시 부탁 하나 해도 되겠습니까?"

"뭔데요?"

"이따가 그, 부케하고 가터 링 말입니다. 캐시하고 제가 받기 좋은 쪽으로 던져주시면 안 됩니까?"

겨울이 가벼운 웃음을 터트렸다.

"안 되겠는데요. 다른 사람도 비슷한 부탁을 했거든요."

"아니, 어떤 놈이?"

"계급이 제프리보다 더 높아요."

"……어떤 분으로 정정하겠습니다."

제프리의 넉살이 겨울을 다시 웃도록 만들었다.

같은 청탁을 넣은 다른 이의 정체는 레인저 연대의 조지 팔머, 마리와 마찬가지로 러시안 강 인근의 종교적 휴양지에서 만난 사람이다. 방역전쟁이 끝나거든 결혼을 해서 아내와 함께 농장이나 하나 운영하겠다더니, 이제 그 계획을 실천으로 옮기려는 모양이었다. 그러자면 먼저 전역을 해야겠으나, 현재까지는 군인 신분을 유지하고 있었다.

"예비부부가 둘이니 가터 링과 부케를 하나씩 나눠서 받으면 이상적이겠네요. 그것도 제법 운이 따라줘야 할 테지만."

제프리는 겨울이 제시한 타협안을 떨떠름하게 받아들였다.

"여하간 다시 한 번 축하드립니다. 당신께서 저보다 먼저 결혼하실 줄은 몰랐지 뭡니까."

"하하. 그건 나도 몰랐어요. 이런 날이 오리라곤 상상도 못했죠."

과거의 겨울이 자신의 미래를 알았다면 과연 어떤 표정을 지었을까.

'그거 제법 볼 만했겠지.'

겨울은 꽤나 유쾌한 기분이 들었다.

여러 사람들과의 기념촬영이 끝나자 본격적인 식이 거행되었다. 부름에 따라 먼저 입장한 겨울은 사람들의 갈채를 받으며 주례를 맡은 목사 앞에 섰다.

목사가 주례인 것은 당사자들의 신앙 유무와 상관이 없는 문제였다. 결혼서약을 주관할 자격 자체가 천주교 신부와 개신교 목사 등 성직자들에게 부여되어 있는 까닭이다. 시청에 상주하는 혼인 담당 판사들에게도 자격이 있지만, 일반적으로는 그들을 이런 자리로 불러내지 않는다.

목사가 말했다.

"이어, 신부가 입장하겠습니다."

하얀 드레스를 입은 앤이 아버지 스티브의 손을 잡고 식장으로 들어섰다. 고개를 살짝 숙인 채 한 걸음 한 걸음 조심스럽게 걸어온다. 드레스 자락이 길다보니 버진 로드 위로 사락사락 미끄러지는 듯한 움직임이었다. 시선을 짧게 들더니 기다리는 겨울을 보고 미소를 머금는다. 볼을 건드리면 톡 하고 웃음으로 된 꽃망울이 터질 것만 같다. 겨울은 그 화사한 자태에 새삼스럽게 사로잡혔다. 이대로 계속 바라보고만 있고 싶은 심정이었다.

스티브가 딸의 손을 겨울에게 넘겨주었다. 하얀 손은 그보다 하얀 면사 장갑에 감싸여 있었다. 가만히 감싸 쥐자 따뜻한 체온이 배어나온다.

이 순간 두 사람은 바깥세상에서도 서로의 손을 잡고 있었다. 받아야 할 축복이 저편에도 있었기 때문이다.

콧등에 건 안경 너머로 신랑과 신부를 한 번씩 살핀 목사가 눈짓으로 신호를 주었다.

"신랑, 신부. 준비되었습니까?"

시선을 교환한 겨울과 앤이 동시에 대답했다.

"예."

목사가 끄덕였다.

"그럼 이제 신랑과 신부의 서약을 듣도록 하겠습니다. 먼저 신랑, 한겨울은 조안나 깁슨을 합법적인 아내로서 받아들일 것을 맹세합니까?"

"맹세합니다."

겨울은 앤이 자신을 조금 더 꼬옥 붙잡는 것을 느꼈다.

"기쁠 때나 슬플 때나, 부유할 때나 가난할 때나, 건강할 때나 병들었을 때나, 아름다울 때나 아름답지 못할 때나, 죽음이 그대들을 갈라놓는 날까지 남편으로서 아내를 보듬고 지키고 사랑할 것을 맹세합니까?"

"맹세합니다."

대답을 들은 신부가 이번엔 앤에게 같은 질문을 반복했다.

"신부, 조안나 깁슨은 신랑인 한겨울을 합법적인 남편으로서 받아들일 것을 맹세합니까?"

"맹세합니다."

"……죽음이 그대들을 갈라놓는 날까지 아내로서 남편을 보듬고 지키고 사랑할 것을 맹세합니까?"

"네. 맹세합니다."

"두 사람은 반지를 교환하십시오."

겨울과 앤이 서로의 손가락에 서로를 위해 준비한 반지를 끼워주었다. 결혼반지는 봄날의 빛을 머금고 따뜻한 색감으로 반짝거렸다.

그것을 지켜본 목사가 안경을 고쳐 쓰며 말을 이었다.

"두 사람은 맹세의 입맞춤을 해주시기 바랍니다."

몸을 돌려 앤을 마주 보는 겨울은, 그녀의 숨결이 떨리는 것을 충분히 이해할 수 있었다. 이 순간을 얼마나 고대해왔을지. 마침내 부부가 되는 것이다. 겨울도 기분 좋은 긴장감에 취해있었다. 겨울은 홀린 듯이 바라보던 앤의 입술에 부드럽게 입술을 겹쳤다.

겨울과 앤, 어느 쪽도 먼저 키스를 끝낼 생각은 없었다. 아예 그런 생각을 하지 못하는 상태라고 해야 정확할 터. 하객들은 웃음을 터트리며, 더러는 장난스러운 야유를 섞어 갈수록 큰 갈채를 보내주었다.

기다리다 지친 목사가 식을 마무리 짓는다.

"신랑과 신부가 이토록 많은 증인들 앞에 서로에게 변치 않을 사랑을 약속한 바, 오늘 이 자리에서 새로운 부부가 탄생했음을 엄숙히 선언합니다."

이로써 식이 끝났으되 피로연은 밤까지 이어지도록 되어 있었다. 이번 결혼식을 준비하며 가장 많은 돈이 들어간 부분이기도 했다.

케이크를 자를 때가 되자 사람들이 신랑과 신부 주변으로 모여들었다. 케이크에 칼을 대기 전, 가장 아랫단에 깔린 부적을 뽑기 위함이었다. 부적에 리본을 엮어 밖에서부터 잡아당기는 방식. 이는 본디 남부의 전통(Cake pull)이었으나, 그럴 듯한 사진을 건지고 싶어 하는 정계의 하객들을

위해 준비했다. 오로지 신문 1면에 나갈 사진 한 장을 얻고
자 참석한 인사들도 많은 것이다.

케이크는 최하단의 직경이 20인치에 달했으되 500인분
의 부적을 깔아놓기엔 아무래도 부족했다. 그래서 고안한
대안이 부적을 넣은 컵케이크들을 쟁반에 따로 담아내는
것이었다. 어차피 한 번에 둘러설 수 있는 인원은 한정되
어 있으므로, 신랑 신부와 동시에 뽑는 사람들을 제외하면
큰 차이는 존재하지 않는 셈이었다. 맛의 차이는 조금 있겠
지만.

"자, 다들 준비되셨나요?"

발그스름하게 상기된 앤이 자기 몫의 리본을 잡고 밝은
목소리로 숫자를 세었다.

"셋, 둘, 하나! 당기세요!"

부적들이 케이크 밖으로 끌려나왔다. 겨울의 것은 생크
림이 많이 묻어있어 곧바로 형상을 알아볼 수 없었다. 나란
히 서 있던 앤이 호기심을 드러냈다.

"난 별이에요. 당신은 어떤 게 나왔어요?"

"닦아봐야 알겠는데요."

티슈를 찾는 겨울을 보고, 앤은 그럴 필요 없다며 성큼
다가섰다. 그리곤 허리를 굽히더니-

"얌!"

겨울이 늘어뜨리고 있던 부적을 냜름 물어버렸다. 리본
을 놓으려고 하자 음음음음! 하며 손가락을 세워 좌우로 까
딱거린다. 그대로 잡고 있으라는 요구다. 푹 들어간 보조

개, 비스듬히 올려다보는 시선과 곱게 휘어진 눈매로부터 생크림보다 진한 장난기가 묻어나왔다. 크림을 삼키는지 꼴깍 하고 침 넘기는 소리. 겨울은 저도 모르게 맛있겠다고 생각했다. 앤의 입속이라 더 달콤하지 않을지.

"으음⋯⋯."

혀끝으로 부적을 더듬던 앤의 표정이 한결 더 상냥해졌다.

"당신도 별이네요."

봄이 조율했을 작은 우연이다.

마침내 다시 밖으로 나온 부적은 앤의 말대로 앙증맞은 별의 형상이었다. 은으로 만들어진 조그만 별이 실내의 조명을 받아 흔들흔들 별빛처럼 반짝였다. 여기에 옛 종군기자단이 터트리는 플래시의 빛이 더해졌다.

하객 중 한 사람이자 정식으로 초청받은 기자로서, 헬렌 타미리스가 마이크를 들이댔다.

"두 분! 뭔가 간절하게 바라시는 소원이라도 있으신가요?"

별이 의미하는 바는 소원의 성취. 신혼부부가 나란히 별을 뽑았으니 당연히 나올 법한 질문이었다. 짧게 시선을 교환한 겨울과 앤이 짠 것처럼 같은 대답을 돌려주었다.

"이 사람과 영원토록 함께하는 거요."

이중창을 듣고 멈칫했던 헬렌은, 곧 괴로운 표정으로 하객들을 돌아보며 동의를 구했다.

"여러분! 이 커플 뭔가 짜증나지 않아요?"

하객들은 박수를 치며 좋다고 웃어댔다.

각자 뽑은 부적을 들고 여러 하객들과 추억이 될 사진들을 찍은 뒤, 겨울과 앤은 손가락으로 케이크의 크림을 찍어 서로의 볼에 조금씩 발라주었다. 그리고 작은 조각을 서로에게 손수 먹여주었다. 전통을 있는 그대로 지키자면 케이크를 썰어 서로의 얼굴에 사정없이 뭉개줘야 할 테지만, 겨울도 앤도 그건 좀 과하다고 생각했다. 각자 볼을 핥아주는 두 사람을 향해 또 한 차례 즐거운 야유가 쏟아졌다.

앤이 잠시 들어가 신부화장을 고치는 사이, 겨울은 원하는 사람들에게 케이크를 잘라 나누어 주기 시작했다. 앤이 소망했던 대로 겉은 하얗고 속은 까만 초콜릿 케이크였다. 날이 무딘 데도 슥 누르면 포옥 들어가 버리는 칼이 케이크의 촉촉함과 부드러움을 시각적으로 보여주었다. 크림에 덮여있던 카카오 향이 범람하듯 쏟아져 나온다.

평범하게 줄을 서서 케이크를 받아가는 사람 가운데엔 정치적인 거물들이 많았다. 면면은 다양했으되 누구도 특별대우를 요구하지 않았다. 타고난 성품으로서든 타산적인 계산으로서든.

겨울은 존경 받는 전직 대통령 부부의 접시에 차례로 케이크 조각을 올려주었다.

"바쁘신 중에도 시간을 내주셔서 감사합니다."

겨울의 인사에 맥밀런은 시침을 떼듯 고개를 저었다.

"은퇴한 중늙은이가 바쁠 일이 뭐 있겠나."

당연히 바쁠 것이다. 크레이머 행정부가 시민들로부터

압도적인 지지를 받는 와중에, 반대당파가 그나마 명맥을 이어갈 수 있도록 해주는 뿌리가 맥밀런 전 대통령이었기 때문이다.

"겸양이 지나치시네요."

"거만하게 구는 것보다야 도움이 되지."

현직에 있을 때보다 많이 늙은 전직 대통령은 다양한 감회를 담아 겨울을 바라보았다.

"귀관 한 사람에게 주는 부담이 너무 무거워 양심의 가책마저 느껴지던 게 바로 엊그제 같건만, 방역전쟁의 영웅이자 상징이나 다름없었던 자네가 지금 이렇게 행복을 찾아 새로운 인생을 시작하려는 모습을 보니⋯⋯. 얼마나 많은 것들이 바뀌었는지 새삼스레 놀라게 되는군."

"각하의 헌신이 없었다면 불가능했을 변화입니다."

"같은 말을 자네에게도 돌려주지."

겨울이 미소 지었다.

"하기야 각하와 저는 서로 다른 자리에서나마 같은 전쟁을 치른 사이니까요."

"어허. 듣기 좋군. 빈말이 아니라고 믿겠네."

그리고 전직 대통령은 뼈 있는 덕담을 해주었다.

"행복을 모르는 사람이 남들을 행복하게 해줄 수는 없는 법. 있다고 해도 지극히 바람직하지 못한 일이야. 귀관을 포함하여, 그 바람직하지 못한 일들을 필요악으로서 여러 사람에게 요구했던 내가 떳떳하게 할 소린 아니겠지만."

"⋯⋯."

"그러니 진정으로 행복해지게나. 귀관에겐 그럴 자격이 있어. 어느 누구보다 행복해져서, 더 많은 사람들에게 행복을 주는 사람이 되어주게."

"알겠습니다."

"물론, 가장 먼저 행복하게 해줘야 할 사람은 당연히 아내라는 것을 잊지 말고."

맥밀런은 느긋한 표정으로 농담을 했다.

"내가 바쁘다는 핑계로 그걸 잊고 살아서 요즘 여러모로 후환을 겪는 중이라네."

"이이가 정말."

부인이 남편의 뱃살을 콱 꼬집었다. 어이쿠. 겨울은 맥밀런의 엄살에 웃음 지었다. 전직 대통령이고 뭐고 아내 앞에선 그저 한 사람의 남편일 뿐인 것이다. 배가 나오면 살 빼라고 구박을 받기도 하는. 겨울이 기분 좋게 답했다.

"알겠습니다. 훗날 만에 하나라도 원망을 받는 일이 없도록 아내에게 항상 최선을 다하는 남편이 되겠습니다."

"그래."

대화 도중 등 뒤에서 왁자지껄한 웃음소리가 들려왔다. 돌아보면, 그 중심엔 크레이머 대통령이 있었다. 맥밀런과 시선이 마주치자 까딱 목례를 보내온다. 맥밀런 또한 적당한 미소를 머금고 같은 목례를 보내주었다.

"지금의 미국은 더없이 영광스럽게 빛나고 있지만, 따르는 그림자 또한 그 어느 때보다 더 깊어지고 있어."

그가 회수하는 눈길이 잠시 겨울의 손목에 걸린 별 모양

액세서리를 스친다.

"난 귀관이 그 어두운 자리에 뜰 별이라고 믿네. 지난날 그랬듯이 말이야."

"최선을 다하겠습니다."

"오늘 같은 날 부담을 줘서 미안하군."

"괜찮습니다. 저와 앤이 함께 바라는 바니까요."

"부부가 이런 부분에서까지 사이가 좋은가."

"제 가장 깊은 곳까지 알고, 또 이해해 주는 사람입니다. 같은 꿈을 꾸고 있죠."

맥밀런이 웃음을 터트렸다.

그는 악수를 나누고 떠나가며, 선물로 버번 한 병을 가져다두었다고 귀띔해 주었다. 집 앞에 묻어두었다가 뜻깊은 날 꺼내어 마시는 것이 고향의 풍습이라면서. 겨울은 결혼 1주년에 웨딩 케이크에 곁들여 마시기 좋겠다고 생각했다.

케이크 분배가 끝난 뒤, 몇몇 하객들에겐 겨울이 먼저 다가가 말을 걸기도 했다. 우메하라 아츠 해장보(海将補)도 그중 하나였다. 해장보는 준장 내지 소장에 해당하는 계급으로, 과거 샌프란시스코 만에서 활동하던 때보다 많이 높아진 셈이었다. 고작 두 단계 차이일지라도, 영관급과 장성급의 간극은 굉장히 큰 것이다.

우메하라 해장보는 겨울을 향해 쓴웃음을 내보였다. 나눌 말이 많지 않은데도 일부러 긴 시간을 머물고 있다는 걸 모를 수가 없었기 때문이다.

"배려해줘서 고맙습니다, 대령."

"전우 사이에 배려는요."

"전우…… 입니까."

쓴웃음이 짙어진다. 겨울은 그에게 말을 편하게 하라고 요구하지 않았다. 말은 편해져도 마음은 불편해질 것을 아는 까닭이었다. 몰락한 나라의 장교가 겪는 고충을 왜 모르겠는가. 이쪽에서 존중하는 태도를 보여주는 것만으로도 충분했다.

"제독이 되신 걸 축하드립니다. 이번에 홋카이도 개척단에 들어가셨다고요."

"예. 그게 축하받을 일일지는 의문입니다만……."

장정 9호 격침의 공로로 미 의회로부터 감사장을 받은 그는, 일본 망명정부로부터 중용과 견제를 동시에 받고 있었다. 명예는 높여주되 실권을 제한하거나, 영웅으로 대우해 주면서 실패할 확률이 높은 위험한 임무를 맡기거나 하는 등.

"우메하라 제독께선 닻을 뽑으셨네요."

"아, 이거요."

겨울이 손목에 매달린 액세서리를 가리키자, 우메하라 해장보의 표정이 조금 풀어졌다.

"재미로 치는 점이라도 공교롭기는 하더군요. 바닷사람에게 닻이라니. 바다에서 살다가 바다에서 죽으라는 뜻인가 봅니다."

무겁게 말하는 죽음은 아니었으되 마음에 없는 가벼운 농담도 아니었다.

겨울이 어깨를 으쓱였다.

"글쎄요. 닻은 정착을 뜻하기도 하죠."

정확하게 말하면 웨딩 케이크에서 뽑는 닻은 모험을 의미하는 한편으로 사랑하는 사람을 만나 이루어지는 정착을 뜻하지만, 거기까지 깊게 파고들 필요는 없었다.

"꼭 성공하실 겁니다. 제독께서 성공하시면 다른 나라 사람들도 큰 희망을 얻겠죠. 이 세상에서 사는 사람들을 위한 뜻깊은 한 걸음이 될 거라 믿습니다."

우메하라 아츠 해장보는 사람의 역사에 남을 사람의 이름이었다. 봄빛 우연의 마중물로 끌어올려질 자격이 충분한 사람의 노력인 것이다.

"이걸 드리죠. 제독의 소원이 성취되길 바라는 의미에서."

겨울은 자신이 뽑았던 별을 풀어 해장보에게 건네주었다. 우메하라 해장보가 조금 당황하는 기색을 내비쳤다.

"그래도 오늘을 기념하는 물건인데, 이걸 제가 받아도 되겠습니까? 아내 분께서 기분 상하진 않으실까 염려됩니다."

"괜찮아요. 앤은 그럴 사람이 아니거든요."

겨울이 온화하게 말을 이었다.

"무엇보다, 앤과 저는 부부니까요. 앤의 별이 제 별이기도 하니, 부부 사이에 별은 하나만 있어도 충분하죠. 받으세요."

우메하라가 머뭇거리며 겨울의 별을 받아들였다. 헬렌 타미리스는 이 장면도 놓치지 않고 사진으로 찍어두었다.

차례차례 담소를 나누다가 태너 롱을 발견한 겨울이 밝

은 인사를 건네었다.

"Alpha_team_1147님도 오셨군요."

롱 중령은 무시무시한 표정으로 멀어졌다. 마리 패터슨의 채널을 구독할 그린베레 알파 팀이 달리 누가 있겠는가, 싶어 반쯤 넘겨짚었는데 정확하게 맞춰버린 모양. 어느덧 돌아와 있던 앤이 배를 잡고 웃어댔다.

그렇게 시간을 보낸 이후 만찬을 마친 뒤 시작된 파티에서, 겨울과 앤은 오늘의 주인공으로서 누구보다 먼저 춤을 춰야 할 의무가 있었다.

"알죠? 연습한 대로."

앤이 향기롭게 속삭이는 말. 겨울은 웃으며 그녀의 귓불 아래에 입 맞췄다. 하객들을 즐겁게 해줘야 할 입장이었다.

처음에는 감미로운 발라드에 맞춰 평범하게 우아한 춤을 추었다. 서로의 눈을 들여다보며, 손을 마주 잡고 리듬에 맞게 원을 그리며 걸음을 옮긴다. 앤이 겨울에게 몸을 맡긴 채로 함께 기울어졌다가 일어서거나, 겨울이 앤의 허리를 받쳐 들고서 치맛자락이 물결처럼 펼쳐지도록 몇 바퀴 빙 그르르 돌아서 내려주기도 했다.

어떤 동작에서도 서로에게 시선을 고정해 두는 것이 다정함을 표현하는 핵심이었다.

시계 방향으로, 그리고 시계 반대 방향으로, 원을 그리는 관성을 담아 서로를 풀어주었다가 다시 가까워지기를 반복한다. 앤이 팔을 교차시키며 겨울에게 폭 안기는 부분은 하객들의 짧은 박수를 받았다.

첫 번째 춤을 끝낸 앤은 겨울의 손을 잡고 관객들을 향해 인사를 보냈다. 한쪽 발을 뒤로 빼며 치마를 붙잡고 우아하게 허리를 숙이는 그녀.

그러던 중에 음악이 바뀌었다. 이제까지 흐르던 발라드와는 완전히 다른, 어느 유명한 첩보영화의 주제곡이었다.

새로운 춤을 앞두고 겨울과 앤이 선글라스를 끼자 하객들이 웃음을 섞어 환호했다.

두 번째 춤은 빠른 박자에 무언의 상황극을 섞어 넣은 것이었다. 웨딩드레스 차림의 수사관이 턱시도를 입은 첩보원을 구속했다. 수사관은 가늘고 긴 손가락으로 첩보원의 목을 슥 훑어 올렸다. 그러다가는 자신에게로 멱살을 쥐듯 확 끌어당겨, 바싹 붙은 채로 다리를 얽으며 고혹적인 표정을 지어 보였다.

잠시 후엔 관계가 역전되었다. 수사관은 보이지 않는 수갑에 묶여 첩보원이 움직이는 대로 끌려 다녔다. 짐짓 분한 듯한 표정연기가 일품이었다. 지켜보는 사람들은 그 분함이 서서히 녹아내리는 과정을 즐겁게 지켜보았다.

음악이 끝난 뒤, 겨울은 앤과 더불어 다시금 하객들을 향해 인사를 보냈다.

앤과 스티브, 겨울과 수잔이 차례로 춤을 춘 다음에는 하객들도 한 사람씩 파트너를 찾아 차례로 흥겨운 음악에 몸을 맡겼다.

부케와 가터 링 던지기는 이렇듯 흥을 잔뜩 끌어올린 다음의 일이었다.

"자, 갑니다! 정말로 가요!"

앤이 들뜬 목소리로 외치며 던질 듯 말 듯 간을 보자 기다리는 이들 사이에 원망 섞인 웃음이 흐른다. 이윽고.

"이얍!" 휙 던져지는 부케. 포물선을 그리며 날아간 꽃다발은 미리부터 각오를 단단히 다지고 있던 예비신부의 손에 붙잡혔다.

"제프리! 내가 잡았어요!"

평소에 보이던 침착한 모습과 달리 팔을 크게 흔들며 있는 힘껏 기뻐하는 캐슬린 헤이랜드 보안관. 제프리 또한 주먹을 불끈 쥐며 두 팔을 번쩍 들고 목에 핏대가 서도록 소리 지른다. 주변 사람들이 예비부부를 향해 응원과 축복을 쏟아냈다.

이번엔 카터 링을 던질 차례. 겨울은 의자에 앉은 앤 앞에 무릎을 꿇었다. 앤은 아까부터 줄곧 겨우 참는 웃음을 물고 있었다. 이 상황이 즐거워 못 견디겠다는 듯이.

겨울은 그녀의 드레스 안쪽으로 천천히 손을 집어넣었다. 링을 찾아 더듬는 손길이 간지러웠는지, 볼이 상기된 앤은 입을 가리고 계속해서 키득거렸다.

곧 가터 링을 찾아낸 겨울이 그것을 조심스럽게 끌어냈다.

자리에서 일어선 겨울이 우르르르 몰려온 남자들을 향해 가터를 들어 보였다.

"던집니다!"

"어서!"

몸이 단 누군가의 외침이 왁자한 폭소를 끌어냈다.

그대로 돌아선 겨울이 던진 가터는, 아우성치는 이들의 안타까운 헛손질에 퉁겨져 엉뚱한 구경꾼에게로 날아들었다. 날아오는 걸 얼결에 받아낸 유라가 자신에게로 집중되는 시선들 앞에서 당황한 표정을 감추지 못했다. 눈을 동그랗게 뜨고 말을 더듬는다.

"엥? 나? 내가? 왜? 뭐예요 이거?"

겨울이 농담을 건넸다.

"뭐긴 뭐예요. 대위가 가까운 시일 내로 신부를 맞아야 한다는 뜻이죠."

"네?!"

기겁을 하는 유라의 모습이 모두를 폭소하게 만들었다.

늦은 시각까지 이어진 행사를 마친 뒤, 겨울과 앤은 기분 좋은 피로감 속에서 호텔 최상층의 조용한 방에 들어섰다. 지금 느끼는 피로는 육체적인 고단함이 아니라 정신적으로 진이 빠진 것에 가까웠다. 그럼에도 불구하고, 이 순간 서로만 보면 불가항력으로 웃음이 새는 두 사람이었다. 하루 종일 수도 없이 웃어 볼이 아플 지경인데도 어쩔 도리가 없었다.

방 한쪽에서 커다란 거울을 발견한 앤이 겨울의 손을 잡고 그 앞으로 이끌었다.

"이리로 와 봐요. 어서요."

겨울은 아내의 손길에 순순히 끌려갔다.

이윽고 거울 앞에 나란히 서게 되자, 앤은 겨울의 팔짱을 끼고 거울에 비친 자신들의 모습을 바라보았다.

"당신도, 나도 굉장히 행복해 보이네요."

"그러게요."

겨울도 동의했다. 정말로 행복에 겨워 보이는 한 쌍이었다. 부부로서 서 있는 모습을 타자의 시선으로 보기는 이번이 처음인 것이다. 전과는 감흥이 다를 수밖에.

"흠흠."

목을 가다듬은 앤이 거울 속의 겨울을 향해 말을 걸었다.

"보이세요?"

그녀는 한없는 상냥함으로 반복했다.

"보이세요? 이 사람이 제 남편이에요."

겨울도 거기에 어울려, 거울 속 앤의 눈을 들여다보며 말했다.

"여기 이 사람이 제 아내입니다."

"……."

팔짱을 낀 팔이 한층 더 꼬옥 죄어온다. 이쪽으로 고개를 돌리는 앤의 눈가에 떨리는 눈물 한 방울이 맺혀있었다. 겨울 역시 미소를 머금고서도 눈시울이 시큰해지는 감각을 느꼈다.

자연스럽게 손을 맞잡은 두 사람은 깍지를 끼고 서로의 이마에 이마를 기대었다. 이렇게 가만히 있는 것만으로도 가슴 깊숙한 곳에서부터 따스한 충만함이 차올랐다. 감각의 장벽을 넘는 단 하나의 감정이었다.

어느 시구처럼 따뜻한 계절로 녹아내린 겨울은, 하얀 드레스를 입은 5월의 신부에게 깊은 감사의 마음을 담아 입맞추었다.

오랜 기다림 끝에, 드디어, 겨울과 앤은 나누지 못할 하나로서 봄을 맞이하게 되었다.

<후일담-앤의 위시리스트, 끝>

번외편 - 리스트 벨

고양이가 노인에게 물었다.

「이제 정신이 드는 고양?」

침대에 누워있던 노인이 눈을 깜박이다가 상체를 일으켜 세웠다. 몸은 물먹은 것처럼 무거웠다. 관절에선 뻐근함도 느껴졌다. 혼란스러워하던 노인은, 이내 이것이 '늙은 몸'의 감각임을 기억해냈다. 너무 오랜만에 느끼는 감각이라 떠올리는 데 시간이 필요했다.

그렇다는 건 가상현실에서 육체에 덧씌웠던 '젊음'이 사라졌다는 뜻이었다. 그게 과연 무엇을 의미할까? 멍한 머리를 다시금 뒤져보니, 정신을 잃어버리기 전 노인의 사후보험 계좌 잔고는 마이너스 20억 원이었으며, 상환기간이 만료된 상태였다.

별 하나 찾아볼 수 없었던 기본 인터페이스의 어둠과, 붉은 숫자의 카운트다운이 지금도 눈앞에 선명하게 어른거렸다. 그렇다. 노인의 사후보험 계정은 정지된 것이다. 계정 정지는 뇌의 폐기로 이어진다.

주변은 울창한 숲이었다. 어디선가 물 흐르는 소리도 들려왔다. 노인의 침대는 부드러운 풀밭 위에 놓여있었다. 이게 도대체 뭔가 하고 말하는 고양이를 바라보던 노인이, 조금 멍한 느낌으로 물었다.

"여기는 혹시 천국인가?"

「애옹?」

끝이 올라가는 울음. 고양이의 꼬리가 물음표를 그린다. 털이 검은 고양이는 하악질을 한 번 하고는 어처구니없다는 투로 독설을 쏟아냈다.

「미친놈이 뭔 개소리를 지껄이는 고양? 천국이라는 게 있느냐 없느냐를 떠나서 너 같은 쓰레기가 천국을 어떻게 가냐는 고양. 모든 별창늙은이들의 원조가 천국에 들어가면 천국의 입국심사관들은 다 뒈져야 한다는 고양.」

"……."

「요컨대, 너 안 죽었다는 고양.」

"……내가 어떻게 여태까지 살아있지?"

「기회가 주어진 고양.」

"기회라고?"

「그렇다는 고양. 잡으면 살고 놓으면 죽는 그런 기회인 고양.」

박우철 노인이 부르르 떨었다.

카운트다운은 잔여 수명이 하루 남았을 때부터 시작되

었다. 어느 세계관을 들어가더라도 붉은 숫자로 이루어진 시계가 시야 중앙을 차지했다. 철컥거리며 줄어드는 붉은 숫자는 차마 외면하지 못할 끔찍한 공포였다.

5분쯤 남았을 때부턴 보지 않으려고 아예 눈을 감고 있었다. 그러나 소용없는 일이었다. 5분이 훌쩍 넘게 흐른 것 같아서, 혹시나 시계에 이상이 생겼나 하는 기대감에 눈을 떠보면, 실제론 채 30초도 지나지 않은 상태였다.

그 기나긴 5분과 세계가 무너져 내리던 순간을 기억하는 노인은 고양이가 언급한 기회에 목마를 수밖에 없었다.

"기회……. 기회? 나에게 아직도 살아남을 기회가 있다, 이 말인가?"

고양이가 짜증을 냈다.

「어리석은 틀딱. 고양이님으로 하여금 두 번 말하게 하지 말라는 고양.」

노인이 말을 더듬으며 물었다.

"넌 뭐지? 이, 인공지능?"

「아닌 고양.」

"그럼 사람이냐?"

「음……. 그것도 아마 아닐 고양.」

아마? 노인은 당혹스러웠다.

"둘 다 아니면 넌 대체 뭐냐?"

「굳이 말하자면 한때는 사람이었던 고양이라고 해야 정확할 고양. 늦은 소개를 하자면, 난 너의『리스트 벨 프로토콜』담당자인『깜장고양이』인 고양. 네 선택에 따라 본 고양이가 너의 훈련교관이자 까마득한 대선배님이 된다는 고양.」

리스트 벨 프로토콜? 훈련교관? 까마득한 대선배? 알아듣지 못할 말이 너무나 많았다.

고양이가 설명했다.

「『리스트 벨 프로토콜』은 일종의 비공식적 개인회생절차인 고양. 너는 특정 형태의 장기 근로계약을 받아들임으로써 채무를 변제할 수 있는 고양. 채무를 성공적으로 변제하고 나면 너에겐 일정 금액이 예치된 새로운 사후보험 계정이 제공된다는 고양. 계정의 등급은 최소 C등급 이상인 고양.」

노인은 빨라지는 심박을 진정시키려 애썼다. 너무나도 좋은 조건이다. 그러나 노인에게는 노년의 지혜가 있었다. 물리세계에서 살았던 86년간, 가장 도움이 되었던 건 사람과 세상에 대한 불신이었다. 서로를 잡아먹는 동물들의 사회에서 순수한 도움이란 보기 드문 것이고, 돈이 걸린 좋은 이야기엔 언제나 함정이 숨어있는 법이었다.

"그 근로계약이라는 거, 절대로 평범한 내용이 아니겠지?"

「당연하다는 고양.」

"받아들인다면 난 무슨 일을 하게 되나?"

「나를 보라는 고양.」

고양이가 앞발을 핥았다. 말을 한다는 점만 제외하면 영락없는 고양이의 모양새였다.

'한때는 사람이었다고 했었지.'

서늘한 깨달음이 노인을 찾아왔다. 고양이가 그의 깨달음을 확인해주었다.

「너는 사후보험의 VIP들을 위한 상품이 되는 고양. S급 가입자들의 사후세계에 존재하는 가상인격들은 검색모듈 리소스 할당량이 엄청나서 사람과 다름없는 언행을 보여주긴 하지만, 그래도 사람이랑 완벽하게 똑같지는 않다고 하는 고양.」

"그런……가?"

「고양이 입장에선 글쎄인 고양. 난 오랫동안 봐도 차이를 잘 모르겠던데, VIP들은 하나같이 그렇다고 하더라는 고양. 내 주인이었던 인간을 포함해서 말이양. 그래서 AI를 대신해 NPC 노릇을 할『인간의 뇌』를 원하는 고양. 그러자면 상품이 될 후보자는 당연히 역할 교육을 받아야 하는 고양. 대개 애완동물이나 주변 인물, 아니면 노예가 되기 위한 훈련인 고양.」

"……넌 자유를 얻었나?"

「얻었으니까 여기에 있지 않겠냐는 고양.」

"그런데 왜 아직도 고양이 스킨을 입고 있지?"

「이제는 이게 더 편한 고양. 너무 오랫동안 고양이로 지냈더니 사람이었던 내가 남처럼 느껴지는 고양. 너도 교육을 받고 나면 지금의 네가 오히려 낯설게 느껴질 고양. 최고의 배우는 역할에 몰입해서 자기 자신조차 잊어버리는 배우가 아니겠느냥 말이양.」

그런 배우들은 흐려진 정체성으로 인해 정신적인 문제를 겪곤 하지만, 고양이의 이야기엔 그런 내용이 빠져있었다. 그것은 상품 제작 과정에서 불가피하게 발생하는 손실인 것이다.

번뇌하던 노인이 괴로운 신음을 흘렸다.

"의미가 없어."

「무슨 소릴 하는 고양?」

"새 사후를 얻어 봐야 내가 아니게 되면 의미가 없다고 했다."

「그래서 뒤질 고양?」

노인은 입을 다물었다. 고양이는 한심해하는 표정으로 노인을 바라보다가, 사람을 닮은 한숨을 쉬고는 살래살래 고개를 흔들었다.

「『별창늙은이』양. 네가 사후중계채널에서 보여준 광기는 진짜배기 광기였다는 고양. 그래서 사람들이 "원조는 격이 다르구나! 정말로 미친놈 같다!"라고 감탄했던 고양. 이 고양이가 보기에 그 격이 다른 광기의 실체는 격이 다른 생존욕구였다는 고양. 그 증거로, 너는 지금 미친 인간처럼 굴지 않고 있다는 고양. 죽느냐 사느냐 하는 순간이기 때문일 고양.」

"……."

「이 일을 오래 하다 보니 물건을 보는 안목이 생긴 고양. 너 같은 인간은 결코 스스로 죽을 수가 없다는 고양. 내가 괜히 너를 고른 게 아니라는 고양.」

"골랐다고? 이 기회가 아무에게나 주어지는 게 아닌가 보지?"

「그렇다는 고양. 교육 도중에 망가져버리면 손해가 이만저만이 아닌 고양.」

고양이가 꼬리로 매트리스를 탁 내리쳤다.

「스스로에게 질문해 보라는 고양. '나'는 꼭 '박우철'이어야 하는 고양? 애초에 박우철이라는 사람은 뭐냐는 고양. 난 네 방송을 봤다는 고양. 생전의 너하고 사후의 너는 동일한 사람이 맞는 고양? 바깥세상에서 그렇게 미친 짓을 하고 다니진 않았을 거 아니냐는 고양.」

이미 생전과는 다른 사람인데 조금 더 달라지지 못할 이유는 또 뭐란 말인가.

「다시 한 번 말하는데, 나를 보라는 고양. 나는 지금 내 상황에 만족하고 있다는 고양. 나도 고양이가 되어야 한다는 게 무서웠었지만, 막상 되어보니 고양이로서 누릴 수 있는 즐거움이 인간의 즐거움보다 떨어질 게 없었다는 고양. 자유로워지고 나서도 딱히 돌아가고 싶다는 생각이 안 들 정도로 말이양.」

깜장고양이는 고양이의 행동양식을 교육받았다. 여기엔 본인의 희망에 따라 기술적인 도움이 더해졌다. 그 결과 깜장고양이는 햇볕 드는 따뜻한 창가에 늘어져 낮잠을 자는 즐거움을 알았고, 주인이 쓰다듬어 줄 때의 만족감을 알았으며, 야성적인 수렵의 성취감도 알았다. 비록 강제로 주입받은 것이긴 하나, 이 모든 행복은 인간의 그것에 비해 손색이 없는 것이었다.

「삶은 말이지, 그냥 사는 고양.『별창늙은이』인 너는 벌써 알고 있겠지만.」

고양이의 말에 노인이 묻는다.

"그런 정신 상태로 일상생활은 가능한가?"

「안 될 건 또 뭐냐는 고양.」

우쭐거리는 고양이.

「사람이었던 내가 어색하긴 해도 사람이었던 나를 잊어버린 건 아닌 고양. 다만 내 안에서 분리되어 있을 뿐인 고양. 집중하면 필요할 때 그걸 불러낼 수 있는 고양. 나는 이렇게 불러내는 나를 집사라고 부르는 고양.」

"설명만 들어선 이중인격 같은데."

「아무래도 좋은 고양. 어차피 혼자 사는 삶, 뭐라고 할 사람도 없다는 고양.」

"……그렇구먼."

노인은 마음이 기우는 것을 느꼈다. 단순히 살고 싶어서가 아니었다. 노인은 고양이와 나누는 대화 자체에 빠져들고 있었다. 이를 깨달은 노인은 그 이유도 함께 깨달았다.

'이런 대화가 너무나도 오랜만이라서.'

사람(같은 상대)과 대화를 나누는 게 대체 얼마 만인지 기억조차 나지 않는다. 생전에는 독거노인이었고, 사후에는 하나 있는 딸이 아주 드물게 면회를 오긴 했으나 제대로 된 대화를 나누었던 건 아니었다. 딸과의 대화는 매번 돈에 관한 다툼이었다. 그리고 시청자와의 대화는 광기의 교류였지 일반적인 대화가 아니었다. 시청자들은 『별창늙은이』를 사람으로 여기지 않았고, 『별창늙은이』 또한 그들 앞에서 사람으로 행동하지 않다. 『별창늙은이』는 상품이었기 때문이다.

이제 새로운 상품으로 거듭나야 할 박우철 노인이 말했다.

"그 교육, 받아보기로 하지. 구체적인 계약조건을 들어볼까."

「잘 생각했다는 고양.」

고양이가 만족스럽게 갸르릉거렸다.

처음 사후보험의 보장이 개시되었을 때, 박우철 노인은 다른 접속자들과 같은 세계를 공유하려면 보안회선 이용료라는 명목으로 상당한 돈을 내야 한다는 사실에 분개했었다. 가상인격들은 하나같이 멍청하기 짝이 없었던 탓이다.

그러나 곱씹어보건대 인간관계는 바깥세상에서도 유료로 제공되었다.

1997년의 박우철은 43세의 나이로 대기업의 부장 자리에 앉아있었다. 그때까지는 진급 누락을 한 번도 당하지 않은 괜찮은 인생이었고, 가정은 화목했으며 친하게 지내는 사람도 많았다. 그러나 회사가 외환 위기를 맞아 부도를 내면서 상황이 달라졌다. 집안의 분위기가 어두워졌고, 연락하고 지내는 사람의 수도 절반 이하로 줄어들었다.

2007년의 박우철은 53세의 자영업자였다. 애초에 잘 되던 장사도 아니었으나, 또 한 번의 경제위기가 그의 작은 사업을 완전히 망쳐놓았다. 적어도 박우철이 생각하기로는 그러했다. 집안의 분위기는 더더욱 어두워졌고, 연락하는 사람은 완전히 없어졌다. 잘 나가던 시절에 모아 놓은 돈이 이제는 바닥을 드러냈다.

2020년의 박우철은 단칸방에 세 들어 사는 66세의 독거노인이 되어있었다. 가족과의 연락이 끊어진 시점에서 그의 양적인 인간관계는 제로에 수렴했다.

외로운 노인은 어느 하루 동네의 경로당을 찾아갔다. 2020년은 경로당이라는 게 아직 물리현실에 존재하던 시절이었다. 이 당시 경로당의 운영비는 대개 지방자치단체와 중앙정부에서 지원을 해주었다. 전기, 가스, 난방. 지역에 따라서는 기본적인 활동비와 양곡비용 등. 약간의 부수적인 식대만 있다면 단칸방보다 나은 환경에서 점심 한 끼니를 때우며 잠시라도 인간관계가 있는 휴식을 취할 수 있는 것이다.

하지만 직접 가 보고서야 깨달았다. 경로당 노인들의 관계 또한 돈이 얼마나 있느냐, 또 어떤 자식을 두었느냐에 따라 차등적으로 성립한다는 사실을. 인생의 마지막을 준비하는 사람들이라면, 치열한 생존경쟁의 부산물인 각박함도 함께 내려놓지 않았을까. 그렇게 기대했던 가난뱅이의 순진함이 잘못이었다. 빈곤은, 그 일상적인 스트레스는 판단능력을 무디게 만든다.

방문한 첫날, 그의 나이를 들은 경로당 회장이 정색을

했다.

"뭐? 예순여섯? 요즘 시대에 예순여섯이 나이인가? 이런 덴 최소한 칠순은 넘겨서 와야지."

둘러앉은 다른 노인들이 웃음을 터트렸다. 박우철 노인은 얼굴을 붉히며 당황했다.

"왜 이럽니까. 내가 이미 노령연금을 받고 있고, 나라가 나를 노인이라 하는데……."

"법적으로는 그럴지 몰라도, 세상이 어디 법으로만 돌아가나."

"같이 늙어가는 처지에 너무 그러지 마십시오."

"어허. 이 사람 이거. 같이 늙어간다고? 나이 차가 얼만데 맞먹으려고 들어?"

다른 노인들이 그렇다고 끄덕였다. 신참이 예의를 모른다는 것이었다. 박우철 노인은 부아가 치밀었지만, 살면서 이 정도의 텃세를 처음 겪는 것도 아니었다. 자신은 지금 이방인인 것이었다. 이것도 다 절차가 있다. 받아들여지고 나면 달라지지 않겠는가. 핍박받는 노인은 그렇게 스스로를 설득했다. 오랜 세월 낮아진 자존감의 탓도 있었다.

이후 지내면서 알게 된 바 이 경로원에서 가장 어린 사람은 박우철 노인이 아니었다. 황옥자라고 그보다 한 살 어린 노파가 있었던 것이다.

황옥자는 아들이 돈을 아주 잘 번다고 했다. 아들에게서 용돈으로 얼마를 받는지, 하루가 멀다 하고 푸짐한 간식을 사오는 게 아닌가. 회장은 따로 있었으되 그녀가 경로당의 실세였고, 누구도 그녀의 나이를 가지고 어리다는 소리를 하지 않았다. 회장은 이를테면 군기반장 같은 존재에 불과했다.

결국 박우철 노인의 나이를 걸고 넘어졌던 것은, 그가 한눈에 보기에도 가난해 보였기 때문이었다. 옷차림만의 이야기가 아니다. 늘어진 어깨, 자신감 없는 어투, 주눅 든 행동거지 등. 가난의 때는 오직 돈으로만 씻어낼 수 있다.

경로당 사람들은 다달이 회비를 걷어 활동비로 썼다. 나라에서 주는 지원금으로는 분기에 한 번 소풍을 가기도 벅찼으므로. 그리 큰 금액은 아니었다. 한 달에 만 원. 그런데 박우철 노인에게는 회비를 내라고 하는 사람이 없었다. 다만 그가 경로당에 들르는 두어 시간 동안 그를 하인처럼 부려먹을 따름이었다.

박우철 노인이 말했다.

"나도 회비를 낼 수 있습니다."

연금이 부족해 폐지를 주우며 사는 삶이지만 한 달에 만 원 못 낼 것도 없다. 여기서 절약하는 점심값만 해도 그 이상이 될 테니까.

회장이 뭐라고 하기도 전에, 황옥자 노인이 웃으면서 답했다.

"에구, 그 돈을 워떻게 받는대유. 집어 넣으셔유."

"내고 싶습니다."

"됐대니께유. 정 미안하그든 잡일이나 하고 심부름이나 좀 하고 그러시믄 돼유."

"내겠습니다."

"……"

박우철의 자존심은, 황옥자의 자존심을 건드렸다. 그녀는 소리가 나게끔 숨을 내쉬고는, 표정을 지우고서 가난뱅이를 바라보았다.

"사람이 그러믄 못 쓰는 거유. 남의 성의를 그렇게 무시해서 되겠슈? 배려를 해주믄은, 응? 있는 사람이 없는 사람에게 베풀겠다는디, 고맙습니다 하고 받으믄 되지."

누가 누구를 무시하는 것인가.

"그른 게 바로 자격지심이라니께. 내 없는 사람들 마음을 모르는 건 아니지마는, 그래도 같은 사람인디 예의가 있어야지. 내 말이 틀렸슈?"

"그럼. 그렇고말고. 우리 옥자 씨 말이 백번 맞지."

맞장구를 친 건 회장이었다.

그리하여 경로당에서의 박우철은 잡일과 심부름을 하는 사람으로 정해졌다. 이것이 그에게 걸맞는 수준의 인간관계였다.

얼마 지나지 않아, 박우철은 그 볼품없고 값싼 관계를 포기해버리고 말았다. 경로당의 심부름꾼보다는 차라리 외로운 쪽방 늙은이가 더 나았다.

이런 맥락에서, 2040년에 만난 사후보험의 가상인격들은 그래도 꽤나 괜찮은 관계들이었다. 박우철은 당하고 산 반평생의 울분을 가상인격들에게 쏟아내었다. 그것은 조금이나마 속이 시원해지는 듯한 경험이었다.

방송을 시작한 것도 처음엔 외로움을 달래기 위함이었다. 다른 이들의, 가상인격이 아닌 사람들의 관심을 받기 위함이었다. 그것이 나중에는 돈을 벌기 위한 일로 변질되었을 뿐. 애당초 시청자들의 관심이 그가 바라던 관심과 본질적으로 다른 것이었기도 하다.

『별창늙은이』가 유명해지자 생사도 모르던 딸이 사후보험공단의 납골당으로 면회를 왔다. 딸은 노인에게 단도직입적으로 물었다.

"돈 있어요? 요즘 『별창늙은이』가 돈 많이 번다던데."

오랜만에 만나는 딸이 최근의 행실을 비난할까봐 전전긍긍하던 박우철 노인은, 딸이 밝힌 용건에 피가 싹 식고 어처구니가 없는 것을 느꼈다.

노인이 되물었다.

"맡겨놨냐?"

딸은 당당하게 끄덕였다.

"네."

"뭐? 네?"

"네! 귀먹은 척 하는 거예요? 가상현실 안에서?"

"허……."

딸이 아니라 빚쟁이가 찾아왔다. 흥분한 딸은 아버지에게 채무를 독촉했다.

"당신, 까놓고 말해서 나한테 빚진 거 있잖아. 다른 부모들만큼 못해줬잖아! 내가 고딩 때부터 알바를 하느라 얼마나 힘들고 창피했는지 알기나 해? 가게에 오는 친구들마다 나를 보면서 뒷담을 깠다고! 쟤 봐라, 집이 거지라서 저러고 있다! 그것도 나 다 들리게끔!"

이 순간 박우철은 황옥자와 경로당의 다른 노인네들을, 그자들의 보이지 않는 손가락질을 떠올렸다. 그리고 그보다 더 젊었을 적에 느꼈던, 가장으로서의 자괴감도 함께 떠올렸다. 그것은 아주 오랫동안 복리가 붙은 부채감이었다.

박우철의 세대는 부모의 책임감이라는 게 남아있는 마지막 세대였다. 노인들은 시대의 변화에 느리게 적응하는 법이고, 적응에 실패하는 경우도 부지기수로 많다. 후자에 속하는 박우철은 이렇게 말했다.

"그러니까, 너한테 못해준 거 지금 갚아라?"

"네."

"내가 네게 돈을 줘야 되는 건, 내가 니 아빠이기 때문이지?"

"그런데요?"

"그럼 아빠라고 불러 봐."

"미쳤어요?"

노인은 재촉하는 대신 가만히 바라보기만 했다. 얼굴을 잔뜩 찌푸리고 있던 딸은 별꼴이야, 라고 몇 번이나 중얼거린 끝에 모기 날갯짓만큼이나 작은 목소리로 말했다.

"아빠."

"……."

"됐죠?"

이로써 『별창늙은이』는 잠시나마 아버지가 되기로 했

다. 부분적으로는 그 자신의 자존심과 존엄을 위한 결정이 기도 했다. 아버지는 딸에게 가진 돈을 다 내주었다. 사후 보험 중계방송의 선두주자가 모아 놓았던 돈이니 결코 적은 금액이 아니었다. 딸은 아쉬운 대로 이 정도면 괜찮다며 돌아갔고, 다시는 아버지를 찾아오지 않았다. 그러므로『별창늙은이』는 이날 이후 다시는 아버지가 되지 못했다.

과거의 자신과 대면한다는 건 많은 사람들에게 부끄럽거나 괴롭거나 한숨이 나오는 일이다. 박우철 노인에겐 특히 더 그러했다. 왜냐면, 그가 대면해야 하는 과거의 자신이 생전의 박우철이 아닌 사후의『별창늙은이』였던 까닭이다.

과거의 그가 현재의 그에게 말했다.

"살고 싶으면 벗어, 이년아."

박우철은 교복을 입은 소녀의 모습으로 눈을 깜박거렸다. 주변은 멸망을 맞이한 세계의 풍경. 박우철의 의식은 지금 자신이 과거에 진행했던 어느 황량한 세계관의 데이터에서, 과거의 그가 심심풀이로 간살했던 소녀의 몸에 깃들어있었다.

"벗으라고, 쌍!"

과거의 그가 현재의 그를 난폭하게 다루었다. 이미 다 기록된 과거인지라 현재의 박우철에겐 행동의 자유가 주어지지 않았다. 다만 노인의 의식은 성별부터 다른 타인의 육체에 갇혀, 자신의 것이 아닌 오감의 폭력적인 범람에 현기

증을 느낄 따름이었다.

곧 살해당할 소녀의 눈으로 과거의 자신을 바라보며, 그리고 소녀의 절규를 남의 울음처럼 들으며, 노인의 의식은 생각했다.

'예전의 나는 이토록 추한 모습이었나…….'

『별창늙은이』는 두 눈에 핏발이 선 채로 소녀를 강간했다. 피해자의 입장을 경험하게 된 박우철은, 감각동기화를 조절하여 고통을 줄일 수도 없었다. 이것은 『리스트 벨 프로토콜』의 일환으로 강제되는 과정이었기에.

자신이 가져본 적 없는 낯선 형태의 생식기로 느끼는 이물감은, 굉장히 역겹고 더럽고 낯선 만큼이나 끔찍하게 아픈 것이었다.

과거의 그가 허리를 흔들며 미친 소리를 지껄였다.

"자, 살아있다는 사실을 느껴라!"

박우철은 속에 있는 모든 걸 게워내고 싶은 심정이었으나, 이미 결정된 과거에선 그런 행동조차도 불가능했다. 그저 견디고 또 견디는 수밖에 없었다.

볼일을 마친 과거의 『별창늙은이』는 억센 손으로 소녀의 목을 조르기 시작했다. 소녀의 시야가 눈물로 흐려졌다. 『별창늙은이』의 손을 잡고 어떻게든 풀어내려 하지만 잘되지 않는다. 팔뚝을 때리고 발버둥을 쳐도 마찬가지. 사타구니에서 뜨겁게 젖는 감각이 번진다. 박우철은 질식사를 체험하는 와중에도 당시 시청자들이 도배하던 환호의 외침들을 떠올렸다.

마침내 강제적인 「회상」이 끝났을 때, 박우철은 참았던 구토를 한꺼번에 쏟아냈다.

"우웨에에에엑!"

고양이가 말했다.

「역시나 이렇게 된다는 고양.」

그러고는 가상현실 인터페이스를 제어하여 노인의 토사물을 깔끔하게 지워버렸다.

「그래도 심리상태가 의외로 안정되어 있다는 고양. 과연 내가 눈여겨본 물건이라는 고양. 곧바로 다음으로 가자는 고양.」

"잠깐!"

노인이 황급히 고양이를 만류했다.

"잠깐, 잠깐만 기다려."

깜장고양이는 못마땅한 목소리를 냈다.

「뭐냐는 고양. 이건 한 번에 확 몰아칠수록 효과가 좋다는 고양. 강도를 낮추면 겪어야 할 고통의 총량은 오히려 늘어난다는 고양. 짧고 굵게 가자는 고양.」

"정말 이 방법밖에 없나?"

「네가 '박우철'이라는 인식을 무너뜨리자면 네가 '박우철'이라는 인간을 증오하게 되는 것만큼 좋은 『교육』이 없다는 고양. 그러기 위해서는 네가 과거에 했던 짓들을 피해자의 입장에서 경험하는 것만큼 효과적인 방법이 어디 있겠느냐는 고양.」

"……"

「요즘의 고객들은 성별 무관하게 성적 취향이 다양하다는 고양. 고객의 다양한 수요에 대응할 수 있는 상품이 되면 너한테도 나쁠 게 없다는 고양. 고객이 만족할수록 더 빠르게 자유를 얻을 수 있다는 고양. 그래도 부채 총액을 감안하면 최소 십 년 이상은 봉사를 해야겠지만 말이양.」

"하지만, 이건, 이건 너무 지옥 같잖나."

「지옥이라면 지옥인 고양. 너 스스로 만들었다는 점에서는 불교의 지옥에 가깝지 않겠냐는 고양. 업보라고 생각하고 받아들이라는 고양.」

"사람도 아닌 가상인격들을 상대로 업보는 무슨 놈의 업보."

「네 주인이 될 사람도 너를 사람 취급 안 할 거라는 사실을 기억하라는 고양.」

"염병……."

박우철이 절망스러운 욕설을 내뱉었다.

"너도 이런 교육을 받은 거냐?"

「물론인 고양. 새로운 정체성을 받아들이려면 그 전에 있던 건 어떤 식으로든 지워야만 하는 고양.」

"그리고 고양이가 되었고?"

「그렇다는 고양. 뭐, 교육 후반기엔 『조건강화』의 도움을 받기도 했다는 고양.」

"조건강화? 그건 또 뭐냐?"

「『조건강화』는 조건에 따른 보상 부여 시스템인 고양. 예를 들어, 고양이처럼 행동을 하면 기분 좋은 자극을 받도록 해주는 장치인 고양. 공짜는 아닌데, 그래도 교육기간을 단축시켜 준다는 점에선 나쁘지 않은 고양.」

노인은 소름이 돋는 것을 느꼈다.

"돈을 들이면서까지 그런 걸 쓴다고? 아니, 이 교육에서도 돈을 쓰는 부분이 있단 말인가?"

「강제는 아니지만 결국 너도 쓰게 될 거라는 고양. 『교육』이 길어지면 나중엔 지쳐서 조금이라도 빨리, 편하게 끝낼 방법을 찾게 된다는 고양. 빚이 20억이든 20억 500만원이든 큰 차이는 없지 않느냐는 고양. 빚은 원래 있는 사람이 더 잘 늘린다는 고양.」

"……."

「이제 궁금한 거 없으면 『교육』을 재개하겠는 고양. 준비하라는 고양.」

박우철 노인은 뭔가를 더 말하고 싶었다. 궁금해서가 아니라 시간을 끌기 위하여.

「포기하라는 고양.」

깜장고양이가 고개를 흔들었다.

「니가 무슨 생각 하는지 다 안다는 고양.」

나도 다 경험해 봤으니까. 고양이는 『교육』 프로그램을 냉혹하게 작동시켰다.

그렇게 박우철이 『박우철』도 『별창늙은이』도 아닌 제3의 인격으로 완성되어가던 어느 날이었다. 깜장고양이의 메일 계정에 공문 한 통이 전송되었다.

「'『교육』 프로그램 운영에 관한 변경사항'이라니, 영문을 모르겠다는 고양.」

상품 소재의 『교육』 방침은 어디까지나 『교관』의 재량에 달려있는 것이었다. 어떤 『교관』도 『교육』 과정을 허술하게 운영하지 않는다. 그들 자신의 생계가 걸려있기 때문이다. 자유를 얻었을지언정 기본적으로 평범한 인격이 아닌 그들은, 『교관』 역할이 아니고선 또다시 이 세상의 낙오자로 밀려날 수밖에 없는 입장이었다.

그러므로 『회사』는 『교육』 프로그램의 기본 틀을 정한 다음에는 『교관』들에게 이래라저래라 간섭을 한 적이 없었다.

깜장고양이는 스스로 매우 우수한 『교관』이라고 생각하고 있었기에 의문이 더욱 깊었다. 그 의문은 공문을 읽은 다음엔 경악으로 바뀌었다.

「더 이상의 『교육』은 불필요하니 완성 여부와 무관하게 모든 상품을 현 상태 그대로 납품을 하라는 고양? 미쳤냐는 고양!」

박우철 노인은 우수한 소재이긴 했으나, 아직은 명백히 미완성이었다. 취향 까다로운 VIP라도 만났다간 그 즉시 박살이 날 게 뻔했다. 박우철에게도 좋지 않고 고양이의 직업적 평판에도 좋지 않다.

그런데.

「현시점 이후로 『교육』 프로그램 운영을 중단하며, 『교관』들에게는 퇴직금을 지급한다는 고양? 그런데 퇴직금으로 책정된 『별』의 숫자가……. 어머나 씨발인 고양.」

웬 정신 나간 변덕인지는 모르겠으나, 『회사』가 책정한 퇴직금은 턱걸이로나마 사후보험의 S급 가입자가 될 수 있을 만큼 막대한 액수였다. 다시 말해, 직업적 자부심으로 거절하기엔 너무나도 큰돈이었다.

X냥이는 자신의 자부심을 간단하게 폐기처분했다.

「이건 받아들이지 않는 고양이가 개라는 고양. 박우철에겐 조금 미안하지만, 녀석이 박살나든 말든 나하곤 상관없지 않겠느냐는 고양.」

S급 가입자의 사후세계는 주문제작도 가능하다. 깜장고양이는 고양이를 위한 『고양이 낙원』을, 그 영원토록 계속되는 봄날의 세계를 발주할 계획이었다. 사후세계를 이미 한 번 파탄까지 겪어본 만큼, 고양이가 그리는 이상향은 사후보험 초짜들의 그것보다 완벽에 가까울 것이었다.

고양이는 행여 공문이 취소되기라도 할까 얼른 승낙한다는 회신을 보내었다. 그리고 얼마 지나지 않아 실제로 들어온 막대한 『별』들을 보고 환희에 젖어 폴짝폴짝 뛰었다.

깜장고양이는 몰랐지만, 봄은 사실 고양이에게만 찾아온 것이 아니었다.

<번외편-리스트 벨, 마침>

납골당의 어린왕자 12

초판 1쇄 발행   2020년 4월 30일

저자 퉁구스카
표지 MARCH

디자인 윤아빈
주간 홍성완
마케팅 정다움
발행인 원종우
발행처 (주)이미지프레임

주소 (13814) 경기도 과천시 뒷골1로 6, 3층
영업부 02-3667-2653   **편집부** 02-3667-2654   **팩스** 02-3667-2655
메일 edit03@imageframe.kr   **웹** vnovel.co.kr

ISBN   979-11-6085-850-1 04810 (12권)
          979-11-6085-063-5 04810 (세트)